朝日文庫時代小説アンソロジー

いのち

末國善己・編　朝井まかて
安住洋子　川田弥一郎　澤田瞳子
山本一力　山本周五郎　和田はつ子

朝日文庫

本書は文庫オリジナル・セレクションです。

目次

駄々丸　朝井まかて　7
桜の風　安住洋子　51
雪の足跡　川田弥一郎　113
瘡守　澤田瞳子　155
ツボ師染谷　山本一力　199
駈込み訴え　山本周五郎　241
よわい桃　和田はつ子　285
解説　末國善己　340

いのち

駄々丸《だだまる》

朝井まかて

朝井まかて（あさい・まかて）
一九五九年大阪府生まれ。二〇〇八年、小説現代長編新人賞奨励賞を受賞しデビュー。一三年『恋歌』で本屋が選ぶ時代小説大賞、一四年に同書で直木賞、『阿蘭陀西鶴』で織田作之助賞、一五年『すかたん』で大阪ほんま本大賞、一六年『眩』で中山義秀文学賞、一七年『福袋』で舟橋聖一文学賞、一八年『雲上雲下』で中央公論文芸賞、『悪玉伝』で司馬遼太郎賞、一九年に大阪文化賞、二〇年『グッドバイ』で親鸞賞を受賞。ほか著書に『ぬけまいる』『銀の猫』『類』など。

一

山桃の木の下で、おゆんは勇太《ゆうた》の背中を押した。ふらここが揺れるたび、勇太は小さなその掌で綱をひしと握り締め、膝《ひざ》から開いた足を前後に漕《こ》ぐように動かす。

ふだんは内気で、「うん」と「いいえ」も口の中で答えるような勇太が少し陽気な素振りを見せるのが嬉しくて、おゆんはまた柔らかな背を押す。

勇太はふた月前に近所に越してきたのだが、父一人子一人ゆえ、佐吉《さきち》が勤めに出ている間はこうして時々、預かっているのである。

「こちら、小児医さん、よね」

声を掛けられて、おゆんは顔を動かした。見れば、女の子をつれた女が前庭に入ってきている。子供は鮮かな緋色の着物で、夏草が伸びた庭の緑の中ではことに目を惹く。

「ええ。さようですが、診療ですか」

通り名の上にもれなく「藪医《やぶい》」が付くことは、もちろん省《はぶ》いて答えた。夏の小児医は暇なのが相場ではあるものの、近頃は食中《しょくあた》りと寝冷えの子をつれた親がぽつぽつと訪れるだけで、三哲《さんてつ》は日がな、ごろごろしているのだ。

医者としては患家に呼ばれて往診するのが通常で、しかもその方が薬礼《やくれい》も弾んでもらえるのだが、三哲は「面倒臭《くせ》え」の一言で断ってしまう。そのうえ「あそこは待たされる」との噂も行き渡っている。三哲が恐ろしく朝寝坊であるのと、いざ診療を始めても、どうでもいい無駄話に興じるからだ。ゆえにふらここ堂を訪れる者はよほど暇があるか気心が知れているかで、なかなか新しい患家が増えないのである。

近づいて小腰を屈《かが》めると、女は数歩、さらに入ってきた。

「まあ、別に具合が悪いところはないんだけども」

妙なことを言う。

「ね、お時《とき》ちゃん」

女は後ろを見返った。お時と呼ばれたその子は六つ、七つくらいで、前髪を残したまま頭の頂《いただ》きで髷《まげ》を結っている。前髪は額の真ん中で切り揃えてあるので三日月形の眉《まゆ》がくっきりと際立ち、目尻の上がった二重瞼《ふたえまぶた》も利発そうだ。着物は緋赤に白で大きな格子模様を染め抜いてあり、珍しいことに浅葱《あさぎ》色の袴《はかま》をつけている。

「うちの娘、神童のお時ちゃん。お聞きになったことあるでしょ」

母親は自慢げに頬《ほお》を盛り上げる。おゆんが首を傾《かし》げると、「あら」と不満げに鼻を鳴

っての は無茶だ。

「あ……いえ、そろそろ」

「おたくの坊、まだ手習《てならい》に通ってないの」

らした。

どうやら、勇太の母親だと決め込んでいるらしい。

あたしも十八だから赤子を抱いててもおかしくはないだろうけど、勇太のおっ母《か》さんってのは無茶だ。

すると相手は「呑気ねえ」と畳みかけてきた。

「私はこの子がお腹の中にいた時から名歌を読んで聞かせて、名のあるお寺に詣《もう》でましたよ。近所で浮わついた三味線でも鳴らそうもんなら、こう、耳を塞《ふさ》いでね。子育てというのは、お腹ん中から始まってるものだから」

だったら、世の中のほとんどの子はもう手遅れということになりそうだ。

お父《と》っつぁん、この人、大丈夫かなあ。

三哲がこの母親と諍《いさか》いを起こす様子が目に見えるようで、おゆんはうんざりした。三哲は気に喰わない相手には頭からずけずけとした口をきいて、それも面倒になれば患者を放り出して行方をくらますのである。

でも、あとひと月もしたら盆の節季が来ると思うと、これもまた恐ろしい。近頃、三哲は佐吉からめったやたらと生薬《きぐすり》を仕入れているのだ。内藤屋《ないとうや》に吉原でもてなしてもらいたい一心なのだが、節季払いはどう算段するつもりなのだろう。

ええい、ままよと、おゆんは客引きめいた口をきいた。

「今はお待ちの方もいませんから、どうぞどうぞ」

「どうする、お時ちゃん」

母親は傍らに立つ娘の顔を覗《のぞ》き込む。娘は「そうねえ」と溜息を吐《つ》き、白々《しらじら》と辺りを見回した。

「ここ、流行《はや》ってなさそうだから腕が心配だけど、ぼんやり突っ立ってるのも時の無駄だから、さっさと済ませてしまおうよ」

年端も行かない子に何とも情けない言われようだと思いながら、おゆんは精一杯、愛想笑いを浮かべる。

「今夜はお琴《こと》のお浚《さら》いもしておきたいし」

「ああ、そうねえ。お琴もだけど、書も」

「そんなの、わかってる。おっ母さんがいちいち指図しないで」

「あ、ああ、ごめんなさい」

お時という娘は長い袖を振るようにして、母親より先に歩き出した。おゆんは「さて」と身を引き返す。

「患者さんがおいでだから、お姉ちゃん、中に入らないと」

患者に待ち札を渡したり、住まっている所や名を覚帳につけたりするのが、おゆんの仕事である。

「勇太も一緒に戻ろうか」

独りで遊ばせておいても大丈夫だろうけどと迷いながら、手招きした。勇太はもう六歳であるらしく、五日の後には女が口にした手習塾に通い始めることになっている。

勇太は少し残念そうに長い睫《まつげ》毛をしばたたかせたが、素直に尻を持ち上げてふらここから下りた。

二階で昼寝を決め込んでいた三哲はおゆんに起こされて不機嫌極まりなかったが、患者の身形《みなり》を見るなり揉《も》み手をした。診療は面倒でたまらないくせに欲は深いので、相手の懐次第で薬代を吹っかける。

母親は診療部屋の中を不審げに見回していたが、三哲が腰を下ろした途端、つらつらと喋《しゃべ》り立てた。

「お稽古《けいこ》の帰りにたまさか、ここを通りがかったもんですからね。いえ、お稽古は習ってるんじゃありませんよ。お時ちゃんが教えているんです」

驚くことに患者のお時は七歳にして名の知られた書家であり、琴に華道、茶道も能《よ》くし、大人相手に素読《そどく》の講義までするという。

「来月にはまた大事な会がいくつかあって、それまでに念を入れて躰《からだ》の調子を整えておかないと。この子がどう筆を揮《ふる》うか、今から大変な評判になってますから。ええ、お時ちゃんはいつも江戸じゅうの耳目を集めてるんです。だから、この子のために出入りさせてる医者もいるんですけどね。お時ちゃんが厭《いや》がっちゃって、なかなか薬を飲んでくれないんですよ」

どうやら掛かりつけの医者の診立てが気に喰わず、ふらここ堂に立ち寄る気になったらしかった。

「違うわ、おっ母さん。あのお医者、迷ってばかりで処方が定まらないんだもん。頼りなくって」

娘のこまっしゃくれた言いようが気になって首を伸ばすとあんのじょう、三哲は白々とした顔で鼻の穴をほじっていた。無駄話は好きだが、他人の自慢話を聞かされるのは大の嫌いなのである。それでもまだ辛抱している方だとおゆんは思う。以前ならぶっ叩くように話の腰を折って、母娘を追い返したはずだ。

だが、三哲の背後には仕入れた生薬の包みが蒲団《ふとん》のように山積みで、三哲はそれにもたれて坐《すわ》っているほどなのだ。背に腹は代えられない。

障子を隔てた板の間に坐っているおゆんには、患者の母娘は後ろ姿しか見えない。右手の奥に坐る次郎助《じろすけ》が、「ふわぁ」と大きな欠伸《あくび》を漏《も》らす声が聞こえた。仲間と集まって騒ぐのが好きなので、昨日も夜更けまで遊んでいたのだろう。

三哲は早や処方を決めたらしく、次郎助を「おい」と呼んだ。

「抑肝散《よくかんさん》だ。あと、念の為に苓桂朮甘湯《りょうけいじゅつかんとう》もだな。匙《さじ》加減は俺がするから、薬匙を寄越せ」

すると、七つのお時が肩をすくめた。

「お診立てが見当違いですね」

三哲は「なぬ」とばかりに目をむいている。

「抑肝散はもっぱら子供の疳癪《かんしゃく》や頭痛に処方するものと承知していますが、あたしは苛々したりしません。いつも、どんな時でも平静を保《たも》つことができます。それに、苓桂朮甘湯も感心しませんね。あたしはいかなお歴々が並んだお浚い会でも、立ちくらんだりなんかしませんよ。だいいち、その処方は両方とも躰が虚弱な子供向けでしょ。あたしはお腹が弱いわけでも、風邪をひきやすいわけでもないわ」

「あらあら、ここもちゃんと診立てられないみたいねぇ。どうする、お時ちゃん。ここで処方を考え直してもらうか、それとも明日、他所《よそ》に行ってみた方がいいかしら」

「明日って、もうそんなの、時の無駄。ここで御守がわりに少しだけ、もらっておくわ。ええと……調子を万全に整えたいだけだから、何にしようかな」

娘が自ら処方を考え始めたのを見て、母親は勝ち誇ったように三哲にうなずいた。その途端、三哲がくわっと睨《にら》み返して片膝を立てた。

「お門違《かどちが》えだ。御守なら神社でもらうんだな」

母親は「何という言い草」と唇を尖らせたが、お時は肩をすくめて立ち上がり、先に診療部屋を出て行く。そして去り際に振り向いて、三哲に言い捨てた。

「辛抱が足りませんね。先生こそ抑肝散をどうぞ」

「まあ、お時ちゃんが処方してあげるなんて。お医者が形無しよ」

母親はまた感心して、いそいそと娘の後を追った。


「何なんでえ、あの金魚と鯉《こい》は」

三哲は夕餉《ゆうげ》の後もまだ噴火している。金魚はお時、鯉は母親を指しているらしい。母親は娘と違って地味な貌立《かおだ》ちだったが、仕立て下ろしらしい薄物《うすもの》で洒落《しゃれ》込んでいた。

「三ちゃん、荒れてるねえ」

お亀婆《かめばあ》さんは音を立てて茶を啜《すす》ると、傍らに坐る勇太に「ねえ、うるさいよねえ」と猫撫で声で話しかけた。勇太は戸惑って、まばたきだけをする。

「うん、まあ、七つの女の子にやり込められちゃったから」

しかも診立てだけでは薬代は取れないので、三哲は骨折り損だったのだ。それが余計に業腹《ごうはら》なのである。

「母親も母親でえ。生意気な糞《くそ》餓鬼を神童呼ばわりして、気ぃ遣ってやがる。ああ、胸

「糞悪《わり》ぃ」

　お亀婆さんが勇太の耳に両の掌を当て、縁側に坐る三哲を叱り飛ばした。

「糞、糞ってやめなよ。そういう汚い言葉をね、この子に聞かせないでもらいたいね。子供ってのは生まれた時はまっさらなんだ。それがあんたみたいに汚れちまうのは、周りの大人が汚い物を目や耳に放り込むからさ。子供は大人の鏡なんだよ」

　すると三哲は尻の後ろに手をついて、振り返る。

「へっ。婆さんがこすかれぇのも、親のせいってか」

「婆さんて言うな」

　お亀婆さんは片手を勇太の耳に当てたまま、もう片手を盆の上に伸ばした。煎餅《せんべい》を三枚取って、前垂れで包んでいる。三枚ってことは佐吉と勇太親子、そして自分の分だ。おゆんはそう気づくと可笑《おか》しくなる。婆さんは、勇太の父親である佐吉に夢中なのだ。

「三ちゃん、また誰かと揉めたんだってえ」

　平たい風呂敷包みを両腕で捧げるようにして、お安《やす》が縁側から上がってきた。ややこしいことにこちらも佐吉にぞっこんで、事あるごとに婆さんの向こうを張る。

「あら、お亀婆さん。また来てんの」

「だから婆さんて言うなっ」

「近頃、ここでばっか夕餉をよばれてるよねえ。前はさぁ、近所を順繰りしてたじゃないか」

「あんたこそ、こんな時分に何さ。金蔵《きんぞう》は」

わざわざお安の亭主の名を挙げた。

「じきに来るよ。近所の連中と呑むから、三ちゃんも誘うってさ」

早口に言いながらお安は腰を下ろし、風呂敷包みを置いた。

「勇太ちゃぁん、出来た、出来たよぉ」

風呂敷の結び目を解きながら、お安はいつもの声色《こわいろ》を遣う。両の手で広げたそれは、水色の麻裃《あさがみしも》である。勇太がつける裃なので大人の格式ばった形がそのまま小さくなっていて、それがまた無性に愛らしい。

「これ、おばちゃんが縫《ぬ》ったの」

「そうとも。昔、次郎助に着せたのは親戚からの貰《もら》い物《もの》だったし、それも近所にやっちまったからさ。ああ、よく似合うこと」

お安は勇太の躰の前に裃を当てて目を細め、お亀婆さんは皺《しわ》だらけの口をへの字に曲げた。

江戸の子供たちのほとんどは六歳の、二月の初午《はつうま》の日に手習に入門する。それは男女共で、おゆんも同様であった。初めて塾に行く日は僧侶のように「初登山《しょとうざん》」といい、子供は麻裃、男親は羽織をつけて向かうのである。

おゆんは次郎助と一緒に、お安夫婦につれられて行ったことを憶えている。三哲の元に患者が訪れていて手が離せなかったのか、それとも他の理由であったのかはもう朧《おぼろ》だ。

佐吉は引っ越してきてまもなく、「この近くに手習塾はありませんか」と訊《たず》ねた。たぶん、毎日、おゆんやお安に勇太を預けることに気《せ》がねしたのだろう。

「この辺りにはまだ慣れてないんだから、そう急かなくっても。子を預けるのが目的で手習に通わせる親もいますけどね、あたしたちがこうしてついてるんだから、安心してまかせてくださいよ」

勇太を手放したくないお安は、懸命に佐吉を説きつけたものだ。

ふらここ堂でも、二月は腹痛の子をつれた親がやけに増える。親にとって手習塾は「読み書き算盤《そろばん》」を習わせるだけでなく、四六時中、目が離せなかった子を誰かに預けられることを意味している。それで母親も働きに出られるのだが、まだ親元にいたい子供は毎朝、急に腹が痛くなるのだ。

「読み書きは家でも教えられますが、人と交わることはその場に身を置かないと学べませんから」

佐吉はいつものように静かに、けれど己の考えをきっぱりと口にした。勇太は家移りしてくる前の町でいったんは入門したらしいのだが、人見知りが過ぎてほとんど通わなかったようだった。

おゆんも勇太に負けず劣らずの引っ込み思案で、よくよく考えれば毎朝、次郎助が誘いに来てくれたから手習に通ったようなものだ。むろん男女が席を同じくして学ぶことはないのだが、おゆんが通っていた塾は夫婦者が師匠をしていたので、同じ広間の中で分かれて坐っていた。

「おい、ちょっと行ってくるぞ」

三哲が縁側に腰を下ろして下駄を履《は》いている。傍には金蔵がいて、おゆんにうなずきながら手を上げた。

「金蔵、俺はとことん機嫌が悪ぃ。今晩は奢らねぇからな」

「三ちゃんが奢ってくれたこと、あったっけか」

次郎助もその後ろにいる。

「あれ、次郎助も一緒なんだ」

おゆんが縁側まで見送りに出ると、「おうよ。親爺らの面倒もたまには見てやらねぇと」と袖を肩までまくった。

「生意気言って。また酔い潰れて、皆に迷惑かけるんじゃないよ」

お安に怒鳴られた次郎助は「へへい」と剽《ひょう》げながら、三哲らを追いかけた。

台所で片づけをしてから茶の間に戻ると、勇太がとことことおゆんの傍に来た。眉を八の字にしておゆんを見上げる。勇太はこの辺りではちょっとお目にかかれないほど整った面立《おもだ》ちをしているのだが、表情や仕草はまだ乳臭さを感じるほど幼い。
「どうしたの」と訊いて、すぐに気がついた。お亀婆さんとお安がまた、競《せ》り合ってい
るのだ。
「だからぁ、あたしがついてくから大丈夫だって。隣町の若嫁さんが臨月なんだろう。
そろそろ産まれるんじゃないの」
「ああ。あれは他のに頼んどいた」
「他所《よそ》へ回したの。上客だってほくほくしてたのに珍しい」
「だって、勇太ちゃんの初登山じゃないか。あんた、わかってんのかえ。親子に主従、
それに師弟。人を支える縦のかかわりってのは、この三つだ。初登山の日はそれまで他
人だった師匠と手習子が盃《さかずき》を交わして縁を結ぶ、いわば嫁取り婿《むこ》取りと同じくらい大事
な儀式だよ。ここはもののわかった者が後ろに控えて、ちゃんと見届けてやらないと」
「あたしは次郎助とおゆんちゃんの入門についてったんだから、そんなこと、先刻、承
知の介《すけ》。だからこうして裃だって用意したんでしょうが。これ、夜なべして縫ったんだ
から」
「そりゃご苦労さん。それより赤飯に煮しめ、酒肴《しゅこう》の用意だ。配り物だからねえ、おゆ
んちゃん、明日っから忙しくなるよ」
「それもあたしが全部、段取ってるから。余計な心配しないで、しっかり赤子を取り上

げておやりよ」

「いやいや、あんたこそ、店で西瓜《すいか》の番をしてな」

長くなりそうだ。

おゆんは勇太の手を取って、縁側に移った。辺りはもうすっかりと暮れ、叢《くさむら》では鈴虫が澄んだ声を立てている。昼間はまだ暑さが続いているけれど、日が短くなっているのだ。

「勇太のお父っつぁん、遅いねえ」

「うん……お仕事だから」

小さな声で勇太が呟《つぶや》く。おゆんはいじらしくなって、その背中を抱き寄せた。

おとなしい勇太は聞き分けの良い子であって、おゆんと同じく幼い頃に母親を喪《うしな》った子供でもあった。

「ねえ。たまには駄々丸《だだまる》になっていいんだよ」

おゆんは独り言のように呟いた。

「お姉ちゃん。駄々丸って何」

勇太が身を動かして、訊ねる。

「駄々っ子のこと。周りに甘えて駄々をこねる。けどどうしよう、勇太が駄々丸になったら、お父っつぁんが大変だね」

笑いながら頬をつまんでやると勇太はきょとんとしていたが、やがて夜空を振り仰いだ。

二

三哲が「げっ」と煙管《キセル》を取り落とし、傍らの次郎助は「勘弁してくれよ」と頭を抱えた。

今日は勇太が手習塾に初登山する日で、お亀婆さんとお安が揃ってめかしこんでいるのだ。

婆さんが着込んだ紋付の黒地小袖はめでたい熨斗《のし》模様を散らした豪勢なもので、しかも髷には娘のように赤い手絡《てがら》を掛け、顔はといえば皺を塗り潰すほどの白塗りだ。

お安も黒地に短冊や硯《すずり》、文車《ふぐるま》を描いた小袖で、唇には玉虫色の紅をつけている。

「おっ母あ、その紅、気色悪ぃ」

次郎助が心底、厭そうな声を出すと、お安は胸を張った。

「何だい、これ、流行ってんだよ」

「知ってるよ。けど、若い娘だぜ、そんなのつけるの」

おゆんは「へえ」と思いながら次郎助を見る。化粧をしたことのないおゆんは、当節、流行りの紅があることも知らなかった。

「若作りしたいのはわかるけどよぉ、土台が無理。脾《ひ》の臓《ぞう》が弱い病人みてぇだ」

お安が「本当かい」と三哲にたしかめると、三哲は首を横に振りながら指をこめかみに当てた。

「いや、こっちが弱《よえ》ぇんだろ」

すると婆さんが「だよねえ」と意地悪く笑う。その途端、顔から白い塊《かたまり》が落ちそうだ。

「婆さんもだ。勇太が怯《おび》えてるじゃねえか。なあっ」

おゆんの傍らに坐っている勇太は黙したまま、何も答えない。が、お安が仕立てた水色の袷がそれはよく似合っていて、凛々しいほどの晴れ姿だ。

「ところで、当の佐吉はどうした」

「勤めがあるからさあ、向こうで待ち合わせてんだよ。ほんの半刻だけ抜けてくるって」

お安が青緑色の唇を動かすと、勇太が顔を上げた。口を開いては閉じ、また開く。

「どうしたの」

おゆんが顔を覗き込むと、勇太は「あの」と消え入りそうな声を出した。

「こ、来られないみたい」

お亀婆さんとお安が、わさと躰を動かした。大層な小袖を着ているので、立てる音も嵩《かさ》が高い。

「来られないって、え、佐吉さんがかい。何で」

「な、何でか知らないけど」

勇太は口ごもって、うなだれる。

「可哀想に。まあ、まあ」

「仕方ないよ。お店者《たなもの》だからねえ。どっかの医者に手前勝手に呼びつけられて、無理な注文でもされたんだろう」

こんな時だけ二人は気を合わせ、三哲を睨みつける。

「たあっ、二人ともその顔を何とかしろい。そのまま通りを練ったら、お縄になるぞ」

婆さんとお安は顔を見合わせて、渋々と立ち上がる。

「おゆんちゃん、手水《ちょうず》、借りるよ」

すると庭で荒い足音がして、見れば金蔵だ。

「お安っ、里のおっ義母《か》さんが転んで大怪我をしたって」

「おっ母さんて、え、うちの」

「当たり前《めえ》だろ。今、義兄《にい》さんから遣いが来て。おい、次郎助も行くぞ。かなり危ねえらしい」

お安は狼狽《うろた》えて、「どうしよう」とへたり込んだ。

「しっかりおし、あんたの兄さん、やもめだろう。こんな正念場で男は役に立たないからね。あんたがちゃんと死に水を取ってやんないと、おっ母さんが浮かばれないよ。次郎助、お安さんを抱えてやんな」

お亀婆さんがきびきびと指図して、次郎助はお安の腋《わき》に肩を入れて立ち上がらせる。

「ごめんねぇ、おばちゃんがついてってあげられないなんて。この埋め合わせはきっとするからねえ」

両脇から亭主と倅に抱えられた格好のお安はまだ名残り惜しそうに振り返り、勇太に詫《わ》びる。「うぅん」と、勇太はまたけなげに首を振る。

「やれやれ。おめでたい日にとんだ騒ぎだ」

婆さんが縁側で背筋を緩めながら、おゆんに向かって苦笑した。白い唐傘みたいな顔に、すさまじい縦皺が寄る。

三哲が縁側に出てごろりと横になると、お安と入れ替わりのように、赤ん坊を背負った男が前庭に入ってきた。

「おう、やっと患者様がおいでなすった」

閑古鳥が鳴きっぱなしのふらここ堂で、五日ぶりの訪れだ。

と、男はお亀婆さんを目にするなり後ずさりをして、くるりと背を向けた。早足で出て行く。背に負われた赤ん坊の頭がぐらぐらと揺れ、火がついたように泣き出した。

「婆さん、いつまでここに愚図愚図してやがんだ。こちとら、商売上がったりじゃねえか」

三哲は寝転んだままお亀婆さんに文句を言う。

「好き放題してきた藪医が急に熱心になったって、世間がそう易々《やすやす》と振り向いてくれるもんか。あたしが凄腕だって評判が鳴り響いてんのはね、お産のたびに精魂を傾けてきたからさ。取上婆《とりあげばば》ってのは、人がこの世におぎゃあと出てくるのをお助けする仕事だからね」と胸を張ったが、「あれ」と声をすぼめた。

「うちの長屋の差配人じゃないかえ」

たしかに、亀の子長屋の差配人が血相を変えて駆けてくる。

「ああ、良かった。やっぱり、ここにいなすったか」

差配人は縁側の端に手を掛けると、肩で息をした。

「何事でい」

三哲が訊ねると、差配人は「それが」と汗を拭う。

「えらい難産だそうで、あんな取上婆じゃ手に負えないって、隣町から遣いを寄越されたんですよ。木戸口に迎えの駕籠《かご》も来てんです」

「難産。ほう」

三哲がまた婆さんの代わりに答える。どうやら面白がっているようだ。が、婆さんは寸分も動じない。

「初産《ういざん》だからね、まだまだかかる。今晩、きっと伺うから、それまでお待ちくださいって言っとくれ」

婆さんは今日、何が何でも勇太の初登山に伴って、その模様を佐吉に報告したいのだろう。これはお安を出し抜く、絶好の機でもある。

差配人は今頃、婆さんの様子に気づいたようで、髷から爪先までを見下ろして目を丸くしている。

「そう伝えますけど。もう頭が出てるのに、そこからがさっぱりだと言ってましたが、いいんですかね」

するとと婆さんがやにわに立ち上がった。

「頭が出てから、どのくらい経つ」

「たしか、一刻とか何とか、いや、遣いの者も慌てふためいて、あんまり要領を得ないから」

「一刻もまあ、何をやってるんだねえ、まったく」

婆さんは口惜しそうに舌を打った。と、勇太を振り返って、情けなそうに眉を下げる。迷っているのだ。

「さあて、さてさて。お産のたびに精魂を傾けねぇとなあ。江戸で名うての取上婆だもんなあ」

三哲にせっつかれて婆さんはなお迷っていたが、意を決したように褄《つま》をがばと持ち上げた。

「おゆんちゃん、後は頼んだよ。四丁目の松風《しょうふう》塾だから、ここからまっすぐ北の」

「うん、わかってるから。行ってらっしゃい」

縁側から飛び降りた婆さんは、差配人よりも先に庭を突っ切った。

塾に辿り着いた時、おゆんは汗だくになっていた。ずっしりと重い風呂敷包みを二つも両手に提げてきたのである。

お安が用意した赤飯と煮しめ、酒肴は五段重に詰められ、手習子たちに挨拶《あいさつ》がわりに配る水菓子は何と瓜《うり》をいくつも用意してあって、今も腕が痺《しび》れて上がらない。勇太も天《てん》神机《じんづくえ》と文箱《ふばこ》を抱えてきたので、二人はしじゅう立ち止まって喘《あえ》いだものだ。

手習塾で使う天神机は自分で用意するもので、文箱には筆に硯、墨、水滴、それに文字の練習に使う草紙帳も納まっている。

松風塾は他の手習と同様、師匠の家の一部を使っているようだが、十畳の二間続きには男の子が二十人、女の子も十人はいて、蜂の巣をつついたような騒々しさだ。

羽織をつけた総髪の男師匠はおゆんと勇太の姿を認めると、気軽な声を出した。

「はいはい、そこでしばらく待ってて。今、女師匠が旅に出てるんでね。女の子の面倒も見なくちゃなんないんですよ」

腰を屈めて子供の背後に立ち、子供の手を後ろから持って筆の運びを教えている。

手習塾での稽古、学ぶ内容は一人ひとり異なっているのが尋常で、それぞれが何かを書いたり大きな声で読んだりしている。寝転がって算盤を弾く子がいれば前の子に背後から悪戯《いたずら》をしかける子、相撲《すもう》を取っている子らもいて、その賑やかさはおゆんが通っていた時分と少しも変わらない。

しかも広間の隅には天神机の上で棒満《ぼうまん》をさせられている男の子がいて、何とも情けない顔をしている。棒満はひとの学びの邪魔をしたり悪戯が過ぎると与えられる罰で、次郎助もよく立たされていたものだった。

天神机の前でめったにおとなしく坐っていなかった次郎助は誰かの顔に墨を塗りたくったり、おゆんら女の子の周りをうろついて踊ってみせては嫌がられていた。ふだんは穏和だった男師匠もしばしば堪忍袋の緒を切らせ、「次郎助、棒満っ」と叫ぶのだ。

何だか懐かしくなって、ひとりでに笑みが浮かぶ。

汗がようやく引いて、おゆんは塾の中を改めて見回した。壁には子供たちの手習がずらりと張り出してあり、「七夕《たなばた》」や「彦星」という字も見える。

「お待たせしました」

師匠はおゆんと勇太の前に坐るなり、鼻の穴を膨らませた。

「ずいぶんといい匂いのするお荷物ですな」

「あ。どうぞお納めください」

おゆんは慌てて包みを解いて重箱を差し出した。決まった口上があるのかもしれないが誰かに訊ねる暇もなく、おゆん自身、着物を改めもせずに家を出てきたのだ。

「はいはい。これはまた丁重なるご挨拶、いたみいります」

師匠は礼を言いながら重箱を抱え、奥に運んでしまった。手習子たちに配るはずの瓜も包み直してまた運ぶ。そしてようやく裃をつけた勇太を目にするなり、「これはまた、物々しい」と頭を掻《か》いた。

おゆんは不思議に思って、おずおずと訊ねる。

「あのう……お盃事は今日、ですよね。それとも明日」

「盃事って」

「初登山に交わすお盃です。お師匠さんとの間で」

何日か前、お亀婆さんとお安が盛んに喋っていたことには、師匠からまず入門の子に盃を遣わし、次に一番弟子から順に盃を回して小謡《こうたい》を三番唄った後、納めは高砂《たかさご》である。それはおゆんにも覚えがあって、新しい入門者がある日は皆、晴着で打ち揃い、年嵩の男の子らは師匠と同じように羽織袴で威儀を整えていたものだ。子供心にもその日は少し気を張って、配られた赤飯を恭《うやうや》しくいただいた。

「ああ、そんな大仰《おおぎょう》なこと、今どきしませんよ。親が大変でしょう。近頃は万事、心安く済ませるのが肝心でね。はいはい、なるほど、それで坊は裃なんて着けてんのかあ」

軽く笑い飛ばされた。気さくなぶん、やけに軽々しい物言いの師匠だ。おゆんは不安になって、横に坐る勇太に目を下ろした。やはり顔を赤く染めて肩衣《かたぎぬ》に指をかけている。

「脱いでもいいよ」

そっと小声で言ってやるが、勇太は俯いたまま首を横に振る。

「やあ。お父っつぁんが来なすった」

師匠が顎《あご》を上げたので振り向くと、佐吉だ。今日は無理だと聞いていたのに良かった、お店、抜けられたんだと胸を撫で下ろす。佐吉は入門の申込みにここを一度訪れているらしく、さっそく師匠の前に膝を畳んで辞儀をした。

「よろしくお願い申します」

袱紗包《ふくさづつみ》を差し出している。世話になる束脩《そくしゅう》なのだろうと思い、おゆんも一緒に頭を下げる。

「どうもどうも、はいはい」

師匠は気軽にそれを懐に納め、佐吉とおゆんを順に見た。

「なるほど、年は少々離れておられるようだが、坊はどちらのいいところも受け継いでおられる」

　師匠が勘違いしていることに気がついた途端、首から上に朱が散ったのが自分でわかる。また一気に汗が噴き出した。

「お師匠さん、この人は違います。先だっても申し上げましたが勇太は片親にて。このお人は私がお世話になっている小児医の娘さんです」

　ちらりと佐吉に目を這わすと、鼻筋の通った横顔が間近にあった。

　ぼんやりしているうちに勇太は師匠に命じられて天神机の前に坐り、文箱から道具を取り出している。入門の日からさっそく手習を始めるようで、佐吉とおゆんは先に引き揚げることになった。

　広間の端を抜けると、周囲の子らが勇太をちらちらと横目で盗み見しているのがわかる。おゆんは引き返して、勇太の袷を脱がせてやった。勇太はほっとしたように生温い息を吐き、小粒な歯を見せた。

「じゃあね。気をつけて帰っといでね」

　勇太がしっかりとうなずいたことに安堵して、佐吉と一緒に外へ出た。途端に気詰まりになって、ぎくしゃくと歩く。が、いくらもしないうちに佐吉は足を止めた。

「私はこのまま店に戻らないといけません。お送りすべきなのですが、申し訳ありません」

そこはちょうど四辻《よつつじ》で、佐吉は右に折れるようだ。

「いえ、そんな。送っていただくなんて」

「今日はまたお世話になりました。有難うございました」

「い、いえ。私は何も」

そっと目を上げると、佐吉は少し目尻に皺を寄せて微笑を浮かべている。己の脈の音が外に洩れそうな気がして、身を硬くした。と、目の端をやけに赤いものが行き過ぎた。気になって振り向くと、やはりあの娘だ。何日か前、三哲をやり込めた、お時である。今日は一人なのかと思ったら、おゆんの傍らを小走りで行き過ぎる女がいる。この間と同じ色合いの着物で、母親だと知れた。

「いかがされました」

佐吉に訊ねられて、おゆんは恐る恐る目を合わせる。もう顔が赧《あか》くならず、胸も波打たない。さっきのは何だったのだろうと戸惑いながら、「じゃあ。ここで」と頭を下げた。

「お時ちゃん」

ただならぬ声が聞こえて見返ると、お時が道の上に仰向けに倒れていた。母親は娘に取りついて肩を揺さぶっている。

「お時ちゃん、しっかりしてぇ、お時ちゃん」

佐吉が二人に向かって身を動かした。おゆんも慌てて後に続く。佐吉はお時の前に片膝をつき、母親に「揺らしてはいけません」と説いて手を放させた。お時の手首に指を当てて脈を診ている。

母親はもう泣き叫んでいて、辺りに人が集まってきた。松風塾から筆や算盤を手にした子供らも出てくる。佐吉が顔を上げて、「おゆんさん」と言った。

「三哲先生を呼んできてください。早くっ」

三

大人をやり込めるほどの神童であっても、こうして仰臥《ぎょうが》している姿はやはり七つの女の子である。肩も手足も華奢で、見ているこちらが心細くなるほどだ。


三哲は黙ってお時の脈を取り、舌を見、帯を解いて腹に掌を当てた。足にも触ろうと三哲が立ち上がった途端、背後に積み上げられた天神机に腰が当たった。崩れそうになって、一瞬、皆が息を呑んだ。

佐吉が素早く動いてそれを支え、積み直してからもう一方の壁際に移している。手習子らは一日が済むと自分の机を順に積み上げ、明日、またそれを思い思いの場所に置いて学ぶのだ。

お時はここ松風塾の広間に運び込まれ、子供たちは家に帰されることになった。中には心配そうに近づいてくる女の子もいたが、母親は「何でもありませんよ。さ、皆、お帰り」と早口で追い払う。男の子たちは一瞬、好奇のまなざしを向けるものの、さあ、これから夕暮れまでたっぷり遊べるとばかりに騒いで外に飛び出した。

勇太だけは窓際に残って、師匠の手ほどきを受けることになった。ふらここ堂はもちろん長屋もお安の店も今日は出払って留守なので、勇太はおゆんを待って一緒に帰ることになったのである。

お時はよほど有名であるらしく、師匠は「はいはい、この娘さんですか。うちの前で倒れるとは、これもご縁ですなあ」と呑気な挨拶をして、母親にそっぽを向かれていた。

おゆんも佐吉を手伝って机を運ぶ。すると、お時の母親が近づいてきた。

「お時ちゃんは、どんな按配《あんばい》なんでしょう」

この母親は三哲が広間に上がるなり露骨に厭《いや》な顔をして、佐吉に相談したものだ。

「お時ちゃんにはちゃんとした医者をつけてるんです。誰か人をやって呼びに行かせますから、あの男だけは近づけないでもらえませんか。あの人、医術なんぞからきしの大藪ですよ」

何でまたあんなのをつれてきたのだと言いたいだろうに、不思議なことに佐吉には責め口調を使わない。

「まずは、三哲先生におまかせになったらいかがです。急を要する容態ではないようですから、娘さんの傍についていてあげてください。じきに、一緒に帰れますよ」

佐吉が親身な声で諭すと、母親は素直にうなずいてお時の枕許に戻った。佐吉はいつも争わずに、人を動かす。

「おい、佐の字」

三哲が鼻の脇を掻きながら、佐吉を呼んだ。それにしてもお父っつぁんはいつもながらむさい形《なり》だと、おゆんは溜息を吐いた。

縮れ毛を一つに結わえた根元は斜めに歪《ゆが》み、着物の前ははだけて腹が見え、胡坐《あぐら》を組んだ股からは褌《ふんどし》まではみ出ている。その横に坐った佐吉の佇まいは清々《すがすが》しいほどで、おゆんは自分の顔がまた朱に染まったことに気がついた。耳まで熱くなって、逃げるように勇太の傍へ足を運ぶ。

すると師匠が「いやあ、大した筆運びだ。坊は有望ですぞぉ」と大口を開けて笑った。

「これほどの手跡《て》には、めったとお目にかかれません」

草紙帳に初めて書かれた字は「丸」で、雄々《おお》しいほど墨が濃く、留《とめ》と撥《はね》はのびのびとしている。

「ほんとだ、凄いねえ」

ふだんの勇太とはまるで異なる面を見たような気がして、我知らず声が弾んだ。

「この子は神童かもしれませんな、おっ母さん」

だから、佐吉さんが母親じゃないって説明したでしょ。この師匠、人の話をまるで聞いてない。

「お時ちゃん、どうなの、大丈夫」

どうやら娘が目を覚ましたようで、母親が矢継ぎ早に問いかけている。

「おい、病人にぎゃあぎゃあ、わめくんじゃねえ」

三哲に止められて、母親はきっとなった。

「このあいだ、おたくに伺ったの憶えてるわね」

「忘れいでか。いまだに金魚と鯉を見たら噛《か》みつきたくならあ」

「何なのよ、また、わけのわからないこと言い散らして。あのね、おたくがあの日ちゃんと診立ててさえいたら、こんな、往来で倒れるような破目にはならなかったんですよ。ちょっとは神妙にしたらどうなの」

「俺の診立てが気にいらねぇって押し返したのは、そっちじゃねえか」

「当たり前ですよ。お時ちゃんが見当違いな処方だって見抜いたから良かったようなものの、弁《わきま》えのない患者だったら藪の言いなりになってたわけでしょう。ほんと、怖いったら」

すると三哲が己の頭に手を突っ込んで掻き毟《むし》り、「面倒臭えなあ」と鼻の穴を広げた。

厭な予感がして佐吉を探したが、姿が見えない。あれ、どこに行ったんだろう。

三哲は鼻から音がするほど息を吐き、だしぬけに話を変えた。

「この子、物心ついた時分から器用だったろう」

母親がまた口の端を下げ、横を向いた。

「ええ、そうですよ。お箸も筆も最初からちゃんとできて、墨の磨《す》り方なんてもういきなり書家の風格がありましたよ。絵を描かせたら誰が教えたわけでもないのに濃淡をつけて。さっきちらりと耳にしましたけど、そんな、ねえ。神童なんぞそうそう、いるもんじゃあないんです。お時ちゃんみたいな、本物の神童はね。お琴もお茶も教えを請われて、方々から書画会の引き合いもあるんですから」

母親は自慢を織り交ぜているうちにいい気になってきたのか、蒼褪《あおざ》めていた顔に色が戻ってきた。

「まあ、あんたがそんな風だから、この子も頑張るしかないわなあ。倒れちまうほどに」

「何ですって。わ、私のせいだって言うんですか」

母親が目の端を吊り上げた。

「私はねえ、お時ちゃんのためなら何だってしてきてるんです。片時もそばを離れないで、いつだって精一杯、お時ちゃんに尽くしてますよ」

「亭主は」

「知りませんよ。あの人は好きにやってるんでしょ。ほんと、何もかもだらしなくって、神童の父親とはとても思えない」

「だからぁ、あんたの娘は器用なんだよ。生まれつき手先が器用な子はいるもんでな。書画に音曲、舞なんぞでも、大人がびっくりするような才を見せる子はいくらでもいる。が、この子は身の処し方まで器用だ。あんたの気に染《そ》むように動くと見せかけて、まんまとあんたを利用してる。内心、見下しながらな」

「そんなこと、なんでおたくなんかにわかるのよ」

「大人が嫌いだってぇ顔してるさ。こんな大人になりたかねぇってのが周りに揃ってるから、大人そのものを小馬鹿にしてる」

お時はまた目を閉じているが、時々、眉根を寄せているので、三哲と母親の話は聞こえているのかもしれない。

「いくら器用でも利発でも、七歳はまだ躰ができてねぇんだぞ。なのにいつでも顔色を窺《うかが》われて、どうしたいのかと迫られる。いや、周りの大人を従えて動かすってのは最初は面白かったかもしれねぇが、何もかも己で判断するってのは大人でもきついぜえ。頼れるのは己一人きり、駄々の一つもこねられねぇで、この子の肝玉はとっくに悲鳴を上げてら。たぶんあんたの知らないとこで疳癪を起こし、頭痛をこらえ、悪い物を喰ったはずもねぇのに気持ち悪くなったりしてたはずだ」

「強情な人ねえ。お時ちゃんが自分で話したでしょう。この子は疳癪持ちじゃないし、いつでも平静極まりないんです」

三哲はぎょろりと大きな目玉を動かして、母親に目を据えた。

「患者は嘘をつくもんだ」

「嘘ですって」

「躰の症を筋道立てて話せる者なんぞ、そうそういやしないってことさ。まあ、こちとら子供相手の小児医だからな、親の出鱈目《でたらめ》は端《はな》から聞き流すが、あんたらみたいに母娘揃って嘘をついたのは珍しい」

「人聞きの悪いことを言わないでちょうだい。私もお時ちゃんも、嘘なんぞつく人間じゃありませんよ」

母親の顔色から血の気が引き、掌で畳の表を叩いた。しかし三哲は目をそらさない。

「なら、何で医者に診せる。どこも悪くねぇのに出入りの医者に薬を出させて、うちにも寄った。調子を整えるだの御守だのとほざいてたが、本当は認めたくないだけだったんだろうが。どこか、何かがおかしいってことを」

戸口で音がして、風が入る。佐吉だ。

「遅くなりました」

佐吉は三哲の傍らに寄ると、包みを二つ渡す。生薬の匂いがするので、どうやら内藤屋に走ってくれていたらしい。

「ご指示の通りに処方してあります」

三哲は母親に包みを差し出した。

「このあいだ、顔色と声、喋り方で察しはついていたが、今日、ぶっ倒れてはっきりした。俺の診立ては変わらねえ。処方はやっぱり抑肝散だ」

母親は顎を引き、ややあって口の中で言った。

「こんなに沢山、無駄ですよ。お時ちゃんは自分が得心しないお薬は、いえ、お菜だって口にしてくれないんです」

「いや。こっちの包みはあんたの分だ」

「私が、何で」

母親の声が裏返った。

「母子同服《ぼしどうふく》」

そう呟いたのは、横たわっているお時だった。

「お時ちゃん、今、何て」

「子供だけを治そうとしても無理だってこと」

そしてお時は肘《ひじ》を立てて身を起こし、母親に顔を向けた。上目遣いに、母親の気持ちを探るような目をしている。

「とくに、母親と子は症の根っこがつながってる、みたい」

母親はしばらく目を瞠《みは》るようにして娘を見返していたが、ふいに肩を下ろした。細く長い息を吐いて、二つの包みを膝前に引き寄せた。

三哲はやれやれとばかりに首を回し、今度はおゆんにしきりと目配せする。「ん、ん」と四角い顎をしゃくり、しまいには身振りまでする。

紙に、さらさらと、筆で。ああ、住まってる所と名を書いてもらっとけ、ってこと。おゆんが口だけを動かしてたしかめると、三哲は季節はずれの獅子舞のように首を縦に振り、ぶ厚い歯をむき出した。

薬代をたっぷりとふんだくれそうで、笑っているのだった。

七夕祭の日になった。松風塾では夕暮れから「七夕会」が開かれることになっており、おゆんたちも招かれている。

あの、いかにも上っ調子な師匠はなかなかのやり手であるらしく、礼法を省いて手習子が入門しやすくするだけでなく、毎月、何がしかの催《もよお》しを行なって勤め帰りの親や祖父母を招き、子供が学ぶ様子を見物させて人気を集めているようだ。

ことに今日の七夕会では子供らが思い思いの字句を親の前で書いた後、あのお時が訪れて七夕の書を披露するらしい。三哲に負けず劣らず図々しそうな師匠は、もしかしたらお時が倒れて担ぎ込まれたあの日にすかさず頼んだのかもしれない。

けれどおゆんはあの子がどんな顔つきで筆を揮《ふる》うのか、何と書くのか、少し楽しみである。

勇太も塾に通うようになってから、よく喋るようになった。まだ声は小さいけれど、おゆんやお安の用意した弁当を持って「行ってきます」と言い、帰り道では友達と少し遊んでくることもあって、帰るなりおゆんにいろんな話を聞かせる。そして夕餉までは草紙帳を広げて、「七夕会で何て書こうかな」と思案するのだ。佐吉のように、顎に指を当てて。

「勇太ちゃんは近頃、ちっともうちに寄ってくれない。あたしにただいまって言うのも走りながらで、ここにまっしぐらだもの。ねえ、佐吉さんもここに帰ってきてるんだろ」

お安がおゆんに訊ねると、横に坐っているお亀婆さんも「ああ、まったく」と不服げな声を出した。

「しばらく佐吉さんに会えてないよ」

「お父っつぁんといろいろ薬の話もあって。帰ってくるのも随分と遅いし」

それは本当のことで後ろ暗いことは何もないのに、この二人相手にはつい言い訳めいたことを口にしてしまう。

　お安はまだ残念そうに、瞼の上を掻いた。

「初登山さえ一緒に行けてたらねえ。んもう、どこでおっ母さんが危ないって話になったのか、ちょっと転んで足を挫《くじ》いただけなのにさ。人の伝言ってのはいい加減なもんだねえ」

「あたしだって。もう赤子の頭が出てるって差配人が言うから駆けつけたのに、何のことはない。当の妊婦は腹が減ったとばかりに団子をくわえてたんだから。で、あたしが産屋《うぶや》に入った途端、陣痛が始まった」

「びっくりしたんじゃないの、あんな白塗り、見せたから」

「あんたのおっ母さんも緑色の口見たら、いっぺん息が止まったろう。気の毒に」

二人は初登山の日のことを蒸し返しては、憎まれ口を叩き合う。おゆんは土瓶を手にして台所に入ってから、こらえきれずに噴き出した。

　初登山の数日後、三哲が佐吉に晩酌の相手をさせていて、妙なことがわかったのだ。

「勇太がそう言ったのですか。私が入門の挨拶に行けなくなった、と」

　おゆんがちょうど煎《い》り豆を持って、茶の間に入ったばかりの時だ。勇太はもう寝てしまっていたので声を潜めて問い返した。

「違うんですか」

そういえば佐吉は少々、遅れてきたものの、ごく当たり前のように広間に入ってきた。駄目だったはずが急に都合がついたとも何とも、口にしなかったのだ。

「ははん。あいつ」

三哲が妙な笑い方をして顎をしゃくった。佐吉は首を傾げたが、おゆんは勇太の寝顔を見るうちに「あ」と思い当たった。

「あの二人についてきてもらいたく、なかった、とか」

「おうよ。あんな仰々しい、御殿女中の成れの果てみてぇな白塗りを従えて入門してみろ。いろいろからかわれて、後が大変だぁな」

佐吉は「申し訳ありません、それでおゆんさんにご厄介をかけることになったんですね」と詫びた。

「いえ、あたしはいいんですけど」

勇太には驚かされる。佐吉が同席しないと告げたら、お亀婆さんもお安も伴をあきらめてくれると、よく思いついたものだ。

「後で叱っておきます。さんざん世話になってるお人らに、そんな嘘をついて」

佐吉は頭を下げたが、三哲は「ほっとけ」と言った。

「子供の嘘は知恵の回り始めってことよ。いや、勇太はよく辛抱してたぜ。子供によったら、ひきつけを起こしてもおかしくねえ形相《ぎょうそう》だったんだ、あの二人」

「そんなに凄かったんですか」

「まあ、二人とも人が呼びに来て都合が悪くなったのは、勇太にツキがあったってことだぁな」

そこで三哲は、「ん」と目玉を上に向けた。

「おゆん、なんか臭わねぇか。平仄《ひょうそく》が合いすぎだ」

「そういえば、え、けど、まさか勇太がそんなこと」

「当たり前ぇだ。勇太が今からそんなことができりゃあ、本物の神童でえ。末はお代官か大泥棒になれらあ」

不得要領な顔をしている佐吉に事の顚末《てんまつ》を話すと、顎に指を当ててしばらく考えていたが、つと口を開いた。

「刺し違えた、んでしょうか」

佐吉は元は侍なので、時々耳慣れない言葉を使う。が、三哲は膝を打った。

「お安を押しのけようとした婆さんが陰で嘘の伝言を仕組んで。で、お安も同じことをやらかしてたってか。一方だけならすぐに露見したろうが、何せ、刺し違えたからなあ」

腹を抱えて、馬鹿笑いだ。

「お父っつぁん、しっ、勇太が起きちゃう」

「いえ、おゆんさん、お構いなく」

佐吉も眉を下げて笑っている。

「それにしてもなあ、佐の字。めったな後添《のちぞ》えはもらえねぇぞ。あの二人がどんな横槍を入れるか」

そうか。勇太のおっ母さんになる人は、もれなくあの二人を敵に回すということだ。たしかに、想像するだけで恐ろしい。

「おゆんちゃん、そろそろ出ようか」

お安の声がして、はっと気を戻した。土瓶を持ったまま、思い出し笑いをしていたのだ。慌てて前垂れをはずして、戸締まりをする。

「三ちゃんと佐吉さんは、向こうに直《じか》に行くんだよね」

お安が今度こそとばかりに、佐吉の名に力を籠《こ》めた。

「うん、内藤屋さんから向かうって」

三哲は今日、内藤屋に招かれて、といってても吉原でもてなしてもらえるわけではなく、近頃、やたらと注文を増やしたので、主《あるじ》が挨拶をしたいとのことだった。

通りに出ると、家々の屋根高くにずらりと聳《そび》えた笹竹が一斉に風に靡《なび》く音がした。

竹に結わえられているのは色紙《いろがみ》の網に吹き流し、数珠《じゅず》のごとく連ねた酸漿《ほおずき》、それに紙で作った硯や筆、算盤や大福帳まであって、風が吹くたび秋空がさわさわと鳴る。

「勇太、今日は何て書くんだろうね。そうだ、亀とか」

お亀婆さんは歩きながら、期待を膨らませている。お安がすかさず言い返す。

「だめだめ、亀は画数が多いよ。ややっこしい」

おゆんは何となく、それを知っている。

勇太の草紙帳は上から何度も書いてもう真っ黒になっているのだが、筆の運びで三文字を練習していることは知れた。脇からそっと窺っていると、勇太はそれを書くたび、にっこりと笑うのである。

──駄々丸

何が気に入ってかわからないが、勇太はそう書いていた。

もしかしたらこれからえらい駄々っ子になって、手こずらされる。

まさかあの子に限ってそんなことあり得ないと思いながら、勇太が悪戯をして天神机の上に立たされている姿をちょっと見てみたいような気もした。

暮れかかる東の空ではもう、星がたくさん瞬いている。

桜の風

安住洋子

安住洋子（あずみ・ようこ）
一九五八年兵庫県生まれ。九九年、「しずり雪」で長塚節文学賞短編小説部門大賞を受賞。二〇〇四年、中短編集『しずり雪』でデビュー。ほか著書に『夜半の綺羅星』『日無坂』『いさご波』『春告げ坂』『遙かなる城沼』『み仏のかんばせ』がある。

一

夕闇《ゆうやみ》にあたりが暗くなっても、木蓮《もくれん》の膨らみかけた蕾《つぼみ》がうっすらと浮かび上がって見えていた。木蓮は板塀よりも背が高く通りから目についた。白い蕾は陽射《ひざ》しがあれば明日あたりには咲きそうだった。

（木蓮か……。桜もすぐだな）

淳之祐《じゅんのすけ》は板塀の角を折れ、玄関に向かう。

板塀沿いに薬取りが並んで待っていた。養父の高橋宋庵《たかはしそうあん》と義兄の基則《もとのり》はまだ調剤の仕事を終えていないのだと察し、淳之祐は訪《おと》ないを告げるのをためらった。

薬取りは商家の手代や武家の中間《ちゅうげん》で、調剤が出来るのを辛抱強く待っているようだった。

淳之祐を養子に迎えてくれた高橋の家は代々医者をしていた。五歳で引き取られた淳之祐はその頃から、日々患者の診察に明け暮れる宋庵を見て育った。十五歳になっていた基則は既に父の手伝いをしながら医学を学んでいた。淳之祐の記憶にある二人はいつも多忙を極めていた。

淳之祐も早くから学問を始め、宋庵と基則から教えを受けていたが、二十歳で小石川養生所の見習医になり、以来三年、高橋の家にはほとんど帰っていない。基則は嫁を娶《めと》って今は二人の子どもにも恵まれ、父の跡を継いでいた。

先ごろ、基則が小石川まで医書を持参し淳之祐に貸してくれた。それは、蘭学の内科書ヘネースコンストの一部だった。医学館でヘネースコンストを筆写したいと思っていてもいつも貸しだされており、なかなか手にできない写本だ。僅《わず》かずつでも書き写すことができれば淳之祐としてはありがたい。義兄にとっても大切な写本だ。早く返さなくてはいけないと思い今日やってきた。

三和土《たたき》で待っている薬取りの中間が「順番に並びなよ」と淳之祐に声をかけてきた。

「ずいぶんかかって、ようやくここまで来たんだぜ。横入りはやめてくんな」

「高橋先生は丁寧すぎるんだよな。まったく、いつまで待てばいいのやら」

薬取りたちは待ちくたびれているようだった。

「すみません」

思わず淳之祐は頭を下げた。

そこへ、葭衝立《よしついたて》の奥から薬を手に養母の佳枝《かえ》が「お待たせしましたね、柏屋《かしわや》さんのお使いの方、お薬ができました」と出てきた。

「あら、淳之祐さん」

佳枝は嬉《うれ》しそうに微笑《ほほえ》んだが、一目見て淳之祐は驚き戸惑った。ふっくらしていた佳枝がずいぶんと痩《や》せている。

「痩せたでしょう。驚きましたか」

佳枝は笑みを浮かべているが顔色はよくない。

とっさに悪い病気ではないのかと淳之祐は案じた。

「身が軽くなって、動きやすくなりましたよ」

佳枝は別段辛《つら》そうな様子はなかった。淳之祐が義兄に借りた本を返しに来た旨《むね》を伝えると、上がって待つようにと佳枝は促した。

「兄上はお忙しいですから、ここで待っています」

「すぐに手が空きますよ。早く上がって」

佳枝は急《せ》きたてるように淳之祐を座敷に通した。

「たまには顔を出して下さい。すっかり養生所の人になってしまって。もうそろそろうちに帰って来てもいいでしょうに。では、呼んできますね」

矢継ぎ早に話す佳枝に淳之祐は返す言葉もなく、その背を見送っていた。家に帰ってきたのは久しぶりだった。半年ほど前に立ち寄ったときは、佳枝はこんなには痩せていなかったはずだ。ひとまわりもふたまわりも小さくなったように感じる。ただごとではないのではないか、と不安を覚えた。これは父か兄に訊《たず》ねてみなければと思う。

広縁《ひろえん》の先の中庭に目を移す。

幼いころ、根方でよくしゃがみ込んだ桜の木が目に留まった。先日、養生所の薪《まき》小屋で隠れていた油問屋の丁稚《でっち》の小さな肩が脳裏に浮かんでくる。膝《ひざ》を抱え肩を縮こめていた丁稚の姿につい自分を重ねてしまう。

高橋の家の者は、養子の淳之祐に優しかった。辛い思いをしたことはない。歳《とし》の離れた義兄の基則はなんでも教えてくれ、淳之祐につきあって石けりや凧揚《たこあ》げ、剣術の稽古《けいこ》の相手をしてくれたこともあった。しかし、喧嘩《けんか》をしたことはない。ぶつかったことは一度もなかった。基則はいつも話のわかる義兄だった。

淳之祐にはそれが寂しかった。

そう感じたのは贅沢《ぜいたく》だったのだと今では思えるが、当時は桜の木の下でいつまでも膝を抱えて座り地面に絵を描いて遊んでいた。

桜は関山《かんざん》という種類の古木で幹が太い。

淳之祐は中庭に降り、桜の黒い木肌に触れてみた。ざらついた感触は昔のままである。満開の頃は、ここに座って飽きもせず見上げていたこともあった。

弓なりに曲がった枝いっぱいに大ぶりの花を付ける関山は、圧倒されるくらい美しい八重桜だった。

散り際《ぎわ》がまた一段と綺麗《きれい》だった。花びらが雪のように次から次へと舞い落ち、吹く風が淡い桜色に染まり自分を包んでいるような気がした。

目を閉じると暖かい陽を浴びていた感覚までも甦《よみがえ》ってくる。

あのとき、広縁に佳枝が座っていた。一度や二度ではない。目についたら立ち止り気にかけてくれていた。

穏やかに「淳之祐さん、綺麗ですね」と一緒に眺めてくれたのを思い出した。艶《つや》やかな髪をきちんと結い柔らかな頰に笑みを浮かべていた。膝の上でゆったりと組まれた指先は白魚のようになめらかで美しかった。その手を差し伸べ「いらっしゃい」と声をかけてくれたのに淳之祐は足を送ることもできなかった。

どう甘えればいいのかわからず、頑《かたく》なな子どもだったと思う。

そんな淳之祐を佳枝は受け入れ、見守ってくれていたのだろう。

「まだ咲きませんよ」

子どもの声に我に返った。

広縁に幼い姪《めい》が立っていた。

「もう少ししたら咲くって、お祖母《ばあ》様が教えてくれました」

「楽しみだね」

淳之祐が歩み寄ると姪は後ずさった。

ついこの前まで赤ん坊だと思っていたが、もうこんな口をきくようになったのかと驚いた。

「いくつになったのかな」

「四つ」

「そうか、大きくなったね」

淳之祐が傍らに腰をかけると、奥から甥《おい》の隆俊《たかとし》が慌《あわ》ててやってきた。

「こっちにおいで。叔父上は御用があるのだから」

淳之祐に向き直り、「いらっしゃいませ」と挨拶《あいさつ》した。隆俊は八つだった。

(ずいぶんしっかりしたものだ)

淳之祐が感心していると、宋庵が広縁に現れた。

「待たせたな、淳之祐」

「父上」

義兄に写本を返すつもりだったが、宋庵が出てきたので驚いた。宋庵は二人の孫に
「下がっていなさい」と静かに言った。隆俊が妹を連れていった。

「ようやく来てくれたな」

宋庵は笑みを浮かべた。

「兄上の写本をお返しに来ました」

「そうでもしないと、おまえはいっこうに来てくれない」

「では、兄上は……」

「私が頼んだことだが、基則は本心からおまえに貸してやりたかったそうだ。どうだ、役に立ったか」

「それはもう。前々から筆写したかったものなので」

淳之祐は風呂敷《ふろしき》包みを解いて、写本を差し出した。

「うちに帰ってくれば、おまえが読みたい本もたくさんあるだろうし、うちから医学館に通えば今の何倍も勉強できるぞ」

「それは、そうですが」

淳之祐は返事に困った。

「淳之祐と話す機会がほしくてな」

宋庵は行灯《あんどん》を心持ち引き寄せた。

明りに照らされた養父は少し歳を取ってみえた。引き締まった表情は変わらないが、白髪が増え皺《しわ》が深くなっている。違い棚に宋庵の影が映り、微《かす》かに揺れていた。

「まだ養生所にいるつもりなのか」

「はい」

淳之祐は迷いなく答えた。

宋庵は「やはりそうか」と呟《つぶや》いた。

「養生所で経験を積むのも修業だと思い、おまえの望むままに出したのだが」

養父や義兄が養生所に長くいるのは望んでいないだろうと淳之祐も察していた。それもあって、家に足が向かなくなっていた。

「いつまで養生所にいるつもりだ。肝煎《きもいり》もおられるのだから、淳之祐がいなくてもいいのではないか。責任のある立場ではなかろうに」

養生所には設立以来、小川笙船《しょうせん》の子孫が起居している。

「このまま残って御番医《ごばんい》を目指しているのか」

「御番医ですか……」

考えたこともなかった。

津留川《つるかわ》ならともかく、自分にはそのつもりはないと淳之祐は首を振る。

「うちに戻って、基則と一緒にやってくれてもいい」

そう思わないでもなかったが、義兄には隆俊という跡取りがいる。自分が戻ったところで家の役に立つとは思えない。

「うちで引き取ったときはまだ五歳だったか」

宋庵は懐《なつ》かしそうだった。

「ここまでよく努力したものだ」

「父上や兄上のお陰です」

淳之祐は素直に頭を下げた。

「結木《ゆうき》の家を再興してもいいのだぞ」

宋庵の言葉に淳之祐は顔を上げた。

父が詰め腹を切らされ、家は断絶した。姉の那歌《なか》は十五のときに歳の離れた下級武士の後添えに出された。淳之祐が幼い頃は何度か高橋の家を訪ねてくれたが、もう何年も会っていない。女児が一人生まれ、その子はもう姉が嫁いだ年格好になっているはずだ。姉は今も番町に住んでいる。

「姓だけでも戻してもいいのではないか。亡《な》くなった御両親も望んでおられるだろう」

宋庵に勧められたが、淳之祐は押し黙っていた。

「おまえが立派に医者として歩み始め、私は自分の役目は果たしたと思っている。なんの気兼ねもいらないのだ。高橋の次男のままでいるのなら、それはそれでもちろん嬉しい」

淳之祐は宋庵の気持ちがありがたかった。

「今はただ、勉学を続けたいとそれだけを望んでいます」

「そうか。私の考えを話したまでだ。一度は言っておこうと思っていたのでな。追々に考えていけばよい」

宋庵はどこか落ち着かない様子だった。淳之祐もなぜ宋庵が今そのようなことを切りだしたのか腑《ふ》に落ちず、返事のしようがなく気まずくなる。

「たまには顔を出しなさい。佳枝も会いたがっている」

「母上ですか」

宋庵は頷《うなず》き、視線を落とした。

「おまえも気づいたであろう」

淳之祐は思わず驚きの声を上げそうになった。

「あと半年か三月《みつき》かというところだろう。胃の腑の上のあたりに腫瘍《しゆよう》があってな。吐き気と痛みは薬でなんとか抑えているが、ものが食べられない。本人が床につくのを嫌がるので普段通りに過ごさせているが、それもいつまでもつか」

宋庵は絞り出すように話した。

「母上は、そのことは」

「話してはいない。しかし、察しているのかもしれん。薬で治るという私と基則の言葉を信じているふりをしているようだ」

明るく振舞っていた母の姿が胸に迫ってくる。

「だからと言って、今すぐおまえの身の振り方を決めて佳枝に報告してほしいというのではない。あれもおまえのことを心配しているだろうから、機会があれば安心させてやってくれればと思ってな」

「わかりました。父上の仰《おつしや》る通りだと思います。しかし、今すぐは決めかねます」

淳之祐はありのままを話した。

「それはそうだろうな」

「顔を出すようにします。でも、急に頻繁にというのでは、かえって母上がお辛い思いをするかもしれません」

「また写本を貸そう。おまえの好きな関山ももうすぐ咲く。佳枝と一緒に眺めてはどうだ」

宋庵は中庭を眺め、桜が見えているかのように目を細めた。

「父上は覚えておられるのですか」

「覚えているとも。時々、一人になりたがって、関山の根元で一日中でも座り込んでいた。すなおな良い子であったから、その分、我儘《わがまま》を言いたかったり寂しかったりするのを我慢していたのかもしれん。佳枝がそんなおまえを心配して、よく見ていたな」

宋庵は懐かしそうに語った。

そして、その様子を養父は見守ってくれていたのかと淳之祐は胸が熱くなった。

血の繋《つな》がりはなくても親子であり、家族なのだと改めて感じ、淳之祐は今は闇に佇《たたず》む関山に目を移した。

淳之祐が養生所に戻ってくると、台所脇《わき》の井戸で伊佐次《いさじ》が桶《おけ》に水を汲《く》んでいた。傍らに若い男がしゃがみ、さらしをしぼりながら「一日目からきついっすね」とおどけるように言った。伊佐次に「これからだぞ」と返され男は首をすくめた。

男は今日看護中間の見習いで入ったばかりの鉄平《てっぺい》だった。看護中間たちが怠けて働き手がいないと養生所見廻り同心に訴えていたところ、十七歳の鉄平を雇ったのだ。今日は、淳之祐が養生所を出るまでずっと伊佐次について働いていた。

養生所内はそろそろ眠りにつく時分だった。

「まだ休まないのですか」

「高橋先生、お帰りなさい。ちょっと手が離せなくて。今夜は付ききりになりそうです」

伊佐次が答えた。

「誰か、急変でも。仙蔵《せんぞう》さんですか」

伊佐次はこのところ、新部屋に入った仙蔵の世話にかかりきりだった。仙蔵は肝の臓を患《わずら》っている。もし、急変したのなら深刻だと淳之祐は慌てた。

「いえ、先生が留守の間にかつぎこまれた年寄りで、加助《かすけ》さんといいます。怪我《けが》がひどくて。左腕の骨を折っています。左足首も捻《ひね》っているので、今日は冷やし続けた方がいいということで」

「気の毒にえらい目にあったらしいですよ」

伊佐次と鉄平が二つずつ桶を運んで行く。

「手伝いましょう」

淳之祐が手を差し出した。

「大丈夫ですよ」

「おいらがいるんだ、まかせてくださいよ」

鉄平が人懐こく答えた。細い目じりが下がり、顔中で笑っているような明るさがあった。

「頼りになるな、鉄平」

胸が塞《ふさ》がっていた淳之祐は鉄平の朗らかさに救われたような気がした。

「高橋先生は甘いなぁ。まだ一日目ですよ。いつ音《ね》を上げるか、わからないな」

伊佐次が苦笑する。

「そりゃあ、ひでぇや」

鉄平が苦笑いをしながらまた大きな口を開けた。ひょろひょろとした鉄平は首に青筋を立てながら桶を運んでいった。

「加助さんはいつここに」

「半時《はんとき》ほど前です。外科の末綱《すえつな》先生がまだ残っておられたので、助かりました。手当は終わっています」

「どうしてそんな大怪我を」

「若い者に絡《から》まれたとか。今は気が動転して話ができそうにないです。北部屋に入っています」

北部屋の看護中間は長作《ちょうさく》と磯吉《いそきち》のはずだった。

「伊佐次さんが看《み》ているのですか」

「へい、他に誰もいませんから」

また博打《ばくち》をしているのだろうと淳之祐は呆《あき》れた。淳之祐や見廻り同心がいくら注意しても彼らはいっこうに改まらない。同心から与力に話を上げてもらっても結果は同じだった。しばらくはおとなしく看護の仕事をしても、またすぐに怠けだし、博打を始める。

「新部屋の仙蔵さんは落ち着いています。あっしの手なら空いてますよ」

淳之祐と伊佐次は北部屋に向かった。

「伊佐次さんの用ばかりが増えてしまう」

「平気ですよ。先生だって同じじゃないですか。鉄平が入ってくれて、助かりますよ」

伊佐次に言われ、鉄平は照れながら首をすくめた。

北部屋の隅で老人が痛みをこらえながら横たわっていた。

「加助さん、今冷やしますからね」

鉄平が軽い足取りで駆け寄り、すかさず声をかけた。

伊佐次と鉄平は腕と足首に捲《ま》いていたさらしを解き、水で冷やした手ぬぐいをあてていく。

淳之祐も手伝いながら加助を診てみた。全身に痣《あざ》や擦り傷がある。擦り傷は処置済みできれいに洗われ軟膏《なんこう》が塗られていた。気になるのは青黒く腫《は》れあがった足首と腕だった。捻挫《ねんざ》と骨折に間違いなかった。完治には時がかかるだろうと思える。

加助は「家に帰れるかい、帰れるかい、いつになるんだ」としきりに訊《たず》ねていた。

伊佐次の話によると、加助は千駄木《せんだぎ》町の裏店《うらだな》に住んでおり、女房のお杉《すぎ》と二八蕎麦《そば》の屋台を引いて細々と暮らしを立てている。今夜は加助だけが商売に出ていたが、藍染《あいぞめ》川の川端で若い者に襲われ、屋台を壊され怪我を負ったということだった。

「蕎麦代を踏み倒そうとしたのがきっかけで、騒動になったらしいです」

「どんな相手だったのですか」

「人が駆けつけたときは逃げたあとだったそうで。五人か六人か。遊び人ではなく、お武家や町方の若者たちのような格好だったとか」

「それで蕎麦代を払わずに……ですか」

淳之祐は、武家の若者がそのようなことをするだろうかと不審を抱いた。蕎麦代など安いものだ。

伊佐次も首を傾《かし》げていた。

「何か覚えていないのですか」

淳之祐が訊ねても加助は震えながら「早く帰らねぇと、お杉が……、お杉が」と繰り返すばかりだった。

「運ばれたときに、お杉さんも付き添ってきましたが、なにしろ、加助さんは動けません。お杉さんでは支えきれず、怪我が少しよくなるまではここで養生するしかないだろうと末綱先生が言われ、今夜のところはお杉さんには引き取ってもらいました」

「これじゃあ、どうにもなりませんや。まずは少しでも良くならないと」

鉄平が腕組みをして口をへの字にしている。

淳之祐も顔を曇らせた。

「加助さん、相手に心当たりはないのですか。覚えていることとか」

淳之祐の問いに加助は黙り込む。それを見て伊佐次は小さく首を振った。今は無理だと言いたげだった。淳之祐も頷いた。

「足首が治れば、動けるようになります。家にも帰れますよ」

加助は淳之祐をすがるような目つきで見上げた。

「治りますかい」

「もちろんです。しばらくは動かさないように。不自由ですが我慢してください」

加助は肩を落とし「へい」と頷いた。動けるようになるまではここで世話になるしかないと観念したようだった。

加助を落ち着かせ、三人は北部屋を出た。

「鉄平、先に中間部屋で休んでくれ」

「今日はもういいんですかい」

鉄平は嬉《うれ》しそうに伊佐次を見上げた。

「よく頑張ってくれたな。中間部屋の広い方で博打をしている奴《やつ》らがいるから、そっちには入るなよ。狭い方で寝ろ」

「そうなんですかい」

鉄平は博打に興味があるようだった。

「さっきも言ったが、博打は恐ろしいぞ。稼ぎや食い扶持《ぶち》をつぎ込んでも追いつかなくなって、ここの米や味噌《みそ》を売ってしまう奴までいる。そんなことをしたら、おまえ、泥棒と同じになるんだぞ。首根っこ押さえられてしょっ引かれた奴もいる。そんな目に遭いたいのか」

伊佐次に説教され、鉄平は「そいつは勘弁」と手を振った。

「おとなしく寝ます」

鉄平は頭をかきながら先に中間部屋に行った。

「面白い奴ですよ」

伊佐次が呟《つぶや》いた。

「働いてくれそうですね」

伊佐次の負担が減れば助かると淳之祐は鉄平に期待を寄せた。

「どっちにでも転びそうなところはありますがね」

「どこから来たんですか」

「武州の百姓の出で、上方商人の江戸店で奉公していたところ店の都合で畳むことになって、ほとんどの者は上方に行ったとか。鉄平はついて行かずに江戸に残って働き口を探していたようです」

「江戸が気に入っているのでしょうか」

「どうでしょうねぇ」

各病人部屋に二つ、三つの明りが灯っているが、寝静まった頃を見計らって一つを残して消しに廻らなければいけない。

「見廻りにいきますか」

伊佐次は先に立って新部屋に向かった。

二

明くる日、伊佐次と鉄平が加助の傷に軟膏を塗っていると、養生所見廻り同心の糸洲《いとす》が昨夜のことを聞き取りにやってきた。淳之祐もその場に立ち会った。北部屋の看護中間番子《ばんこ》の磯吉は眠たそうに傍らに座っていた。

「覚えていることを話しなさい。町廻りに報告し、怪我を負わせた者たちを調べに行かせることになっている」

糸洲にそう言われても加助は昨夜と同じように視線を泳がせるばかりだった。

「何か話したくない訳でもあるのか」

糸洲が聞きなおしても加助は口を開かない。たまりかねた淳之祐が「恐ろしい目にあったのですから、話したくないのでは」と言葉を添えた。

「嫌なことは、もう忘れたいですよね」

鉄平も加助を思いやる。

「加助だけの問題ではない。このままではまた同じようなことが起こらないとも限らんしな」

糸洲は答えない加助に不満げだった。

「若いお武家さまだったらしいですよ。町方の者もいたそうです」

伊佐次が説明する。

「近辺の武家屋敷の者だろうか」

糸洲は綴《つづ》りに書きつけた。

加助が怯《おび》えたように口元を震わせながら呟いた。

「神部《かんべ》道場の者だが、文句あるか……と、言ってたんでさ。かなり酔いつぶれていて」

「神部道場か。七軒町《しちけんちょう》にある剣術道場だな。すると、根津の門前町あたりで酒を飲んで、加助の屋台に立ち寄ったというところだろうか」

糸洲は書き留めたが、加助は首を振った。

「お役人さま、もういいんです。相手はお武家さまだ、取りあってなどもらえないのはわかってるんで。逆恨みでもされたらおっかねぇ。うちじゃあ、お杉が一人なんでさ。何かされたらと思うと恐ろしくって。早く帰ってやらなきゃあ」

加助ははなから泣き寝入りをするつもりのようだった。

「調べを入れて裏が取れれば、お武家といえども処分を下すことはできるのだ。なにも臆《おく》することはないぞ」

「加助さん、こんな痛い思いして、このままでいいんですか。屋台だって弁償してもらいたいでしょう。暮らしだって……」

糸洲と淳之祐がいくら言っても加助は首を振り続ける。

「もう関わりたくねぇ」

加助の頑《かたく》なな様子に糸洲は困り果てていたが、「報告しておく。役目だからな」と立ち上がった。

「用があれば言って下さいよ」

伊佐次が加助の裾《すそ》を直し、上掛けをかけた。

「すぐに飛んできますさぁ」

鉄平が笑顔を向けると加助の表情は少しほぐれた。

四人は廊下に向かった。

「やはり今はまだ無理でしたね」

「恐ろしさばかりが先に立つのですかねぇ。また折りをみてあっしから聴いてみますよ」

淳之祐と伊佐次の話に鉄平が入ってくる。

「けど、なんで町方の奴らが道場にいるんですかね」

「近頃の道場は、町方の者でも弟子に取るからな。裕福な町方の者の方が、かえっていいというところもあるんだぜ」

そう話していると、北部屋の看護中間親方の長作がやってきて伊佐次を呼び止めた。

「おい、伊佐次、ここは北部屋だぜ」

鉄平はぎょっとして伊佐次の後ろにさっと廻りこんだ。

「ここの番子は磯吉なんだがな」

「そんなこと、知ってまさぁね」

伊佐次は長作の視線を逸《そ》らさずはっきり答えた。酒焼けした赤ら顔の長作が顎《あご》を上げる。

「じゃあ、おまえが出張《でば》ることはねぇだろ」

伊佐次は長作を一瞥《いちべつ》し、だるそうに見上げている磯吉に目を移した。

「ちゃんと看てくれるんだろうな」

「あぁ、持ち分だからよ」

磯吉は首を掻《か》きながら答えた。

「おまえは新部屋に帰《けえ》りな」

詰め寄る長作を伊佐次はまっすぐ見返した。

「適当にするつもりなら、あっしは引きませんぜ」

「くどい野郎だな。ここは北部屋だ」

長作の剣幕に鉄平は首をすくめ伊佐次を窺《うかが》っている。

伊佐次は「わかりやした」と呟き「なら、加助さんの腕と足首をこまめに冷やしておくんなさい。動けないのでそのつもりで」と念を押した。

それを聞き、磯吉は袖《そで》をたくし上げた腕を面倒くさそうになでる。

まわりにいる北部屋の病人たちが様子を窺っていた。気の毒そうに加助を見ている者もいた。

「磯吉、しゃんとしろよ。てめぇがだらしねぇから、こいつに舐《な》められるんだ。とっと動け」

長作に怒鳴られ背を伸ばしたが、小柄な磯吉は長作の肩口に届きかねた。

伊佐次は長作と磯吉に目をやったが、何も言わずすぐ立ち去った。

その様子をじろりと見ていた長作が吐き捨てるように言った。

「なんだ、あの態度は。何様のつもりだ、伊佐次は」

長作の悪態を聞きながら淳之祐は伊佐次の後を追った。

岡っ引きの友五郎《ともごろう》から伊佐次は貸元のところにいたと聞いたが、何にも動じないのには恐れ入ると淳之祐は感心してしまう。伊佐次の後ろに隠れていた鉄平は「おっかねぇんだなぁ。あれで看護人とはねぇ、まるで」と言いかけてやめた。

「伊佐次さんはすごいっすね。平気なんだ」

「ここの中間は荒っぽいんだよ。働いてくれればなんでもいいんだが、あの調子だからな」

伊佐次の言う通りだと淳之祐も思う。

「私も時々見にきますよ。あの二人はあてにはならない」

「しばらくの間、加助さんは手間がかかる。大丈夫ですよ、あっしが看《み》ます」

伊佐次は心得たものだった。

「今は辛《つら》くても、怪我《けが》は日が経《た》てば治りますからねぇ。手伝いなんて、なんてことないですよ」

「ところで伊佐次さん、丸薬は作れますか」

淳之祐が訊《たず》ねた。

「へい。昔、よく親父《おやじ》の手伝いをしました。薬剤を揃《そろ》えて下されば作れますよ。かなり仕込まれましたから、忘れちゃいません。ここではお医者の先生がご自分で作るんですかい」

「きちんと煎《せん》じてくれれば、直に効いていいんですが、丁寧にやってくれるのは伊佐次さんくらいで、他の中間は湯を沸かす程度、なかには面倒で回数を端折《はしょ》る者もいる。丸薬で飲む方がずっといいかと考えました」

「丸薬なら中間の手を借りずに、患者が自分で飲めますねぇ」

「薬屋に頼むと高いですから、自分で作るしかないんです」

「二人で作ればすぐできるでしょう」

すかさず、鉄平が口を挿《はさ》んだ。

「おいらも手伝いますぜ。こうみえても手先は器用なんだ。どうやって作るんですかい。教えてもらえばいくらでも作りますからね。面白くなってきたなぁ。病人の世話だけじゃあ、つまんねぇや」

はしゃぐ鉄平に淳之祐は伊佐次と顔を見合わせた。

夕方、津留川が淳之祐に声をかけてきた。

「急で申し訳ありませんが、あとをお任せしてもいいですか」

「それは構いませんが、何かあったのですか」

淳之祐が答えると津留川はきまりが悪そうに「すみません」と繰り返した。

「実は、千住の小塚原《こづかっぱら》で腑分《ふわ》けがありまして」

「腑分け……ですか」

腑分けは刑場で処刑された遺体を医学の向上のために解剖することで、地位のある医者が幕府に願い出て許可を得て行うものだった。腑分けに参加したい者は多い。皆、伝《つ》手《て》を頼り、機会を探していた。

「出入りしている蘭学塾で知り合った先生が先ほど来て下さって、腑分けに立ち会う予定だった医者が急に一人来られなくなったので、どうかと」

津留川が神田の蘭学塾に通っているのは淳之祐も知っていた。

「それはいい機会ではないですか。ぜひ、行ってきて下さい」

「悪いですね、私だけ」

「いいえ。また機会があれば、私も行きたいです」

「高橋先生は腑分けの経験は」

「一度だけ。無我夢中で訳がわからないままでしたけど」

「いやぁ、私もそうです。今日は二回目なので、少しは落ち着いて見られるかと思うのですが」

「どんな様子だったか、教えて下さい」

津留川は大きく頷《うなず》いた。

「今回は書き付ける余裕を持てればと思います」

期待に胸を膨らませ高揚している津留川を見送り、淳之祐は薬調合部屋に向かった。

腑分けの機会など、そうそうはないとわかっていた。

以前参加した腑分けは二年前、当時養生所にいた医師が声をかけてくれて実現した。

腑分けは遺体の取り扱いに慣れた刑場で働く者が執り行っていた。医師はその場で見学を許されているだけで、手は出せない。しかし、見るだけでも大きな価値があった。

蘭学の医書で立体的に描かれた臓腑をいくら見ていても、容易に理解できるものではないが、実物は圧倒的な存在感をもって迫ってきた。理解できるできないではなく、それが事実だと突き付けられる思いだった。

そう思えたのも腑分けの中盤あたりからで、初めは恐ろしくてうろたえそうになった。医者としてはあるまじきことだと思うが、畏怖《いふ》の念に捕らわれ頭が働かなかった。次第に、日ごろから抱いていた疑問点などが解《わか》り始め、腑分けに集中することができた。

それでもまだ深い山の中に足を踏み入れただけにすぎないだろうと思う。淳之祐にとって人体は未知だらけだ。もっと研鑽《けんさん》を積みたいと願っていた。

以前は、臓腑は漢学で言うところの五臓六腑だった。しかし、蘭学の解剖書が浸透し、臓腑の複雑なところまでわかるようになった。五臓六腑しか知らなかった一昔前の医者の常識では考えられないことだろう。

長崎まで出向き蘭学を学んでいる医者も多い。藩が蘭学に力を入れているところは必要な書物を入手したり、有望な医者を江戸に留学させたりしている。今は江戸にいようが地方にいようが大差はない。古来の漢学に縛られることもなく、自由に学べる世の中になってきている。要は医者個人が何を望んでいるかが大切なのだと淳之祐は思う。

このままここにいては、自分一人が取り残されるような気がして時々不安になる。

養父を頼れば腑分けにも参加できるだろう。今の状態で医学館に通う時間を増やすには寝る間を削るしかないが、家に帰れば勉学に集中することもできるし、体調が気がかりな養母の傍にもいられる。

しかし、今やらなければいけないことが山積みだ。

淳之祐は薬調合部屋に入り乾燥させておいた薬草を手にした。これから、薬研《やげん》ですりつぶして粉にし、こね鉢に粉とはちみつを加えてこね、へらで量を計りながら丸薬を作っていくつもりをしていた。ぼんやりと薬草を眺めていて、伊佐次に手伝いを頼んだのだったと思いだした。

伊佐次を探しに行こうかとふと窓を開けて外を見ると、中庭の井戸で伊佐次と台所を手伝っているお瑛《えい》、下働きの弥乃吉《やのきち》が洗い物をしているのが見えた。まだ水は冷たく、水仕事をするには手が悴《かじか》むだろうに、三人は苦にしていなかった。時折、お瑛が笑い、弥乃吉も楽しそうに声を上げていた。

(あの三人はいつも労を厭《いと》わないな)

淳之祐は中庭を眩《まぶ》しそうに眺めていた。

そこへ、岡っ引きの友五郎親分がやってきた。友五郎は身体《からだ》を揺すって歩み寄り、大きな声で「よう」と声をかけた。

淳之祐は我に返って窓を閉め、中庭に走り出した。

「親分」

井戸に駆け寄ると、友五郎が手を上げた。

「先生、先生がどこにいるのか訊ねてたんですよ」

「加助さんのことですか」

友五郎は頷いた。

「察しがいいですねぇ」

「何かわかりましたか。親分がみえたら訊ねてみようと思っていました」

友五郎は「それがねぇ」と話し始めた。

神部道場の若者にはこのごろよくない噂《うわさ》はあるらしいが証拠となるものはないとのことだった。

「飲んで騒いでというのはあるみたいです。絡《から》まれた者もいる。それで、神部道場に行ってみたんですがね、居合わせた師範代はそのような不届き者はうちにはいない、無礼だと言って、門前払いで」

「加助さん以外に怪我をした人はいないのですか」

「いません。聞き込みをしたところ、荷担《にな》い売りのだんご屋が代金を払ってもらえず、泣き寝入りをしたってことがありましてね。まあ、わずかな銭ですし、お武家と関わりあいになりたくないからって、だんご屋は諦《あきら》めたんですよ。年寄りで、怪我でも負わされたらことだからって、立ち去ったらしいです。汁粉売りからも似たような話を聞き出しましてね、いずれもお武家と町方の若い男たちだったらしいです」

「同じ輩《やから》ですかね」

弥乃吉が眉《まゆ》を顰《ひそ》める。

（年寄りを狙《ねら》ってのことなら、なおさら許せない話だ）

淳之祐は怒りがこみ上げて来て、つい声を強めた。

「そんなことが度々あって見当もついているのなら、取り締まればいいじゃないですか。泣き寝入りをしている者は他にもいるかもしれない。加助さんは骨を折られるほどの怪我をしているのですよ」

「先生、それは承知しています」

友五郎が淳之祐をなだめるように声を落とす。

「町廻りのお役人は、本気で取り組んでいるのですか」

「そりゃあ、そうですよ。聞き込みも続けていますから。今だって、うちの新《しん》の字が走りまわってまさぁね」

友五郎にそう言われても、淳之祐は引き下がれない。

「神部道場の師範代に軽く遇《あしら》われているのでは、解決しないではないですか」

お瑛と弥乃吉も不安そうに淳之祐と友五郎を見ていた。

「私が神部道場に行きます。医師として詳しく怪我の程度も話します。もっと訴えなければ」

「先生、気持ちはわかりますが、先生に出向かれても知らないと言われたら、それまでですよ」

「しかし」

押し問答を繰り返す淳之祐と友五郎に伊佐次が割って入った。

「こういうことは現場を押さえないとお武家は認めないでしょうね」

伊佐次の冷静な口ぶりに、淳之祐は、はっとした。確かにその通りだと気付き、気持ちを切り替えた。

「わかりました。加助さんにもう一度話を聞いてみましょう」

「こっちも手を尽くしますんで」

友五郎がちらりと淳之祐を見やった。

「先生はいつも……」

言いかけてやめた。

「なんでしょう」

「なんでもありませんや」

「じゃあ、引き続きお願いします。伊佐次さん、調合部屋に来てもらえますか」

「丸薬ですか。行きましょう」

伊佐次が頷いた。

淳之祐と伊佐次が渡り廊下に入るのを見届けて、友五郎が「先生はむきになるところがあるよなぁ」とお瑛と弥乃吉に呟《つぶや》いた。

「それが高橋先生なんでさぁ。他の先生方とは違うでしょう。手伝いたくなるってもんですよ」

弥乃吉がにんまりと笑みを浮かべると、お瑛は「時々、はらはらしますけど」と心配そうだった。


その夜遅くまで、淳之祐と伊佐次は丸薬を作った。途中まで鉄平にも手伝わせていたが、遅くなり先に休ませることにした。鉄平はもっとやりたそうだったが何度もあくびをかみ殺していたので、「まだここでの暮らしに慣れていないのだから、早く寝ろ」と伊佐次が促した。

燭台《しよくだい》の明りを頼りに、粉薬にはちみつを加えて捏《こ》ねた薬を鉢から取り、へらで丸めていく。部屋に漢方薬の匂《にお》いが満ちていた。伊佐次には懐《なつ》かしい匂いだった。

「木型があれば早いんですがね」

「伊佐次さんの家ではそうしていたのですか。お店なら人手もあるから、一度にたくさん作れるでしょうね」

「でも、こうして、一つひとつ丸めて作った方が、薬がよく効いてくれる気がしますねえ」

伊佐次はそう言いながら真剣な眼差《まなざ》しで作っていた。

「伊佐次さんが熱心に仕事をしてくれるので助かります」

「いやぁ、一本気なところでは先生の足元にも及ばない」

伊佐次の表情は穏やかだった。

「私はただがむしゃらに……というべきかな」

淳之祐も釣られて笑った。

「どうやっていけばいいのかわからなくてね。私の名は元は結木で高橋の家の養子なのですよ。先日、養父から家に戻って医学の勉強をしてはどうかと勧められました。絶えた結木家の再興をしてもいいだろうしと。どちらもありがたい話です」

「それで、先生は、どうされるんですかい」

「今は目の前の患者のことを考えるのに精いっぱいです。一人よくなれば、また新しい病人が入ってくる。少しでも治るように薬を合わせたり、調べ物をしたり。先のことを考える余裕もないままで。伊佐次さんこそ、この先どうするんですか」

「あっしは……」

伊佐次は燭台の明りに目を移した。

「ここで働いていると、亡《な》くなった父親の供養《くよう》をしているような気になるんですよ」

友五郎親分から伊佐次は父親に勘当されて貸元の世話になったと聞いていた。

「死に目にはあえたのですか」

伊佐次は淳之祐に向き直り、首を振った。

「勘当されたままでした。あっしが家を出てから父親は一人苦労を背負って、その揚句、大川に落ちてしまって。生きている間には、謝ることも何も出来ないままだったんですよ」

伊佐次の事情に淳之祐は胸が塞《ふさ》がったが、共感するところもあった。

「私も父とは死別しています」

「それで、御養子に」

「高崎の生まれです。勘定方の下役だった父は、組頭の不正の始末をつけるために詰め腹を切らされましてね。二歳だった私は何も覚えていない。母の実家に三年ほど身を寄せて。母は父が亡くなったときにもう心が死んでいた。微《かす》かな記憶に残っている母は暗い部屋で伏せっている姿だけで……」

淳之祐にとって母は、桜を見上げている淳之祐を見守ってくれている高橋の佳枝だった。佳枝の余命がいくばくもないと知らされた今は悔いのないよう、また高橋の家に足を運ぼうと思っている。

「私と姉は江戸に。結木の家はもうありません。姉は後妻に入り、生きていくだけでやっとで。家族がそうなることを父は予想できたのではと思いますが、藩命に逆らえば家族の命さえもないと考えたのではないかな。死ぬ間際《まぎわ》、父は何を思ったのか、そればかり考えてしまう。自分の人生も振り返っただろうし、自分なきあとの心配もして、辛《つら》い思いを抱えて逝《い》ったのかなと」

伊佐次は「そうだったんですかい」と淳之祐を見つめた。

「死を前にしている人や苦しんでいる人を、私は距離を置いて見ることができない。今、目の前のことしか考えられないんです」

淳之祐は俯《うつむ》いた。それが今の正直な気持ちだと思えた。

「いいんじゃないですか」

伊佐次の言葉に淳之祐は顔を上げた。

「先生もあっしも頑固なたちのようだ。気が済むまでここにいましょうよ」

淳之祐も伊佐次を見つめた。

「そうすれば、亡くなった父親が何か語ってくれるかもしれません。あっしはそんな気がします」

「そうですね」

伊佐次の静かな声に淳之祐の気持ちは鎮《しず》まった。伊佐次が昔からの知り合いのように感じ、多くは語らずともわかってくれるような安心感を覚えた。

(伊佐次さんには信念がある)

それも心強かった。

「でも、先生、あまり根を詰めるのはよくないですよ」

伊佐次はそう言って頰を緩めた。

休む前に淳之祐と伊佐次は病人部屋を一通り見てまわった。

夜は更《ふ》け、皆寝静まっていた。

寝息《ねいき》や鼾《いびき》に混じって、時折小さな咳《せき》が聞こえる。

湯を入れ湯たんぽ代わりに使っている一升徳利が冷たくなって蹴《け》りだされ、病人の足元に転がっている。伊佐次はいくつか拾い上げた。

それに気付き目を覚ました病人に「熱い湯を入れてきますかい」と声をかける。

「お願いしますさぁ」

「まだ冷え込みますからね」

淳之祐も気遣った。

北部屋では加助が一人起き上がり座っていた。加助は自分で足首の湿布を貼《は》り替えようとしているようだが、左腕が動かせないので苦労している。

「加助さん、あっしがやりましょう」

「いつになったら歩けるようになるのかねぇ」

伊佐次はさらしに膏薬《こうやく》を塗り足首に貼ってやった。

「お杉がねぇ、一人だから」

困り果てたように加助が呟く。

見かねて淳之祐は「少しずつですが良くなっていますよ。不便なときは磯吉さんに言って下さい」と労《いた》わる。そう言っても磯吉は中間部屋に籠《こも》ってまともに北部屋には来ないのだ。言葉だけ重ねている自分は磯吉とたいして変わらないように感じる。

「あっしに言ってもらってもいいですよ」

「へい」

加助は伊佐次に頭を下げた。

「早く治りてぇんです」

「そのためにも休まないと」

淳之祐は加助を寝かせるために手伝った。

横たわった加助は嵩《かさ》が低く、心細そうに見えた。

三

「まだ立てねぇのか」

磯吉の荒々しい声に伊佐次は足を止めた。　新部屋の病人の薬を取りに行くところだった。

「こっちは忙しいんだよ。おまえ一人にかかりきりになってられねぇんだ」

磯吉はかなり苛立《いらだ》っているようだ。

伊佐次は迷うことなく北部屋に踏み込んだ。

北部屋の病人たちのざわめきが波のように広がっていく。

「磯吉、何をしているんだ」

伊佐次の鋭い声に一転して北部屋は水を打ったように静まり返った。

磯吉が加助の右腕を摑《つか》み引きずっていた。加助は痛みに耐え、右足でどうにか身体《からだ》を支えていた。左腕を床に着こうにも骨折しているので叶《かな》わない。

伊佐次が磯吉を払いのけ、加助を支えた。

「まだ動かせないとあれほど言ったはずだ」

「この爺《じい》さん、這《は》いながら小便漏らしやがった」

磯吉に言われ、加助は身を縮めるように蹲《うずくま》った。裾《すそ》が濡《ぬ》れている。

「自分で厠《かわや》に行こうとしたのか」

伊佐次は加助と磯吉を見比べた。

磯吉は苛立っている。

加助はさらに項垂《うなだ》れ、小刻みに震えていた。

淳之祐も駆けつけ、事態をすぐに把握した。

（我慢した揚句、這って行こうと……。それまで磯吉は面倒をみていなかったということか）

あまりの仕打ちに頭に血が上り、思わず淳之祐は叫んだ。

「動けないからここに入ってもらっているんだ。動けるなら、ここにはいない」

「なら、それでいいじゃねぇですか。こっちのやり方でやってるだけなんでね、従ってもらうだけですよ」

磯吉はふてぶてしく答える。

騒ぎを知り、鉄平も走ってきた。

「どうしたんですかい」

「見世物じゃねぇぞ。なんでぇ、どいつもこいつも珍しそうに」

磯吉が腹立たしげに見まわした。

淳之祐は磯吉に摑みかかっていった。

「文句言う暇があったら、仕事をしろ」

「先生」

鉄平が悲鳴を上げる。

押し倒された磯吉は淳之祐を払いのけようとする。なおも振り上げた淳之祐の腕を伊佐次が摑み、磯吉から引き離した。伊佐次は磯吉の胸ぐらを一瞬で締め上げた。

「何するんでぇ」

磯吉は息もつけずうめき声を上げたので、伊佐次は手を緩めた。

磯吉が「ちっ」と舌打ちをし襟元を広げた。

「ここは賭場《とば》じゃない。手荒なことはするな」

「どっちが手荒なんでぇ。てめぇ、堅気じゃねぇな。どこから来やがったんだ」

磯吉は伊佐次の様子を窺《うかが》いながら、部屋から出て行った。

伊佐次は加助を背負い、淳之祐に言った。

「どんなときでも先に手を出してはいけませんよ。先生は見かけによらず血の気が多い」

「あんな奴《やつ》に任せておけない」

淳之祐は戸棚から雑巾《ぞうきん》を摑み、床を拭《ふ》き始めた。

「あとはあっしがやりますよ。加助さん、まだ厠に行きたいですか」

「へい」と弱々しく加助が答える。

「じゃあ、行きましょう」

淳之祐は伊佐次の手から雑巾を取った。

「ここは私が片しておく」

淳之祐は伊佐次に厠に急ぐように促した。伊佐次は加助に「がまんしなさったね」と声をかけた。

「手伝います」

鉄平がおろおろと伊佐次の後を追い、加助の肩を担《かつ》いだ。

淳之祐は床を拭き、着替えを出した。着替えは養生所で用意している麻の小袖《こそで》で、台所で働いているお梅《うめ》やお絹《きぬ》、お瑛が仕事の合間に洗っていつも常備しておいてくれる。淳之祐が着ている糊《のり》の効いた筒袖の上っ張りもお梅たちがまめに洗濯してくれていた。

看護中間たちがもう少し働いてくれたらと、心底思う。

献身的に働いている者と仕事として取り組んでいない者との差が酷《ひど》すぎる。

看護中間のなり手は少ない。体力のいるきつい仕事だった。汚いこともしなければならない。住み込みともなれば、休む暇もないのが現状だ。それでは働こうと思える者が少ないのは当たり前だった。

息を殺していた北部屋の病人たちの緊張がようやく解け、軽症の者たちが「先生、手伝います」と床を拭いてくれた。

「いいですよ、横になっていて下さい」と淳之祐が声をかけていると伊佐次たちが戻ってきた。

伊佐次と鉄平は加助を着替えさせた。加助はただただ頭を下げ、恐縮していた。

「ひでぇ目にあったねぇ、とんでもねぇ奴だ。怪我人《けがにん》相手にあれはないよねぇ」

鉄平がぼやく。

骨折していない方の腕を袖に通そうとして、加助が何かを握りしめているのに気づいた。加助は握り拳《こぶし》のまま袖を通した。

「加助さん、それは」

不思議がる淳之祐に伊佐次が答えた。

「これは、権現《ごんげん》さまのお守りですよ。お杉さんが持ってきてくれたんですよね、加助さん」

加助はこくりと頷《うなず》いた。

女房のお杉は一日に一度はやってきて、加助に声をかけていく。

「加助さんの家は権現さまの近くなんだ。いいなぁ、よく出店が並んでますよね。甘辛《あまから》醤油《じょうゆ》で焼いた煎餅《せんべい》とか、いい匂《にお》いなんだよなぁ。風車がいっせいにわぁっとまわってさ。おいら通るだけでもうれしくなっちまうなぁ」

鉄平が思い浮かべるようにうっとりとしていた。

「あぁ……。女房とよく行ったよ」

加助がようやく声を出した。

「また行けるようになりますかい」

加助は淳之祐を窺った。

「もちろんですよ。しばらく辛抱して下さい」

握りしめていた拳を開け、加助はお守りを見せた。紺色の絣《かすり》の小袋は汗でしわくちゃになっていた。

「お杉さんが縫ってくれたんですね」

加助は頷き、「早く良くなりてぇ」と呟《つぶや》いた。

「先生、加助さんを新部屋に移せませんかい」

伊佐次が淳之祐に訊《たず》ねた。

「そりゃあ、いいや。おいらも手伝いますよ」

鉄平は「ねぇ、先生」と淳之祐を見る。

手間のかかる加助を磯吉が持て余し、今日のようなことがあれば、怪我が悪化しないとも限らない。ここは伊佐次と鉄平に頼もうと淳之祐は決めた。

「加助さんを入所させた末綱先生の許可が必要です。さっそく話してみます」

淳之祐の返事に鉄平はほっとしたように笑みを浮かべた。

「鉄平、きつい仕事だろう。店の者と一緒に上方に行けばよかったかもしれないぞ」

淳之祐が軽く言ってみると鉄平は「へへへ」と大きく口を開けて笑った。

「上方ですか、いやぁ、行ったらどうなるのかなぁとか考えるのがめんどうになって、残っちゃったんですよ。身体を動かすのはめんどうじゃないですよ。だから、これでいいんですって」

「おまえにはかなわないな」

伊佐次と淳之祐は思わず苦笑した。

淳之祐は外科の末綱に加助の部屋の移動を願い出た。

「看護の都合のいいように」

末綱はすぐに許可してくれたが、看護中間の現状には無関心だった。末綱に限らず、医者は皆看護のことは中間の仕事と割り切っていた。

淳之祐は伊佐次と一緒に加助を迎えに行った。

北部屋でまた加助が磯吉に邪険に扱われていた。腕のさらしを巻きなおしているが、手荒なため、加助は痛みに耐えていた。

「加助さん、新部屋に移りますよ」

淳之祐は磯吉に対して言ったようなものだった。淳之祐がきつく睨《にら》むと磯吉は不快そうに顔を歪《ゆが》めた。

伊佐次は何も言わず、加助を背負った。加助は痛みを堪《こら》えて汗びっしょりになりながら、お守りを握りしめていた。

磯吉は忌々《いまいま》しげに、「伊佐次、おまえの手に負えるもんか」と毒づいたが、腰が引けていた。伊佐次は構わず北部屋を後にする。淳之祐も後に続いた。

途中、津留川に呼び止められた。

伊佐次が振り返ったが、淳之祐は構わず先に行くように促し、津留川に訊ねた。

「津留川先生、腑分《ふわ》けはどうでしたか」

「あ、先日は」

津留川は一瞬戸惑い「それが……」と続けた。

「腑分けに不慣れな者が切りましてね、なんだか、混乱するばかりで。それに、病人の歪《いびつ》になった臓腑を想像することは多くても、健康な者の臓腑は勝手が違いますね」

津留川は言葉を濁し、苦笑いを浮かべた。自分一人早退して腑分けに行ったのを申し訳なく思っているようだった。

腑分けされるのは刑死した者で身体に異常があるわけではない。

「参加できただけでもいいではないですか。健康な臓腑を確かめられるのは、参考になります。何か書き留められましたか」

津留川は今回は見るだけではなく書き留める余裕を持ちたいと臨んだはずだったが、

「いやぁ、とても、とても」と手を振った。

「その場に立つともう無我夢中で書き留められるもんじゃありませんよ」

「でも、手で触って確かめられない臓腑を見られるのは貴重ですよ。肋骨《ろっこつ》の下はどうにももどかしいですから」

津留川は頷いた。

「そうですね。普段は肺腑と肝の臓の境を知るだけでも一苦労で……」

そこまで言って、津留川は言葉を切った。

「お文《ふみ》さんのことですが」

津留川が唐突に胸を患《わずら》って入所しているお文の名を出した。津留川の担当だった。

「先生に受け持ってもらえませんか。ちょっと、他の患者のことで手一杯になってしまって」

「承知しました。お引き受けしますよ」

淳之祐は迷うことなく答えた。

「すみません。お文さんの容態を書いた綴《つづ》りを用意しておきます」

津留川はそそくさと行ってしまった。

その様子から、呼び止めた用件はお文のことで、それで言いにくそうにしていたのかと思えた。

不自然だったが、淳之祐はお文を引き受けることに異存はなかった。

（もしかすると）

お文のことが気になった。

津留川は重篤《じゅうとく》な患者は持ちたがらない。死亡した場合、「養生所病人人数書」に記載され、医師の成績に繋《つな》がるからだった。

(お文さんは確か結胸、膿《うみ》が溜《た》まる一方だと危ない)

手の施しようがなくなったのではないかと不安が過《よぎ》った。

淳之祐はその足で女部屋のお文のもとに急いだ。

お文は横になっていた。浅く息をしている。

同じ部屋で軽症のお信《のぶ》が「このごろ、痰《たん》に混じる血の量がひどいようですよ」と教えてくれた。

「気分はどうですか」

お文はやつれ、青黒い顔で淳之祐を見上げた。肩で息をつき、唇を真横に引き結んでいる。その目は怒っていた。

「いいわけないでしょう」と言いたげだ。

「息がかなり苦しそうですね」

淳之祐が声をかけてもお文は目を逸《そ》らせたままだった。

(これは早急に津留川先生から引き継いで、薬の検討をしなければいけない)

淳之祐は日々戦いだと改めて感じた。

新部屋に移った加助はどこかほっとしたようだが、女房のお杉のことは気がかりのようで、お杉が様子を見にやってくるたびに「大丈夫か、付け狙《ねら》われていないか」と心配していた。お杉が「あたしは顔を知らないし、狙われるわけないよ」といくら言っても安心できないようだった。

それでも、新部屋で寝起きするうちに年格好の近い仙蔵と打ち解けて、多少は穏やかに過ごすようになった。薬が効き始め入所時に比べると仙蔵の容態は安定してきていた。仙蔵は加助の枕元《まくらもと》に来ては話していた。伊佐次が「よかったですね、加助さん」と声をかけると、仙蔵が「それはこっちだよ。話す相手ができて退屈しなくなった」と笑う。

通りかかった淳之祐も声をかけた。

「お互い、身体に障《さわ》らない程度にして下さいよ」

仙蔵は「もちろんでさぁね」と答え、立ち上がる。歩き出す時に両手を腿《もも》に軽く引き付けるように合わせたのを見て、淳之祐はふと違和感を覚えた。伊佐次もそれとなく見ているようだった。

廊下に出た淳之祐を伊佐次が追ってきた。

「高橋先生」

伊佐次は小声で呼び止めた。

「仙蔵さんは町方ですよね」

「ええ、武家の出とは聞いていません」

「そうですよね」

伊佐次は何かひっかかるような物言いだった。

淳之祐も気になったのだ。

背を丸め、ゆっくり歩く後ろ姿は病人の足取りで町方の雰囲気が染《し》み付いているように思えたが、どこか、何かが違うような気がした。

「あっしが世話になった貸元は元はお武家だったのですよ。仙蔵さんが剣を構えたことがあるとは思えないんですが、あの腰を落とした足の運びは貸元に似ているようで」

伊佐次は首をひねっていた。

「私も少し気になって」

「仙蔵さんのことを詮索《せんさく》しても仕方がないですけどね」

それは淳之祐も承知のことだったので、そのときはそこで話を終えた。


仙蔵と話をするようになって加助は傷の治りも良くなってきた。毎日、見舞いにやって来るお杉も嬉《うれ》しそうだった。

加助が新部屋に移って五日ほどたった頃のことだった。

伊佐次が部屋の掃除をしていると、いつものようにお杉が見舞いにやってきて、加助と仙蔵が縁側で一緒に話していた。

「おまえさんたちは仲がいいねぇ。おそのが生きていてくれたらなぁ。死んじまって十年になるから独り暮らしが長くなっちまったぁ」

「長く連れ添ったんですかい」

「江戸に出てきて、前の女房に死なれてね、まだ倅《せがれ》が小さくて難儀してた頃に、煮売り屋で働いていたおそのと出会って。それからだから、一緒にいたのは十年ほどなんですがね、いい女房でしたよ」

仙蔵は陽にあたりながら目を細めてそう話していた。

「おそのさんが生きていたら、今ごろはせっせと看病してくれたでしょうな」

「そうだねぇ。いや、そもそも、おそのが生きていたら、身体を壊していないかも」

亡《な》くしたおそのを思い出してか仙蔵は笑みを浮かべた。

「そりゃあ、そうかもしれねぇな」と加助も笑った。

そこへ、淳之祐が仙蔵の息子、浅乃助《あさのすけ》を伴ってやってきた。

「入所のときは付き添えなくてと今日来てくれましたよ。よかったですね、仙蔵さん」

仙蔵は驚いたように立ち上がり、浅乃助は「おとっつあん、遅くなってしまって」と声をかけた。

浅乃助はお店者《たなもの》らしくきちんとしたたたずまいで、縁側にいた三人と、奥から出て来た伊佐次に頭を下げた。

伊佐次が挨拶《あいさつ》をする。

「ここで看護をしている者です」

「お世話かけます」

今は病気で干《ひ》涸《から》びてしまったような仙蔵には似ず、上背のあるがっしりした感じだった。

浅乃助はけっして仙蔵のことを構わなかったわけではないとわかり淳之祐と伊佐次はほっとした。仙蔵も嬉しそうだった。

「おとっつあん、顔色がよくなったようだね」

浅乃助は仙蔵を見て安堵《あんど》の表情を浮かべた。

「仙蔵さん、立派な息子さんがいて幸せ者だねぇ」

「本当、親孝行な息子さんじゃないですか。うちは子どもに恵まれなかったから、羨《うらや》ましいですよ」

加助とお杉は仙蔵親子を微笑《ほほえ》ましく見ていた。仙蔵はその言葉にまた喜んでいた。

十日の後、加助が退所することになった。

腕の骨折はまだ治っていないが、足首の捻挫《ねんざ》が良くなり、一人で歩けるようになった。不自由はあっても、早く家に帰りたいと加助が希望し、伊佐次と淳之祐が家まで送っていくことにした。女房のお杉も迎えに来た。

親しくなった仙蔵は名残惜しそうだったが、加助は「もっと歩けるようになったら、見舞いにくるから」と言っていた。

この十日間で加助は気持ちも楽になったのか、少しは話すようになっていた。乱暴を受けた夜、若者の中に眉《まゆ》の真ん中に傷があり、眉が途切れている者がいたことも口にした。

「恐ろしくってよくわからねぇけど、商家の跡取りってぇ感じの男で、ずいぶん態度の大きな奴《やつ》だったたんで覚えてるんだ。でも、逆恨みでもされてまた痛めつけられるんじゃねぇかと思うと、話す気にもなれねぇままで。跡取りにしちゃあ、ずいぶん柄の悪い男でしたがね」

その特徴のある者が神部道場にいないか、友五郎にも探索を頼んだ。

「このお守りのおかげで早く帰れたよ」

加助は嬉しそうにお守りをお杉に見せている。ずっと握りしめていたお守りはくたびれて萎《しお》れたようになっていた。

「まぁ、こんなになるまでお守りを持っていたなんて」

お杉が呆《あき》れたように言った。

「また新しいお守りを授かりに行かなきゃねぇ」

淳之祐と伊佐次が傍らで荷物を持ち加助の歩調に合わせていた。

根津権現《ねづごんげん》の裏を廻って行く。

塀越しに八重桜が溢《あふ》れるように咲いていた。

(関山だ)

淳之祐は桜を仰いだ。

満開の花びらは風が吹く度にはらはらと散っていた。

「綺麗《きれい》なこと」

お杉が歩を止めた。

「また一緒に見られてよかったねぇ」

「本当だなぁ」

加助も笑みを浮かべながら桜を見上げた。

柔らかな風に舞い、次から次へと散っていく。

淳之祐は思わず幼い頃を思い出した。

小さな自分を包んでくれていた薄紅色の花びらと優しい風が懐《なつ》かしかった。あの頃は桜の風に慰められた。今もまた桜を見上げて美しいと思え、こうして温かな気持ちになれるのは支えてくれる人たちがいるからだと思える。

「しばらくお花見ができそうですね」

「歩きすぎるとよくないから、遠くには行かないで下さいよ」

伊佐次と淳之祐に言われ、加助は「わかってますって」と楽しそうに歩きだす。

春のこの麗《うら》らかな日向《ひなた》を仙蔵やお文にも歩いてもらいたいと淳之祐は願う。

根津権現の塀が切れるあたりで、数人の若者が竹刀《しない》を担《かつ》いで屯《たむろ》していた。

それに気付き、加助が足を止めた。

皆も口を閉ざし、若者たちを窺《うかが》った。お杉が恐ろしそうに肩をすくめる。加助も怯《おび》え、足が思うように出ないようだった。

伊佐次が知らぬ振りで行き過ぎろと目配せをした。淳之祐は加助の肩を軽く叩《たた》きながら平静を装《よそお》い通り抜けようとした。

しかし、若者たちはこちらを凝視し、肩をいからせる。

眉毛の途切れている若者に気付き、加助が思わず伊佐次の袖《そで》を引っ張った。

「どこかで見た爺《じい》さんだなぁ」

そう言ったのはその途切れ眉だった。

「こいつのせいで、岡っ引きが道場に何度も来たんじゃないのか」

武家の若者が揶揄《からか》うように言った。

「今朝も来たぜ。迷惑なんだよなぁ」

若者は竹刀を弄《もてあそ》びながら口々に勝手なことを言った。武家にしては軽口だ。町方の者と共にしていて崩れたもの言いが気にいったのか、影響を受けたのかという感じだ。

「爺さん、因縁付けるなよ、今度はただじゃあすまないぜ」

途切れ眉が加助の肩を摑《つか》んだ。足元がおぼつかず、加助はくずおれた。

「加助さん」

淳之祐がすぐに加助を抱え起こす。

「おおげさなんだよ」

嘲笑《あざわら》うように声を上げた若者に淳之祐が向き直った瞬間、伊佐次がその男を殴りつけていた。

「この野郎、無礼だぞ」

若者たちはいっせいに一歩下がり、竹刀を構えた。

(しまった)

淳之祐は自分が反応したために伊佐次がとっさに庇《かば》ったのだと感じた。

「先生、下がって下さい」

淳之祐は加助とお杉を庇った。

「おまえ、武家相手にいい度胸だな」

町方の若者がそう吐き捨てるように言った。

「おまえはお武家ではないだろう」

伊佐次が様子を窺うと、若者は得意げに肩を聳《そび》やかした。

「なぁに、仲間だから同じようなものなんだよ」

町方の若者は武家の威光を笠《かさ》にきていい気になっているのかと淳之祐には思えた。半端者《はんぱもの》たちのせいで加助がどれほど辛《つら》い目にあったかと怒りがこみ上げてくる。

「つまらん遊びは仲間内でやれ」

淳之祐は思わず怒鳴っていた。

「それはどういうことですかね、養生所の先生。出るところに出てもいいんですぜ」

声を荒らげる若者に伊佐次が言い放つ。

「出られるものなら、出ればいい」

一人が竹刀を振り上げた。

伊佐次は身をかわし、脇《わき》から突っ込んできた者の腕を取って背負い投げる。すぐさま、そいつが落とした竹刀を取り、残る若者たちに正対した。

若者たちは互いに顔を見合わせる。

淳之祐が加助とお杉を抱えて塀際《へいぎわ》に寄ると、たちまち一人が弱い者めがけてかかってきた。

伊佐次が淳之祐との間に割って入り、若者が振りおろした竹刀を撥《は》ね上げ詰め寄った。

皆、その動きに圧倒され、足を摺《す》りながら向かっていく。

淳之祐は加助とお杉を背にまわし、若者たちの動きを追っていた。

「相手は一人だ」

若者たちは伊佐次めがけて踏み込んできた。

伊佐次は片っ端から薙《な》ぎ払っていき、体勢を崩した者を打ちすえた。肩を叩かれ、一人倒れこむ。再びかかってきた者の脛《すね》を打つ。

一人残った武家の若者は倒れた仲間を見て怯えながら、伊佐次の動きを目で追っている。

じりじりと間を詰め、ふいに飛びかかってきた。

伊佐次は受け流し、間をあけようとしたが、若者が上段から打ちつけてきた。いったん、受け止める。若者はじりじりと押しこんでくる。

伊佐次は渾身《こんしん》の力で払い、瞬間、竹刀を胴に打ち込んだ。

一瞬のうちに伊佐次は五人を片づけてしまった。

「すぐそこの番屋に行ってきます」

伊佐次は竹刀を放り投げ、加助とお杉に「大丈夫ですかい。こいつらに屋台の弁償をしてもらわないといけませんね」と声をかけた。

淳之祐は言葉が出ず茫然《ぼうぜん》としていた。

「先生、手を出さないで下さいって、あれほど言ったのに。養生所の先生が暴れては格好つきませんぜ。これっきりにして下さいよ」

淳之祐は押し黙ってしまった。

伊佐次の肩越しに花びらが舞い落ちている。

やがて呼びに行くまでもなく番屋から人が駆けつけてきた。

「手間が省けた」

走っていく伊佐次の後ろ姿が頼もしく見えた。

伊佐次がいなければ、取り返しのつかないことをしてしまっただろう。淳之祐は反省した。

塀際で蹲《うずくま》っている加助とお杉の元に淳之祐は歩み寄った。二人は震えあがっていた。

「これからどうなるんですかい」

加助が淳之祐を見上げる。

「大丈夫ですよ。ちゃんと御調べが入って、あの者たちには仕置きが下ります。加助さんたちは元の通り、静かに暮らせますよ」

手を取り合っている加助とお杉の肩にも桜の花びらが落ちてくる。はらはらと二人を包むように花びらは舞っていた。

淳之祐は咲き誇る関山を見上げた。

「先生」

伊佐次がこちらに近づいてくる。その後ろを鉄平が転がるように走ってきた。

「高橋先生、たいへんっす。すぐ帰って下さい」

鉄平が手を振りながら叫んでいる。

「先生のお母上がお倒れになったって、今、使いの人が。早く、早くお戻りを」

雪の足跡

川田弥一郎

川田弥一郎（かわだ・やいちろう）
一九四八年三重県生まれ。外科医として勤務し、専門知識を生かした医学ミステリーを発表。九二年に『白く長い廊下』で江戸川乱歩賞を受賞。ほか著書に『白い狂気の島』『最後の審判』『赤い病院の惨劇』『闇医おげん謎解き秘帖』『死の人工呼吸』『ローマを殺した刺客』『銀簪の翳り』『平安京の検屍官』『宋の検屍官』『黒い嵐の惨劇』など。「江戸の検屍官」シリーズは高瀬理恵の作画で漫画化されている。

棒殴死《ぼうおうし》
何にても他物を以てたたき殺した痕《あと》は、或《あるい》は青く或は赤く或は紫或は黒く腫《は》れてずず黒し
『無冤録述《むえんろくじゅつ》』

一

「入っていった足跡は二人ですのに、出ていった足跡は一人なのでございますね？」

北沢彦太郎《きたざわひこたろう》は青木久蔵《あおききゆうぞう》に念を押した。

彦太郎は北町奉行所の定町廻り同心であり、青木は二十歳上の古参の臨時廻りである。

「そうだ、家の中には屍《しかばね》が一つあっただけで、下手人は見つかっておらん。雪は昨日の暮六つ（午後六時）には降り止《や》んでおる。入っていった足跡の一つが屍の女のもので、もう一つが下手人のもの、出ていった足跡が下手人のものに相違なさそうだな」

青木は彦太郎に検屍《けんし》を頼みながらも、検屍はほどほどにしておいて、下手人を見かけ

た者を早く捜《さが》し出せと言いたそうだった。

殺された女の名前はお粂《くめ》、歳《とし》は二十《はたち》で、神田《かんだ》紺屋町《こんやちょう》三丁目の筆墨硯《ふですみすずり》問屋大磯屋《おおいそや》加兵衛《かへえ》に囲われて、浅草《あさくさ》の元鳥越町《もととりごえちょう》のしもた屋に住んでいる。屍が見付かったのもそのしもた屋で、何かの道具で殴り殺されたらしい。屍はお粂を訪ねてきた加兵衛と手代《てだい》の留八《とめはち》に見付けられ、すでに、岡っ引きの安茂《やすしげ》が乗り出しているというのが、青木が話してくれたこの一件の概略であった。

彦太郎は医者の玄海《げんかい》と、絵師のお月《つき》に使いをやってから、奉行所を出た。

四日前から降り始め、未来永劫《えいごう》に続くかと思うほど降っていた雪も、昨日の暮六つごろにはぴたりと止んでしまい、鈍《にぶ》い光を放つ冬の日が、久々に江戸の町の上に姿を現わしていた。だが、町は相変わらず辺《あた》り一面の雪景色で、この三日の間に、大店《おおだな》の屋根屋根に降り積もった雪は、今にも店を潰《つぶ》してしまいそうなほどだった。

師走《しわす》の町を行き交《か》う人と荷車と、鈍い日の光のために、路上の雪は踏み固められたり、溶け始めたりしているが、まだ地肌は顔を覗《のぞ》かせてはいない。白い雪の撥《は》ね返す日の光はきれいだが、うっかり見つめていると、あとで目が痛くなってしまう。彦太郎は中間《ちゅうげん》の磯吉《いそきち》と小者《こもの》の新次《しんじ》を連れて、目を細めたり、影のほうに目を遣《や》ったりしながら歩いていった。

日本橋を渡って北の大通りに入り、途中で何回か角を曲がって、雪に覆《おお》われた柳原《やなぎわら》堤《づつみ》の、新橋《しんばし》の辺りに出た。

青木の話をそのまま受け入れるかぎり、この検屍には、格別問題になる点はなさそうだ。入っていく二つの足跡は並んで歩いているようだったというから、お条が誰かと二人で、仲良く家に帰ったということなのだろう。その誰かというのは、おそらくお条が旦那の来ない日を狙《ねら》って連れ込んだ男で、色事が終わるや否《いな》や盗賊に転じ、お条を殴り殺し、金目のものを奪って逃げ去ったというところではないか。

だからといって、検屍を雑にやっていいということにはならない。狡猾《こうかつ》な悪人どもは、屍のどこかにどんな罠《わな》をしかけているやもしれない。検屍の教典たる『無冤録述《むえんろくじゅつ》』が述べているごとく、検屍というのは常に、『念入れて』見て、『随分《ずいぶん》親切に』、『再三審《つまびらか》に』吟味《ぎんみ》しなければ『大いな仕そこない』や『改めそこない』ができてしまうものなのである。彦太郎は屍のある場所が近付いてくるにつれて、己《おのれ》の心持ちを引き締めていった。

三味線《しゃみせん》堀《ぼり》の手前で転軫橋《てんしんばし》を渡り、武家屋敷に挟まれた味気ない通りを過ぎていくと、右手に町屋が姿を現わした。ここが元鳥越町だった。

自身番《じしんばん》を訪ねると、店番と番人が火鉢を囲んで暖を取っていた。奥の板間にも二人の男が坐っていたが、こちらは無理に留《と》め置かれているらしい。年上の身形《みなり》のいい男はどっしりと落ち着いていて、若いほうはかなり苛立《いらだ》っている気配だった。大磯屋加兵衛と手代の留八だと店番が教えてくれた。

店番の案内で、お粂の家に辿《たど》り着く。そこは表通りから離れた辺りだが、生垣《いけがき》と細い道を隔《へだ》てて、両隣にも家は建《た》ち並び、寂しすぎず、賑《にぎ》やかすぎず、妾《めかけ》を囲うには適当な場所ではないかと思われた。

門から少し奥まった所に家が建っているのだが、そこに至る道の雪の上には、すでに何人もの男の雪踏《せった》（草履《ぞうり》の一種で底に革《かわ》を張る）の跡が重なり合い、元の二つの足跡がどのようなものであったのかわからなくなってしまっている。

だが、加兵衛や手代、岡っ引きの安茂やその手下どもも、庭には踏み込まなかったらしく、濡れ縁から木戸に向かう足跡だけが、降り積もった雪の中にくっきりと残されていた。

店番は帰り、入れ替わるように、絵師のお月が雪の中から姿を現わした。お月は神田松田町《まつだちょう》の長屋からここまで歩いてきたといい、小さな額《ひたい》に汗をかき、息を弾《はず》ませていた。

雪が溶ける前にと、彦太郎は庭の足跡から先に改めることにした。足跡は雪踏によって付けられたもので、歩幅はさほど大きくなく、ところどころ足が引っ掛かったり、手を突いたりしたのか、雪が崩れた箇所《かしょ》があった。

二

「この雪の中を、ご苦労でございます」

障子が開いて、ふっくらとして優しげな、あまり悶っ引きらしくない顔立ちの安茂が、濡れ縁に姿を現わした。

「屍をご覧になりますか？」

安茂が聞く。

「いや、先に話を聞かせてくれ」

彦太郎はそう言って、濡れ縁から上がり、安茂の出てきた部屋に入った。そこは八畳の広さで、二人分の蒲団《ふとん》が敷かれ、夜着《やぎ》がかけられていた。大きな火鉢も置かれている。彦太郎とお月が蒲団の傍に坐ったところで、安茂はこれまでに調べ上げたことを話し始めた。

その話には青木からすでに聞いていることも少なくなかったが、まとめてみると――

お条は元は加兵衛の店で働いていた女中だったが、加兵衛が手を付け、妾にしてこの家を与え、月々の手当ても与えていた。このことは加兵衛の先妻のお仙《せん》も承知の上のことであった。

お仙は去年の秋に心の臓の病で亡くなり、加兵衛は今年の夏に後添《のちぞ》いにお巻《まき》を迎えていたが、お条のことはお巻も承知している。

加兵衛はここには四日前に来て、泊まっていったばかりである。今朝になって手代の留八も連れてまた訪ねてきたのは、降り続いた雪で、お条が難儀していないか気になったからであった。

加兵衛と留八が駕籠《かご》でこの家に着いたときには、道から門を経《へ》て、家に向かう二人の人間の足跡が雪の上にくっきりと残っていた。大きさから、一人は男、一人は女のようで、足跡の並び具合から、二人で並んで歩いているように見えた。この足跡のことは四人の駕籠かきも見ていて、安茂の取り調べに対して、加兵衛の話のとおりだと答えていた。

二人の入っていく足跡を見付けた加兵衛は怒り狂い、お条の浮気相手がまだ家の中にいると信じ込んで、飛び込んでいった。留八もあとに続き、足跡は踏み潰《つぶ》された。

家の中で加兵衛が見付けたのは、奥の据《すえ》風呂の近くで、生まれたままの丸裸で横たわっているお条の屍だった。ほかに人の姿は見当たらず、庭に出ていく足跡も見付けたので、逃げた男を早く捕まえてくれと、自身番に届けていた。

加兵衛の話では、お条は箪笥《たんす》の奥に十五両ほどの金を貯《た》めていたらしいが、その金は消え失《う》せていた。

安茂の話の終わりごろには、医者の玄海も到着していて、熱心に聞き入っていた。

「さて、話はまたあとにしてもらうことにして……検屍を始めるか」

玄海はあとから来たくせに、待ちくたびれたような口調で言う。

「そうだな」

彦太郎は反対しなかった。

「では、こちらへ」

安茂は家の奥の据風呂の所まで、彦太郎ほか二人を連れていった。風呂の近くの土間の上に筵《むしろ》が掛けられ、人の形に盛り上がっている。安茂の手下が二人、傍にしゃがみこんでいた。

安茂に指図《さしず》され、手下の一人が筵をめくった。安茂の話のとおり、湯文字《ゆもじ》一つ身に着けていない若い女の屍が現われた。

乳房の大きな、なまめかしい体付きの女である。すでに死後の変化のために全身が硬くなってしまっているが、崩れはまだ進んではいない。元の体はさぞかしやわらかく、弾《はず》むように男の愛撫に応《こた》えていたのではないかと想像された。

右の頬から額にかけて大きく腫《は》れ上がり、いくつもの疵《きず》と赤黒い斑《はん》ができている。細面《ほそおもて》の、きれいな顔の女だったという安茂の話だが、これだけ疵ついて腫れてしまうと、無残というしかなかった。

疵は髪の中まで及び、触ってみると、後ろ寄りの頭の骨が打ち砕《くだ》かれているのがはっきりとわかった。頭への、この一撃が死因であることは間違いないようだった。

すなわち、これは『無冤録述』の分類によれば『棒殴死』の一種であった。『無冤録述』では、『棒殴死』について、『棒』を使った場合と『杖、鞭石、金物など』の『他物』を使った場合の両方について書かれている。彦太郎は『他物』の場合についての次のような記述を思い出していた。

『凡《およ》そ他物にて殴傷たる疵が頭脳にあらば皮は破れずとも骨肉が損してあるべし、若《も》し外の所に疵があるならば其時《そのとき》に心をつけて改むべし』

赤黒く固まった血は顔から頭に掛けてこびり付き、辺りの土の上にも飛び散っていた。口の中には、酒の匂いが残っている。毒の検査のために銀のかんざしを入れてみたが、黒く変わるようなことはなかった。

「打ち殺した道具は見付けたか？」

「そちらにのけてあります」

安茂が指差した土間の隅には、血の付いた大きな玄能《げんのう》（鉄鎚）が転がっていた。

彦太郎は玄能を手に取り、屍の額と髪の中に当てて、疵の形と大きさを玄能の端のそれと比べてみた。両者はおよそ一致した。

「この玄能は誰のものだ？」

「加兵衛はこの家のものと申しておりました」

胸、腹、背中、足と詳細に眺めていく。いくつか疵が見られたが、これらは殴られて出来たものではなく、殴られて倒れた時に出来たもののようだった。

最後に陰門と肛門の中を改めねばならない。

安茂の手下どもに股を広げさせて、熟した陰門を覗き込む。乱暴されたような疵はなかったが、陰裂を開いてみると、陰道に男の愛液の残滓《ざんし》が認められた。お条はやはり男を連れ込んで、色事を楽しんだ末に殺されてしまったらしい。

彦太郎の後ろから、お月が可愛い顔に似合わぬ鋭い目付きで、お条の陰門を覗き込んでいる。頭の中では、荒くれ男に犯されながら、頭を玄能で割られて死んでいく女の絵の構図でも出来ているのかもしれない。

肛門のほうは、外にも中にも、傷痕や交合の痕《あと》は見られなかった。

彦太郎は屍から離れて、風呂のほうを改めることにした。

「贅沢《ぜいたく》な女だ。江戸では旅籠《はたご》ですら風呂を持たずに、客に湯屋を利用させているというのに、妾の分際《ぶんざい》で家に風呂を構えるなど」

玄海が意地悪く言う。

「おぬしに贅沢と言われたんでは……まあ、死人の悪口はほどほどに」

そう言ったものの、彦太郎も玄海と同じようなことを考えていた。

風呂はいわゆる鉄砲風呂で、楕円《だえん》形の湯桶の内側の縁《へり》近くに鉄製の筒（鉄砲）を立て、この中で薪《まき》を燃やして鉄砲を熱し、湯を沸《わ》かすしくみになっている。鉄砲の中には燃え尽きた薪が残っていたが、湯桶の湯のほうは、もちろん、もう冷たい水になってしまっていた。

湯桶の水はうっすらと赤みを帯び、隅のほうに、小さな草の葉のようなものが浮かんでいた。湯桶の内側にも外側にも血が飛び散り、その血の痕は土の上にも及んで、倒れているお粂の屍の所まで続いていた。

少し離れて立っている衣桁《いこう》には、お粂が入浴のために脱《お》ぎ捨てたらしい衣類がかかっている。彦太郎はその一つ一つを改めてみた。白い湯文字には小さな染《し》みが認められ、嗅《か》いでみると、男の愛液の匂いがかすかに残っていた。

「男と一発やってから、ここに来て、湯に入ってくつろいでいたら、忍び寄ってきた男に、玄能で頭をかち割られたようだな。湯桶からは抜け出したものの、また殴られて、ぶっ倒れて死んでしまった。そんなところかな」

玄海がまとめるように言った。

「ああ、そんなところだろう」

彦太郎は頷《うなず》いた。この状況では、それ以外の当て推量は出てきそうもない。

「早く下手人を見かけた奴を捜し出して、お月に人相書を描いてもらうことだな。俺はもう帰るぞ。また検屍があったら呼んでくれ」

玄海は待たせておいた駕籠にさっさと乗り込んだ。

三

彦太郎は、安茂とともに自身番に戻った。お月はあとから付いてきた。

加兵衛は相変わらずどっしりと構えていて、留八のほうも加兵衛に言い聞かされたのか、苛立たしげな気配は消えてしまっていた。それで、彦太郎は二人から念入りに話を聞くことができた。

加兵衛の歳は三十七、八ぐらい、頑丈《がんじよう》そうな体付きで、多少血の気が多いのか、赤っぽい顔をした男だった。しかし、彦太郎への対応はたいへん落ち着いていて、丁寧《ていねい》な一方、歯切れのよい話し方をした。要するに、いかにも一代で成功した商人らしい如才《じよさい》ない男だった。

手代のほうは、彦太郎が恐ろしいのか、時折言葉が上擦《うわず》り、つかえていたが、加兵衛をかばって嘘《うそ》を言っているようには見えなかった。

二人の話には、安茂から聞いた話と食い違う点は特になかった。

「妾を喜ばしてやりたい心持ちはわからんこともないが、据風呂というのは贅沢すぎやしないかえ？」

「仰《おお》せのとおりでございます。今年の冬はこのとおりの寒さでして、湯屋の帰りに体が冷えると申しまして、暖かくなるまでの約束で、道具屋からあの鉄砲風呂を借りてやった次第《しだい》でございます」

加兵衛は苦笑い気味に答えた。

「さぞかし金を使わされたことだろうな」

「知り合いの道具屋ですので、月一分《ぶ》（一千文《もん》）のところを、八百文に値引いてくれました。薪代もかさみますが、そのぐらいの我儘《わがまま》ならと、聞き入れてやっておりました」

「お条は前から尻軽な女だったのかい？」

「さようなことはございません。このたびのことは魔が差したとしか思えません。ここで使っている若い女中が風病をこじらせまして、五日ほど前から父親の所に帰してあります。お条は見張りがいなくなったのと、淋《さび》しかったのと、雪が降り続いて気鬱《きうつ》になっていたのとで、つい男を連れ込みたくなったのでございましょう」

「寛大《かんだい》だな。女中を使いに出して、留守中に男を連れ込むぐらいはたやすいことだろう。これまでは、外で逢《あ》っていたのかもしれんぞ。腹が立たないのか？」

「私がお条に騙《だま》されていたとしましても、お条も男に騙されていて、命まで奪われてしまったのでございますから、かわいい女でしたし、不憫《ふびん》でなりません。下手人を捕まえていただくために、私にできることでしたら、何でもいたします」

彦太郎は加兵衛の目の縁《ふち》に浮かんでいる涙に気付いた。

加兵衛と留八を帰してから、自身番で待っていると、お粂の家の近所を回っていた安茂の手下の一人の啓太《けいた》という男が、万三《まんぞう》という名前の三十過ぎの男を連れて戻ってきた。

得意げな啓太の話によると、お粂の家の近所に住む万三は、昨日の夕方雪が降り止んでから、お粂の家に、お粂と若い男が仲良く入っていくのを見たという。

「お前の生業《なりわい》は？」

彦太郎は万三に尋ねた。

「へえ、大工でございます」

「すると、雪の間は仕事はしておらぬな」

「家で酒ばかりくらっておりやした。昨日の昼の七つ（午後四時）過ぎに、ようよう雪が降り止みまして、大喜びで外に出て、ふらついておりますと、お粂さんと連れの男が歩いているのを見かけたのでございます」

「連れの男はどんな奴じゃ？」

「歳は、二十二、三ぐらい、大店の若旦那ふうの男でございました」

男は痩《や》せ形で、柔和《にゅうわ》な感じの顔立ちだったという。万三が思い出しうるかぎりの男の特徴を彦太郎に告げ終わると、隣で聞いていたお月が、さっそく紙に男の人相書を描き始めた。

万三は出来上がった人相書を見せられて、大きく頷いた。

「この男でございます。この男がお粂さんと一緒に家に入っていきました」

万三が帰ってしまってからも、お月は帰ろうとしなかった。何やら考え込んでいるように見える。

「どうかしたのか？」

彦太郎は人相書の礼を言ってから尋ねた。

「いえ、何も。呼んでいただいてありがとうございました」

お月は我に返ったように頭を下げ、自身番を出て、雪の溶け始めた道を足早に帰っていった。


その晩、玄海が彦太郎の家に訪ねてきた。

「若旦那ふうというのは見かけだけさ。正体は、女を食い物にして生きている凶暴な奴だろうよ。奴らは女を殴り殺すことなど、何とも思っちゃいないのさ」

玄海は一人で酒を飲み、上機嫌だった。下戸《げこ》の彦太郎は茶を飲んで相手をしていた。

「おとなしそうな顔をしているのに」

「見かけだけさ。まあ、札《ふだ》付きの悪い奴となると、正体は明日じゅうにも割れそうだが、捕まえるのは大変だろうな。十五両の金を持って遠くへ逃げたか、金を払ってかくまってもらっているか……」

「おぬしにそこまで心配してもらうことはない」

彦太郎は態度の大きい玄海に、嫌味を投げ付けた。

「おしのさんが喜んでおられましたよ。このごろ旦那様が真面目《まじめ》になられて、おるいさんのほかに、新しい女を作ったりなさらなくなったと」

彦太郎の妻のお園《その》が明るい口振りで割り込んできた。おしのは玄海の女房で、おるいは外に囲っている妾である。

「お園さんの前では言いにくいのですが、近ごろは、金だけさんざんむしり取っておいて、いざ出合茶屋に行くと、屍のように寝ているだけの女が少なくないですからな。かと思うと、まだ十五、六なのに何でもしてくれるから喜んでいたら、いざ入ってみるとさっぱり締まりのない女とか……そんな奴らはもううんざり。わしはもういい女としか寝たくありませんな」

いくら酔っている玄海とはいえ、あまりの下品さにお園が怒り出すのではないかと、彦太郎は心配になってきた。しかし、お園は笑顔を崩さずに、平然として答えた。

「私に言わせると、おしのさんよりいい女なんていませんよ。浮気はお止《や》めになって、毎晩おしのさんを抱いてあげたらいかがです？」

四

玄海の予想は半分は当たり、半分は外れてしまった。

次の日に、彦太郎の家に通っている小者の新次が、神田銀町《しろがねちょう》の長屋の住人に不審な点があり、自身番で詮議《せんぎ》されているという報《しら》せを運んできた。

「そやつが昨日、井戸端でこっそり洗っていた着物に、血が付いていやがったんでさあ」

「怪我をしていたのではないのか？　畜生の血ということもあるぞ」

「怪我はありません。畜生を扱うような仕事もしておりません。まともに働いている奴じゃないですぜ。女の尻を追い掛け回しているほかに能のない奴でして」

「その男は、血のことはどのように申し開きしておるのだ？」

「女の月のものだとか、ふざけたことを申しておるそうで。なあに、そやつが下手人に決まっておりますよ。ちらっと見てきましたが、人相書どおりの顔をしておりましたから」

新次の聞いてきたところでは、その男の名前は鶴之助《つるのすけ》といい、日本橋の通《とおり》二丁目の大きな木綿《もめん》問屋の息子なのだが、ろくに働かずに、店の金を持ち出して、遊蕩《ゆうとう》に費《つい》やしていたばかりに、一年前に勘当《かんどう》されて親子の縁を切られていた。それで心を入れ替えると思いきや、相変わらず、働かずに爛《ただ》れた生活をしているばかりなのであった。

「遊蕩の金はどうしておる？」

「親父に内緒で、おふくろからせびり取っていたようでございます。ほかに金蔓《かねづる》も見付けたようでして。稼《かせ》ぎのある年増《としま》を捕まえたら、結構な金を貢《みつ》がせることもできますからな。十五両というわけにはまいりませんが」

神田銀町の自身番に着くと、驚いたことに、腰高障子が開いて、お月が外に出てきた。

「おいおい、何でここに来ておる？」

「人相書そっくりの男が捕まったと耳にしたものですから、実物と人相書とを比《くら》べてみたいと思いまして」

鶴之助を調べている岡っ引きの儀作《ぎさく》とは前からの知り合いだとお月は説明した。はっきりとは言わなかったが、どうやら、儀作は、お月の描く血塗《ちまみ》れの残酷な絵が大好きらしい。

お月が帰ってから、腰高障子を開けると、このへんを縄張りにしている儀作のいかつい顔が現われた。

「ご苦労さまで。お粂の家へ行って、一つになったことまでは吐かせました。あの人相書では、嘘のつきようがありませんぜ」

儀作が自慢げに告げた。

「殺したことは吐いたのかえ？」

「そっちはあと少しでございまして。多少痛め付けたほうが早いと存じますが」

鶴之助は奥の板間で、うつむいて坐り込んでいた。彦太郎が近付いていくと力なく顔を上げた。人相書どおりの柔和な顔立ちで、体付きは痩せている。目付きもやわらかく、外見からは、凶暴な男という印象は薄かった。

だが、優しい顔をした人殺しなら、これまで両手に余るほどお目にかかっている。

「お条とはいつ知り合ったのだ？」

彦太郎は詮議を始めた。

「十一月の大黒《だいこく》様の祭に、明神《みようじん》様に参詣《さんけい》した時のことでございます。あちらも一人、こちらも一人でしたので、声を掛けてみました。きれいな女で、邪険《じやけん》に断わられるのを覚悟しておりましたのに、色よい返事が返ってきたので、驚きました」

鶴之助は半分諦《あきら》め切ったような静かな声で話し始めた。

「そのまま、出合茶屋にでもしけこんだのか？」

「とんでもない。お互いの身の上話をしたぐらいで別れました。居場所がわかったから、あとはゆっくりなびかせればよいと考えておりました。それが、五日も経《た》たないうちに、あちらから、わたしの長屋に訪ねて参りましたので、これに乗っからない手はありません。その次に逢いました時には、出合茶屋に参りました」

「他人の妾の味は？　さぞかしうまかっただろうな？」

「何と申していいのか、わたしがこれまで交わった女のうちで、一番素晴らしい女でした。どんな商売女もかないません。心を入れ替えて真面目に働いて、こやつを嫁にできないかと考えたほどでございます。できるはずのないことですが」

　鶴之助はしんみりした口調で言う。

「それからも、何度かお条の肉をむさぼったわけだ」

「さようでございますが、女中を騙《だま》して出てくるので、あまり長くはいられませんし、夜は抜け出せません。一度でいいから、朝までお条と過ごしたいと願っておりました」

「一昨日になって、お前の望みがかなったわけだな」

「ええ、雪なので長屋に閉じ籠《こ》もっていたら、お条が訪ねて参りました。女中も帰したから、家に来てくれれば、朝までゆっくり過ごせると……夢のような話でございました」

「夢は夢でも、お前が見たのは小判の夢じゃなかったのかえ？　すれっからしのお前が一人の女の体にそこまでこだわるなんぞ、お話としちゃ上出来だが、お前が狙っていたのは簞笥の奥の十五両のほうさ。女中が留守なら、わざわざ雪を踏んで浅草の家まで行かずとも、出合茶屋かお前の長屋で、朝までゆっくり過ごせばよかったはずだな。お条はそのつもりだったのが、お前に頼まれて、一緒に帰ることにしたのさ。玄能で叩き殺されることになるとはつゆ知らずに」

彦太郎が一気に切り込むと、鶴之助の口がやや重くなった。

「わたしは十五両のことなど聞いておりません」

「まあ、いいだろう。とりあえず、嘘でもいいから、しまいまで話してみろ。お前とお条は、浅草の家に行ってから何をした？」

「お条は薪をくべて、鉄砲風呂を沸かしました。それから二人で飯を食って、酒を飲んで……床に入る前に、風呂に入るつもりでしたが、酒を飲んでいるうちに、もう待てなくなってしまいまして……」

「極楽に連れていってもらったわけか？」

「ええ」

「何度気をやったのだ？　二度？　三度？」

「三度でございます。ほかの女が相手では、そんなにはやれません」

鶴之助はかすかな笑いを洩《も》らした。

「愛液塗《まみ》れになったお条は、風呂へ行ったんだな。お前は？」

「疲れて、寝てしまいました」

「お条が殺されるのを知らなかったのか？」

「悲鳴が聞こえたような気がして、目を覚ましました。お条はまだ戻ってきておりません。奥の土間の近くに行ってみると、お条が風呂の近くで倒れておりました。体はまだ温かくても、もう息絶えておりました。顔は腫れ上がって血塗れで、血の痕は風呂桶まで続いていました」

「お条の体に執心《しゅうしん》していたくせに、下手人を捜して、お条の仇《かたき》を討とうとは考えなかったようだな？」

「下手人は近くに潜《ひそ》んでいたに相違ありません。次は己が殺されると思いました。怖くて怖くて、寝ていた部屋に戻って、庭から逃げてしまいました」

恥じるような色が鶴之助の顔に現われた。

「お条が風呂に行くまではともかく、あとは大嘘ばかりだぜ。お前の言う下手人には羽《はね》でも生《は》えてやがるのか？　いったいどうやって、雪の上を足跡も残さずに逃げやがったんだ？」

「わたしにはわかりません」

「そうか、俺には大わかりだよ。お前は寝入ったりはしなかった。こっそりお条のあとを付けたのさ。お条が風呂に入ってくつろいでいるところを、玄能で不意打ちだ。殴り殺してしまうと、箪笥から十五両奪って逃げ出したというのが、実際にあったことだろうよ。どうだ、とっとと吐きやがれ！」

彦太郎の荒っぽい脅《おど》しに、震えのようなものが鶴之助の痩せた体を走った。だが、その口から出てきたのは自白ではなかった。

「お粂を殺したのは、わたしではございません」

五

鶴之助の長屋の畳の下から十五両が見付かってからも、鶴之助はしぶとく、己が盗んだものではないと言い張っていた。

本材木町《ほんざいもくちょう》の大番屋に移されてからは、後ろ海老《えび》に縛られたり、棒を通して捻《ひね》られたりと苛酷《かこく》な取り調べを儀作から受けたが、どうしても白状しなかった。

しかし、証拠は充分であるし、鶴之助のほかには下手人はありえないので、大番屋まで取り調べに来た与力の大木勝之進《おおきかつのしん》も入牢を指図した。それで、彦太郎は奉行所から入牢証文を受け取って、鶴之助を小伝馬町《こでんまちょう》の牢屋敷へ送った。

悪人の中には、大番屋での取り調べぐらいでは白状しないものも少なくなく、そういう輩《やから》には、牢屋敷で厳しい拷問を加えて白状させるしかない。だから、彦太郎としても入牢の処分は当たり前と思ったのだが、いざ鶴之助を小伝馬町へ送ってしまうと、何とも言えない不安のようなものが強くなってきて、その晩は蒲団に入っても、さっぱり寝付かれなかった。

「どうなさいました？」

目を覚ましたお園が、心配そうに彦太郎に呼び掛けた。

「もしも鶴之助が下手人でなかったらと考えてしまって……情《なさ》けない話さ」

「女子供が御用の筋に口を挟むのは、いかがかとは存じますが」

お園は微笑《ほほえ》んで言った。

「いや、何か気の付いたことがあれば、ぜひ聞かせてくれ」

「鶴之助という人が下手人かどうかは、私にはわかりません。ただ、出ていった足跡が一つだからといって、その人が下手人だとは決め付けられないのではありませんか？」

「では、もしほかに下手人がいたとして、そやつは雪の上を飛んで帰っていったのか？」

「その鶴之助という人はあわてて逃げたので、足跡の歩幅はさほど大きくなくて、雪がところどころ崩れていたのですね？　私が下手人ならこうしたと思います。まず、鶴之助さんと同じような雪踏を履《は》きます」

「鶴之助の足跡の上を歩いていくということか？　そいつはありえない。いくら雪踏で底が革でも、足跡の上に足跡が重なれば、ずれが出来てわかってしまう。あの足跡には、そんなずれはなかったぞ」

「そのままでは、そのとおりでございます。私なら、足跡の底に新しい雪を入れます。そこへ雪踏の足を入れて踏みます。そうしますと、新しい足跡だけが、くっきり残るのではありませんか。続いて、次の足跡の底に雪を入れて、次の一歩を進めます。そうやって一歩一歩進んでいくのでございます」

「雪がところどころ崩れていたのは、雪を取った痕をごまかしたと言いたいんだな。ずいぶん手のかかることをしたものだな」

粗《あら》探しをしながらも、彦太郎はお園の当て推量に感心していた。

「下手人はあわてる必要はございませんから」

「なるほど、その下手人はどんな奴だろう？」

「わかりません。私のお答えできるのは、下手人は鶴之助さんとは限らない、ということだけでございます」

「ありがとう。先にお休み。私はもう眠るから」

お園が眠ってしまってからも、彦太郎はさっぱり寝付けなかった。

もしもお園の当て推量が正しければ、これまでの詮議と吟味《ぎんみ》のすべてが引っ繰り返ってしまう。

お条を殺した下手人は、雪の止む前からお条の家に入り込んで帰ってくるお条を待ち伏せし、お条が鶴之助を連れてきたことを知るや、鶴之助に罪を着せることを思い付いたことになるのである。十五両を盗んで、鶴之助の長屋の畳の下に隠しておいたのもそいつの仕業《しわざ》ということになる。

では、その新しい下手人なるものが実在するのなら、いったい何の目的でお粂を殺したのか？　十五両という金が目当てではなかったのだから、ただお粂が憎くて殺したかったのだろうか？　それとも、誰かに殺しを頼まれたのか？

彦太郎は容易ならざる立場に立たされていることを理解した。今のところ、お園の当て推量には何の証拠もない。そんなものを信じ込んで、今ごろになってこの件を引っ掻《か》き回したあげく、結局は鶴之助が犯人であったということになれば、彦太郎はお咎《とが》めなしではすまされない。

かといって、このまま調べ直しもせずに鶴之助を見殺しにしたのでは、この先ずっと心に引っ掛かることになるだろう。鶴之助が下手人であろうが、なかろうが、牢屋敷での厳しい拷問に耐えて、やっていないと言い続けることはまずありえない。白状してしまえば、その先はもう小塚原《こつかつぱら》の刑場しかないのである。

目立たないように、同僚や与力に悟られないように、お粂について調べ直してみよう。そう心を決めると、ようやく、眠りが訪れてきてくれた。

「お粂を恨んでいた者などおりません」

大磯屋加兵衛は、心の奥底はともかく、外見上は嫌な顔一つせずに彦太郎を迎えてくれた。

「前の女房はお粂が女中をしていたころからとても可愛がっておりまして、妾にするときにも、お粂ならと許してくれました。今の女房には、嫁入り前から言い聞かせてございます」

「おぬしはどうかな？　お粂の浮気を前々から存じておって、腹を立てていたのではないか？」

「鶴之助が下手人では、何か不都合なことが出てまいりましたか？」

加兵衛は軽く嫌味を交えた。

「何もないが、人一人の首のかかっていることだから、念入りに調べさせてもらう」

「お粂が浮気をしているのが前々からわかっておりましたら、手切金を払って、とっくに追い出しております。今ごろになって、玄能で頭を叩き割ったりはいたしません」

大磯屋を出てから、彦太郎は不忍池《しのばずのいけ》へ向かった。まだ九つ（正午）を過ぎたころだった。

鶴之助とお粂が何回か房事を重ねた出合茶屋『末広《すえひろ》』は、池に突き出すように建っている。寒い風に吹かれて、茶屋は今にも、池に落ちてしまいそうに見えた。

出てきた女将《おかみ》と女中の話によると、少なくとも、お粂との密会については、鶴之助は嘘はついていなかった。お条はその美しさと淫《みだ》らさにおいて、たいそう目立つ女で、女中たちの噂の種《たね》になっていたらしい。

「あたしがもしも男だったら、たとえ五十両やると言われても、あんないい女を殺したりするもんですか。いい思いをさせてもらったあとで、頭を叩き割って金を取るなんぞ、それが本当なら、鶴之助という男は大馬鹿者ですよ」

女将が腹立たしそうに言う。

女中たちの話も似たようなもので、愛憎のもつれから、鶴之助がお条を殺したというならわからないこともないが、金のためという索漠《さくばく》たる話となると、鶴之助のこの茶屋での行状からは、信じられないという思いが強いようだった。

六

茶屋を出るころには、彦太郎は鶴之助よりも、殺されたお条のほうへ強い興味を抱くようになっていた。玄海あたりなら、そんな女がいることを知っていたら、一度でいいから抱きたかったのにと嘆くことだろう。そんな女なら、それこそ愛憎がらみで殺されたとしてもおかしくはない。

もしも、お条が鶴之助の前に懇《ねんご》ろになっていた男がいて、鶴之助と知り合ったことで、その男を素っ気なく捨ててしまったとしたら……捨てられた男が、お粂を殺して、罪を鶴之助に擦《なす》り付けようとするのはありそうなことではないか。

彦太郎は元のお粂の顔が見たくなってきた。彦太郎の見たお粂の顔は玄能で殴られて腫れ上がり、血塗れになったうえに、血の通わなくなった顔だった。そんな顔でなく、生きていたころの、美しく、淫らな顔が見たくなってきた。その願いをかなえてくれるのは絵師のお月のほかにない。

そういえば、この一件では、鶴之助の人相書をお月に描いてもらったが、お粂の人相書は描いてもらっていない。鶴之助を捕まえれば一件落着のはずだったからだが、ここに至って、お粂の人相書が必要となってきた。それは彦太郎が見たいということのほかに、その人相書を示して、ほかの出合茶屋を回り、この女といっしょに来た男がいなかったか確かめてみようと思い付いたからだった。

神田松田町のお月の長屋は珍しくひっそりしていた。

いつもなら障子越しに漏れてくる、絵の題材の男女の交合の声も、今日はまるで聞こえてこない。部屋を間違えたかと思うほどだった。

お月は机の上に本を広げて読んでいた。普通の本ではなく、西洋の書物のようだった。近付いていくと、絵が見えてきて、それが何の本かわかってきた。

腹が切り開かれ、くねくねとした腸《はらわた》が見えている。それは解死《かいし》（解剖）の本だった。

「お前の本なのか？」

「いえ、玄海様が貸してくださいました。腹の裂《さ》けた絵や、頭の割れた絵を描くのに役に立つぞとおっしゃいまして」

「阿蘭陀《おらんだ》語が読めるのかい？」

彦太郎の軽い冷やかしを、お月は笑顔で返した。

「読めなくともよろしいのです。絵を見ているだけで楽しゅうございますから」

彦太郎はお月から本を借りて、頁《ページ》をめくってみた。胸の中や、腹の中、頭の中には、さまざまな臓腑《ぞうふ》があって、それぞれ大事な役割を果たしている。玄海がしばしば嘆いているように、屍の内奥を調べることなしには、何が起こったかを正確に明らかにするのは困難なことかもしれない。

むろん、そのために何の罪もない屍を切り開くようなことは、上からも、人々からも、許されそうにはなかったが。

「また頼まれてほしいんだが」

彦太郎は本を返し、お条の人相書の話を切り出した。

「今から、大磯屋と末広へ行って、加兵衛と女将に、お条の顔の仔細《しさい》を話してもらう」

「わたしがまいる必要はございません。その件でこちらにおいでになるのではないかと、お待ち申しておりました。いらっしゃらないときには、こちらからお訪ねせねばと考えておりました。お粂さんの人相書ならもう出来ております」

お月は謎めいた言い方をした。

「わざわざ加兵衛を訪ねたのか？」

「いえ、加兵衛さんに会ったのは、検屍の際だけでございます。お粂さんの顔立ちの話を伺《うかが》って、何か引っ掛かるものがございました」

彦太郎は鶴之助の人相書を描いたあと、お月が何か話したそうだったのを思い出した。

「それで、知り合いの儀作親分が鶴之助さんを引き上げたと聞いたときに、自身番に行って、鶴之助さんからお粂さんの詳しい人相を教えてもらいました。帰りに、障子の前で旦那に見つかってしまいましたね」

「ああ、そんな用だったのか」

お月は部屋の奥に積み上げられた紙の中から、二枚取ってきて彦太郎に渡した。

「これが、鶴之助さんが見たお粂さんの人相書でございます」

そこには艶《つや》やかで、繊細な美しさを持つ女の顔が描かれていた。淫らといわれれば、淫らな感じがしなくもない。何か歌麿《うたまろ》の美人画にでも出てきそうな女であった。

「きれいな女だな」

きれいなことはきれいだが、これぐらいの女なら何人も見たことがあるし、心を奪われてしまうというほどではなかった。

「それだけでございますか」

「似たような女を、どこかで見たような気がするな」

「では、こちらをご覧ください」

二枚目の人相書を見せられて、彦太郎は頭と顔に雪の塊《かたまり》でもぶつけられたような衝撃を受けた。

それは一枚目の人相書の女と似ているが、遥《はる》かに印象に残る女だった。ぎらぎらしたものと、何ともいえないけだるさが絵から飛び出してきて、彦太郎の心をぐいと握ってしまう。

彦太郎はその絵の女を知っていた。

実物も見ているし、女の生まれも、犯した罪もよく知っていた。

それは野分の大川に飛び込んで死んだはずの、川越生まれのお玉《たま》だった。

七

「殺されたお粂が、じつはお玉だったというのか?」

彦太郎は心を鎮《しず》めて尋ねた。

「ええ、鶴之助さんの話から、お玉に間違いないと思いました。少し顔が変わってきておりますが、食物や、薬草や、針で、わざと変えたのでございましょう。お粂さんになるために」

彦太郎はもう一度二枚の人相書を見比べてみた。細かい点や、受ける印象に違いはあるが、骨格、縦横の寸法、目、耳、顎《あご》の辺りを比《くら》べてみると、これは同じ女と考えてよさそうだった。

「しかし、お粂は何年も大磯屋で女中をしていたのだぞ」

「女中のころのお粂さんのことは存じません。ですが、鶴之助さんと逢っていたお粂はお玉です。女中のお粂さんが妾になってから、ある日お玉に入れ替わったのではございませんか？　女中なら大勢の人と顔を合わせますが、妾なら、加兵衛さんと使っている女中のほかは会わなくともすみます」

「加兵衛は入れ替わりを知っていたのだな。女中は新入りにかえたのか。しかし、何のためにそんなことを？　それに、お粂、いやお玉はなぜ殺されてしまったのだ？」

「わたしの当て推量でよろしゅうございますか？」

「言ってくれ」

「この一件の黒幕は加兵衛さんしか思い当たりません。加兵衛さんはお粂さんに似たお玉を捜してきて、お粂さんに入れ替わらせたのではないでしょうか。何か悪事をさせるために。その悪事が成就《じょうじゅ》すると、知りすぎたお玉を殺さねばならなくなりました」

お月の当て推量は鮮《あざ》やかなもので、彦太郎は己の知恵のなさが恥ずかしくなってしまった。

たしかに黒幕は加兵衛に相違ない。お玉を殺したのもおそらく加兵衛が金で雇った男だろう。問題は加兵衛がお条をお玉にすり替えて、どんな悪事をさせたのかということであった。

彦太郎は机に向かって、この一件の流れを初めから辿《たど》ってみた。

謎がまた二つほど出てきた。一つは、鶴之助はお玉の悪事といかなる関わりがあったのか。もう一つは本物のお条はどこに行ったのか？

いくら巧《たく》みに作り上げられた悪事でも、どこかに弱い箇所《かしょ》があるものである。その弱い箇所を覆い隠すために、悪人はさまざまな策を講じるものであるが、しばしば策に溺《おぼ》れて自滅する。

弱い箇所なるものは不自然な形として現われることが多い。悪人はそれを自然に思わせるためにさまざまな言い訳を用意しているのだが、耳を塞《ふさ》いでしまって、そのものだけをじっと見つめれば、不自然なものはどこまでいっても不自然なのである。

この一件で不自然なものは何か？

ほどなく、答が彦太郎の頭に浮かんできた。それは加兵衛が月八百文払って、偽お条のために借りてやっていた鉄砲風呂しかない。

加兵衛はあの風呂を何のために借りていたのか？

むろん悪事につかうために相違ない。

では、どうやって……。

風呂の役目は垢《あか》を落とすこと、温めること……。

温めること！

人殺しのあった日には、辺り一面雪が積もっていた……。

彦太郎はすべての謎の答が、すぐそばに近付いてきているように感じた。

『念入れて』見て、『随分親切に』吟味したつもりであったのに、結局『改めそこない』をしてしまったようだった。

あの雪の日を選んで殺したのは、足跡のごまかしのためだけではなかったのだ！

頬から額にかけて大きく腫れ上がり、いくつもの傷と赤黒い斑ができ、赤黒い血のこびり付いた顔……玄能という道具を選んだわけ、頭だけ殴れば殺せたのに、顔まで無残に殴り付けたわけもようやくわかってきた。

だが、もはや検屍のやり直しはできない。屍はすでに運び出され、焼かれてしまったあとなのだ。

足跡のごまかしも、屍のごまかしも、検屍の際に思い付いていれば、加兵衛を恐れ入らせるだけの証拠が見付けられたのかもしれない。今ごろになってわかっても、お園とお月と彦太郎の想像のほかには何もなく、いくらでも言い逃れできてしまう。

三人の当て推量を支えられるようなものを求めて、彦太郎はもう一度、あの家の様子を思い起こしてみた。

血の散らばる土間、顔の腫れ上がった屍、血の付いた玄能、うっすらと赤みを帯びた風呂の水……見事な芝居の一幕と言ってよい。まるで動きがなくとも、鶴之助には、つい今し方、そこでむごたらしい殺しがあったように思わせてしまったのだから。

女を殺した下手人は、彦太郎が検屍に来ることまで予想していたのではないか。陰道の愛液にまで気を配るあたりなど、さすがとしか言いようがない。今ごろは憎い彦太郎が見事に罠にかかったことで、ほくそえんでいることだろう。

だが、あちらだって、思いもよらぬへまをしていないとはかぎらないのだ。こちらが気付いていないだけで。

「ずいぶん怖いお顔で考え込まれて……少しお休みくださいませ」

お月が茶と茶菓子を運んできた。

「すまないな」

「何もございませんけれど」

机に置かれた湯呑みから湯気が立っていた。

「風呂のようだ」

彦太郎は妙なことを口走ってしまった。

「風呂でございますか」

お月は笑って彦太郎の隣に坐った。

「風呂に茶柱が立っております」

「ああ」

茶柱の立つ茶を吹いて、飲みかかった彦太郎の頭に、本物の風呂の光景が鮮やかに蘇《よみがえ》った。

湯桶の内側にも外側にも血が飛び散り、湯桶の水はかすかに赤みを帯びていた。その隅のほうに……。

「草の葉だ！」

彦太郎は大声で叫んだ。

「草の葉？　ああ、湯桶の水に浮いていた小さな草の葉でございますね」

「覚えておるのか？」

「覚えておりますとも。血塗れの中で、妙な取り合わせでございましたから。不謹慎にも、これは絵に使えるなと考えておりました」

「あれは何の草の葉かわかるか？」

「いぬのふぐりでございます」

「いぬのふぐり、か」

彦太郎は湯呑みを戻して立ち上がった。

「どうなさいました？」

「雪のなくなったあの家を見にいく。お前も同行してくれないか」

八

「よかったな。お粂の家の裏に、いぬのふぐりが生えていて」

加兵衛に白状させて、奉行所に報告した夜、玄海が家に訪ねてきた。

「それにしても、加兵衛はどこでお玉と出合ったんだい？」

「向こう両国の水茶屋だ」

「そうか。果報者め、と言ってやりたいが、死罪になるんじゃしかたがないな」

お玉は細工で顔を少し変えて働いていたのだが、お粂に似ていたことから興味を持った加兵衛が近付き、金の力でものにした。一度お玉と寝てしまうと、もう手放せなくなり、この一件のほとぼりが冷めたら、堂々と、お粂の代わりの妾にするつもりだったのだという。

「今度のはかりごとは、お玉が考えただけあって、ややこしすぎて、今一つよくわからん。砕《くだ》いて話してくれ」

いつものとおり、玄海が一人で酒を飲み、彦太郎は茶を飲んで相手をしていた。

「この仕事を頼まれたお玉がはじめにやったのが下手人に仕立てる気の毒な男を捜すことだった。その網に引っ掛かったのが鶴之助だ。お玉がお粂に化けて鶴之助と房事を重ねているのに、本物のお粂は何も知らずに、加兵衛に鉄砲風呂など借りてもらって喜んでいたんだな。雪が降って、まだ降り続こうという日に、お玉はお粂の家に行って、お粂を玄能で殴り殺した。鶴之助を連れ込んだ前の日のことだよ。屍は裸に剝《む》いて、雪の中に埋めてしまう。次の日になって、雪が止みかかったころを見計らって、凍り付いた屍を掘り出して、鶴之助を迎えに行く。風呂を沸かしてから、鶴之助の目を盗んでかちかちの屍を風呂の中に放り込んだわけだ」

「鶴之助が三発気を遣って眠ってしまってからは、お玉の遣りたい放題だな」

「そうだ。屍が元どおりやわらかくなるのを待って、風呂から出して、土間に寝かせた。雪の中に置いておいたおかげで、屍は今亡くなったばかりに見える。鶴之助の愛液を屍の陰道に押し込んでから、血塗れにして総仕上げだ。お玉は己の手首でも切って、新しい血を、屍の顔やら、土間やら、風呂桶やらに撒《ま》き散らしたんだろうよ。あんな女は、少々血の気が薄くなったぐらいでは、ぶっ倒れやしない。あとは叫び声を上げて、手首を綿で押さえて、どこかに隠れていると、目論《もくろ》みどおり、屍を見付けた鶴之助が逃亡してくれた。お玉も血が止まるのを待って、足跡の細工をして、逃げ出したのさ」

「加兵衛はなぜ、お条を殺したかったんだ？」

「亡くなった先妻のお仙が関わってくるのさ。お仙はうんざりするほど口うるさい女だったらしい。かといって、お仙の実家は大事な取引先で離縁はできない。それで、お条に手伝わせて、毒を盛って、心の臓の病に見せ掛けて殺したのさ」

「殺しを手伝ったら、女房にしてやるとか、その場しのぎの約束をしてしまったのか」

「そのつもりもなくはなかったらしいが、お巻との縁談が舞い込むと、お条を女房に迎えるのが惜しくなったんだな。お巻は老舗《しにせ》の米屋並木屋《なみきや》の娘だからな。お条のほうは、女房になれないことがわかると、あくどいゆすりに変わったようだ」

「一つわからぬことがある。お玉が鶴之助と逢っているときに、お条が家にいたのなら、女中の話で偽お条のことが突き止められたはずではないか。それとも女中も仲間だったのか？」

「奴らはそのへんはぬかりない。女中は五日に一度、店の仕事を手伝わされていた。おそらく、お玉はその日に、鶴之助と逢っていたんだな」

「性悪女《しょうわる》ばかり引き当てている加兵衛も気の毒だが、あれだけ苦労したのに、雪の中のいぬのふぐりの葉が、屍の髪に凍り付いたばかりに、悪事をすべて暴《あば》かれてしまったお玉も不運な女だ」

「馬鹿を言え。加兵衛は牢の中にいて、お玉はどこかでのうのうとしておるのに」

「捕まえるのはおぬしの仕事で、俺は関わりない。俺はお玉に生きていてほしい。お玉が抱けるのなら、いくら金を払ってもいい」

「気を付けろ。玄能で頭を割られるぞ」

「お玉が恨んでいるのはおぬしで、俺ではない。おぬしこそ、暗い夜道は気を付けたほうがいい」

「いい加減にしろ！」

彦太郎は頭に来てしまった。

「お前にはいい女のことなどわからん」

大喧嘩《げんか》になろうとした時、お園が口を出した。

「人殺しにはいい女などおりません。気の毒なのは人殺しどもではなくて、殺されたお粂さんですよ。いぬのふぐりの葉は、お粂さんの執念が髪に引き寄せたものでしょう。愚かなことで争われておられては、亡くなった方は浮かばれません」

それで、玄海は静かになった。

参考文献　『江戸時代犯罪・刑罰事例集』（柏書房）ほか

瘡守《かさもり》

澤田瞳子

澤田瞳子（さわだ・とうこ）
一九七七年京都府生まれ。二〇一〇年に『孤鷹の天』でデビュー、翌年同作で中山義秀文学賞を受賞。一二年『満つる月の如し　仏師・定朝』で本屋が選ぶ時代小説大賞、翌年同作で新田次郎文学賞、一六年『若冲』で親鸞賞、二〇年『駆け入りの寺』で舟橋聖一文学賞、二一年『星落ちて、なお』で直木賞を受賞。ほか著書に『日輪の賦』『夢も定かに』『泣くな道真』『秋萩の散る』『腐れ梅』『火定』『龍華記』『落花』『月人壮士』『名残の花』「京都鷹ヶ峰御薬園日録」シリーズなどがある。

一

潮の匂いをはらんだ熱風が、賑《にぎ》やかな町筋を吹き過ぎて行く。

夏の陽はようやく頭上を過ぎたばかりだが、ここ宮宿《みやじゅく》から対岸の桑名《くわな》に渡る七里の渡しは、江戸と京を結ぶ東海道五十三次中、唯一の海路。順調に行っても二刻《ふたとき》、下手をすればその倍もかかる船旅だけに、無理に先を急いではならぬと決めた旅人たちは、早くも今日の宿選びに余念がない。

そんな人々の袖を引く旅籠《はたご》の女中や、そこここの店の売り子の声で、宿場町はうわんという地響きにも似た喧騒《けんそう》に包まれている。うかうかしていると周囲から突き飛ばされかねぬ雑踏に、

「それにしても、活気のある宿場ですね」

と、元岡真葛《もとおかまくず》は感嘆《かんたん》の面持ちで、供の喜太郎《よしたろう》を振り返った。

「へえ、何せここは熱田《あつた》神社（現在の熱田神宮）さまの門前町。加えて、美濃路《みのじ》や佐屋《さや》

路《じ》への追分も兼ねてますさかいなあ。そやけど真葛さまは江戸にご下向の折、宮宿にはお泊まりやなかったんどすか」

痩《や》せぎすの顔に不審を浮かべた喜太郎は、長年、本草《ほんぞう》学者・小野蘭山《おのらんざん》の荷持ちを務めて来た老爺《ろうや》。蘭山の江戸下向に従って出府したが、今年七十歳を迎えたのを機に暇《ひま》を取り、伏見《ふしみ》の娘夫婦の元に身を寄せる途中であった。

蘭山の常房総三州《じょうぼうそうさんしゅう》採薬の旅に随行《ずいこう》した真葛が帰洛の途に就《つ》いたのは、五月上旬。だが往路を共にした延島杳山《のべしまようざん》は、いまだ衆芳軒《しゅうほうけん》での仕事が残っており、しばらく江戸を離れられない。

いくら真葛が気丈とはいえ、江戸から洛北・鷹《たか》ヶ峰《みね》の藤林《ふじばやし》家まで、二十日近い行程を一人で旅させるのはあまりに危険すぎる。そこで折しも伏見に宿下がりする喜太郎に、白羽の矢が立ったのであった。

長年、蘭山に従って諸国を遍歴してきた喜太郎からすれば、東海道など己《おのれ》の庭のようなもの。世知《せち》に長《た》け、足腰も丈夫な彼は、旅慣れぬ真葛には何よりの道連れであった。

「はい、あの時は杳山さまが先を急いでおられましたので。七里の渡りを終えた後、そのまま鳴海《なるみ》まで足を延ばしました」

京都にその人ありと言われた大学者・小野蘭山が私塾・衆芳軒を開いたのは、今から五十年前。その折からずっと蘭山の従僕を務めて来た喜太郎は、門前の小僧習わぬ経を読むの言葉通り、駆け出しの本草学者など及ばぬほど豊富な知識の持ち主である。それだけに真葛の物腰は自然と、一介の奉公人に対するとは思えぬほど、丁寧《ていねい》なものとなっていた。

「なるほど、そういうわけどしたか。しかし延島さまはええお方どすけど、周囲に気遣いの出来へん朴念仁《ぼくねんじん》どすなあ。なかなか嫁さまの来手《きて》がないんも、それでは当然どす」

蘭山の多くの弟子を見てきただけに、喜太郎の口調は辛辣《しんらつ》であった。

軒数約三千軒、宿屋だけでも三百軒を超える宮宿は、東海道最大の宿場。本陣・脇本陣や立場《たてば》といった宿場町特有の施設に加え、熱田神社への参詣客目当ての土産物屋・小間物屋など若い娘が喜ぶ店々が、街道の両側にびっしり建ち並んでいる。

伊勢参宮の戻り客を当て込んでであろう。暦《こよみ》や白粉《おしろい》などの伊勢土産を扱う店も多かった。

「だいたいいくら先を急いだかて、二十日の道程がそれで半分になるわけでもあらしまへんやろに。初参府の真葛さまを気遣《きづこ》うて、遊山《ゆさん》かたがたここで一泊して差し上げるのが、まともな男と違いますかいな。――それやったら真葛さま、ひょっとして熱田さまにもご参拝しはらなんだんどすか」

ええ、とうなずく真葛に、「そら、あきまへん」と、喜太郎は皺《しわ》に埋もれていた目を見開いた。

「天叢雲剣《あめのむらくものつるぎ》を祀《まつ》る熱田さまは、日本武尊《やまとたけるのみこと》さまのお妃《きさき》が社地を定め、かの鎌倉将軍・源頼朝《みなもとのよりとも》公ご誕生の地とも伝えられる尊いお社。そないな大社《おおやしろ》の前を二度も素通りしては、罰が当たりますで」

「ですが喜太郎、今からご参拝をしていては、日が傾いてしまいます。出来れば早々に渡しを越え、今日の宿は桑名にしたいのですが」

「何を言わはります。京まではどうせ、あと四、五日。ここで無理をしても、大した違いはあらしまへん。それよりむしろ熱田さまを拝み、門前の空気に触れはった方が、旅のし甲斐があるというもんどす」

そういえば小野蘭山は採薬の旅の途中、暇を作ってはその地の古跡古社を巡り、土地の者から様々な逸話《いつわ》を聞き取っていた。

古《いにしえ》からの伝承の中には、動植物・鉱物の知られざる用例や名称が潜んでいる場合がある。実証的学問を重視する蘭山は、歴史や言語の中からも有用な知識を得ようと努めていたのであった。

その点から言えば、ただ先に先にと急ぐ旅など、忙しいばかりで何の役にも立つまい。思えば関東に暮らしたこの半年、真葛はひたすら学問に打ち込み、社寺参詣はもちろん、ろくに街歩きもしなかった。頭でっかちを嫌う蘭山は、そんな自分をいったいどんな目で見ていたのだろう。今更ながらそんな己に頰《ほお》を赤らめ、真葛は「なるほど」とうなずいた。

「それは道理です。わかりました。では今日は宮宿に泊まりましょう」

「ほなご参詣の前に、どこかの茶店で一息つきまひょか。ここの名物は、餡《あん》入りの羽二重《はぶたえ》餅《もち》。ぜひ真葛さまに召し上がっていただきとうおす。京にお戻りにならはったら、掛け茶屋の餅や団子など、召し上がる機会もおありやないですやろし」

言いながら茶店を物色して歩くうち、鬱蒼《うっそう》たる松林に囲まれた社殿が、右手に見えて来た。

街道と境内を区切るのは、石の太鼓橋がかかった小川。馬子が馬に水を飲ませる傍《かたわ》らで、膝切姿の童が数人、水遊びをしている。その向かいには大小の茶店が床几《しょうぎ》を出し、赤い前掛けをかけた小女《こおんな》が忙しげに働いていた。

そのうちの一軒に落ち着く間にも、老若男女さまざまな人々が次々と境内に吸い込まれて行く。

ぼってりと大きな餅をつまみながら、はて、今日は縁日だろうかと呟《つぶや》いた真葛に、茶屋の小女が「いいえ、違いますよ」と明るく笑った。

「この熱田さまは、名古屋のお城下からも目と鼻の先の距離。特にこの時期は、浜遊びついでのご参詣が多いのでございます」

なるほど折しも目の前を通った十二、三の娘は、ぽたぽたと水の滴《したた》る小籠《こかご》を提げている。おおかた湊《みなと》近くの浜で、貝でも拾って来たのだろう。華やかな絽《ろ》の着物や供を幾人も引き連れた様子からして、名古屋の商家の娘に違いなかった。

御三家筆頭、石高約六十二万石の尾張藩は、諸大名の中でも最大の家格を誇る親藩。それだけに城下町・名古屋の気風は華美で、社寺参詣や歌舞音曲といった遊興が庶民の間でも盛んと聞くが、確かに参拝の人々の服装はみな華やかで、旅塵《りよじん》にまみれた旅人との違いは一目瞭然である。

「このように汗や泥に汚れた姿では、お参りするのが少々気が退《ひ》けますね」

「何を言わはります。神さんがご覧にならはるのは、その人の姿かたちやのうて、心の中身。どない美しゅう着飾っても、中身が塵芥《ちりあくた》みたいなお人かて、世の中にはようけいはりますやんか」

そうたしなめると喜太郎は羽二重餅には手を付けず、一息に茶を飲み干した。そして巾着から取り出した小銭を、床几の上に、ひいふうみ、と置き始めたそのときである。

「おい、この餅、変な匂いがしねえか」

向かいの床几にかけた商人風の男が、連れに口早に囁《ささや》き、盆皿の餅を疑わしげにつまみ上げた。

「しっ、滅多な口を利くんじゃねえよ。幾ら暑いとはいえ、餅が腐るわけがあるめえ」

連れの男が小声でそう叱《しか》り付け、目顔で床几の端を指す。そこに腰を下ろした身形《みなり》の

良い町女房を意味ありげに見やり、

「――な。分かったら、さっさと食っちまいな」

と、連れを急《せ》かした。

男の指摘通り、確かに茶屋の店先には、ごくわずかながら腐臭に似た臭《にお》いが漂っている。

彼らのやりとりは決して声高ではなかったが、大急ぎで餅を頬張って立ち上がった姿に、察するところがあるのだろう。肩身狭そうに床几の端に坐《すわ》っていた女が、ますます居心地悪げにうつむく。その襟元《えりもと》には真夏というのに、濃い藍色の首巻きがしっかりと巻かれていた。

どうやら臭いは、彼女が身じろぎするたびに強くなっているらしい。他の客までもが眉《まゆ》をひそめ始める有様に、思わず真葛は床几から跳《は》ね立った。そのまま女の前に立ち、さっとその手を取った。

「そろそろ、参りましょう。急がないと日が傾いてしまいます」

驚いて顔を上げた女は、真葛より二つ、三つ年上か。きちんと眉を剃《そ》り、歯を染めた姿といい、簡素ながらも品のいい着物といい、この界隈《かいわい》の店の女主《おんなあるじ》と思《おぼ》しき身拵えであった。

「熱田さまをご案内くださるお約束でしょう。さあさあ」

真葛の突然の行動に、喜太郎は一瞬、呆気《あっけ》に取られた顔になった。だがすぐに、何か理由があってと勘付いたのだろう。巾着を再度胴巻から引っ張り出し、女の茶代を床几に投げ出して立ち上がった。

「あ、あの、あなたさまは――」

狼狽《ろうばい》する女の手を摑《つか》んだまま、真葛は強引に往来を横切った。その間にも、彼女の身体《からだ》から漂う異臭は強くなる一方。しかしそこに微《かす》かに香の匂いが混じるのは、女自身、臭いを恥じて、袂《たもと》に香袋を入れているのだろう。

（とはいえ、これほどの臭いとなると――）

熱田神社の境内に駆け込み、参道をすぐに左に折れる。人気《ひとけ》のない松林にたどり着いてから、ようやく真葛は女の手を離した。

松葉から漏《も》れる木漏れ日が、女の白い額《ひたい》やこめかみに浮かんだ赤い丘疹《きゅうしん》を、白々と照らし付けている。はっとうつむく彼女を手近な切り株に坐らせ、真葛はその前に膝をついた。

「よろしければ、首巻きを取っていただけませぬか。人目を恥じるのは分かります。ですが、湿性の毒疹はそのように布で押さえ込むと、いっそうひどくなるのです」

驚いて顔を上げた女の手に、真葛は「大丈夫です」と軽く己の手を重ねた。

「確かに瘡毒《そうどく》は根治が難しい病。さりながらうまく治療すれば、その進行を遅らせることは決して難しくありません」

「あ、あなたさまはお医者さまでらっしゃるのですか」

すがる表情になった女に、真葛は小さく首を振った。

「いいえ、医師ではありません。ただ多少医術の知識がございますので、何かお力になれることがあるかと存じます。申し遅れましたが、私は京都の北にございます鷹ヶ峰御《お》薬園《やくえん》に住まいする、元岡真葛と申します」

瘡毒――俗にいう梅毒はこの時代、完治不可能な病として恐れられていた。この感染症が日本に最初に渡来したのは、ほんの三百年ほど前の室町末期。そのためつい数十年前まで梅毒は、医師でもなければ滅多に見られぬ珍しい病とされていた。

しかしこの三、四十年の間に、男女の交わりを始め、母子感染、乳母の乳による感染などによって、梅毒患者は爆発的に増加。今では江戸・大坂などの都市部においては、十人のうち四人までが患《わずら》うとも言われる病気となっていた。

京から遠く隔《へだ》たった尾張で、幕府直轄の鷹ヶ峰御薬園の名を知る者はまずいない。だが真葛が医学に関わりがあると知るや、女の顔に見る見る喜色が浮かんだ。

「あ、ありがとうございます。お医師にかかろうとしても、夫に世間体が悪いと禁じられ、どうすればいいのやらと思い悩んでおりました」

「なんですと――」

江戸には「江戸の水道の水を飲まぬ者と瘡《かさ》を病まぬ者は男ではない」と梅毒を誇る男たちもいると聞くが、そんな命知らずはごく一部。大半の人々はこの病を恥と見なしているため、人に知られまいとして売薬での自己治療に手を出し、かえって病状を悪化させる者も珍しくない。そんな忌避《きひ》意識がこの病の蔓延《まんえん》を後押ししている傾向もあり、人々の過剰な嫌悪は医者の悩みの種でもあった。

だがそれにしても妻の梅毒を恥じ、医者を遠ざけるとは何事だ。

喜太郎は二人から少し離れたところに立ち、余人が近づかぬようさりげなく気を配っている。その小さな白い髷《まげ》にちらっと眼を走らせ、真葛は怒りが滲《にじ》みそうになる声をかろうじて押し殺した。

「黴毒《ばいどく》（梅毒の異名）は夫婦そろって感染する例が多い病。あなたさまの病がどこからのものかはともかく、妻が瘡を病めば、夫も罹患《りかん》するのが当然でございます。本来ならお連れ合いも、ちゃんとお医師に診ていただくべきですよ」

それとも夫もまた世の誹《そし》りを恐れ、自らの病に見て見ぬふりを決め込んでいるのか。さりながらそんなことをしていては、瘡毒はますます悪化するばかりである。

梅毒は放置すれば鼻が欠け、精神に異常をきたす恐ろしい病だが、その進行は非常に遅い。特効薬こそいまだ見つかっていないが、蜀葵《からあおい》（タチアオイ）や土茯苓《どぶくりよう》、甘汞《かんこう》（塩化第一水銀）といった薬をうまく用いれば、さしたる障害を起こさずに一生を過ごすことても無理な話ではなかった。

「とにかく一度、ご夫婦の病態をお聞かせください。事と次第によっては、私が薬を調じて差し上げます」

真葛がそう口にした途端、女の双眸《そうぼう》に大粒の涙が膨《ふく》れ上がった。いきなりわっと声を上げて泣き伏す襟元で首巻きがずれ、その隙間《すきま》から女の掌《てのひら》ほどもありそうな大きな腫瘍《しゆよう》がのぞいた。

思いがけぬ邂逅《かいこう》ゆえの嬉《うれ》し涙にしては、どうも様子が妙である。通院を禁じられているとの言葉と考え併せると、よほど込み入った事情があるらしい。

（この分では今日も、熱田さまへのご参詣は無理そうですなあ——）

真葛は小さな息をついて、喜太郎と顔を見合わせた。

舞楽の奉納でも始まるのだろうか。ひどく間の抜けた笙《しよう》の音が、拝殿の方から響いてきた。

二

「あ、あたしは渡船場近くにございます千鳥屋《ちどりや》という旅籠の女房で、佐和《さわ》と申します」

一通り泣くと、気が晴れたのか、やがて佐和と名乗った彼女は袂で涙を拭《ぬぐ》い、ぽつりぽつりと話を始めた。

女中や男衆《おとこし》合わせて八人が働く千鳥屋は、当代の伊兵衛《いへえ》で四代目。決して大きくはないが、古くからの贔屓《ひいき》筋に支えられた、客筋のよい旅籠だとお佐和は語った。

「あたしが最初に瘡に気付いたのは、半年ほど前。その前から、夫の身体にできものがあることは知っていました。でもまさかそれが瘡だなんて、あたし、自分に移るまで、まったく思わなくて――」

夫の伊兵衛は面倒見がよく、旅籠仲間（組合）での信頼も厚い。会合で遊里に繰り出すことも多いため、お佐和はすぐに自分の異変は梅毒だと直感した。

しかしそれを夫に打ち明けるや、伊兵衛はいきなり、さっと顔を青ざめさせ、

「そうか、わしに瘡を移したのはお前だったのか」

と、声を荒らげたのであった。

伊兵衛に言わせれば、確かに自分は遊郭に上がりはするが、女とは共寝をせずに帰ってくる。それで瘡毒を得るとは、どう考えても不自然である。

「これはきっと、お前がわしに移したんだろう。まったく、なんということをしてくれたんだ」

そう吐き捨てた伊兵衛は、この日からお佐和にひどく冷淡に接するようになった。旅籠は客商売、瘡持ちを人前に出すわけにはいかぬと、店の手伝いも禁じられた。

無論、医者通いなど許されるわけもない。しかも伊兵衛はそんなお佐和を置き去りに、自分だけはこっそり宿場外れの医師へ通い、ついには、

「わしに悪病を移した女子を、このまま千鳥屋に置いてはおけん。連れ添うて三年、子がないのは幸いだ。暮らしが立つだけの金はやる。さっさと千鳥屋から出てゆけ」

と、事あるごとに離縁を口にし始めたのである。

「確かに瘡毒の患者の中には、生まれつき母御から毒を受け継いだ例もございます。ですがそういった場合は、おおむね七、八歳までに病変が現れるもの。お佐和どののように大人になってから発病する例など、私は存じませぬが――」

対岸の桑名で旅籠を営んでいたお佐和の両親は、彼女が千鳥屋に嫁いだ翌年、相次いで病で亡くなっている。身の潔白を証明できる者は誰一人おらず、お前が瘡の元だと謗《そし》られても、お佐和は黙って俯《うつむ》くしかなかったのである。

「それはひどおすなあ。どない考えても、瘡をもろうて来はったんは、伊兵衛はんどっしゃろに。自分が悪い遊びをした果てと知れるのが、気まずうてならんのですやろか」

喜太郎が顔をしかめ、苦々しげに毒づいた。

「お佐和どの、差し支えなければ今夜、私どもを千鳥屋に泊めていただけませぬか。医学に携わる者として、かような仕打ちに知らぬふりはできませぬ。あなたさまの瘡を診がてら、伊兵衛どのに心得違いをお説きしましょう」

「あ、ありがとうございます。ですが——」

お佐和は気の弱そうな顔に、ちらっと困惑を浮かべた。

「主夫婦が瘡《かさ》病みと知れたら、千鳥屋の商売はあがったりになります。ですからうちの人は今、詠伯《えいはく》先生が出してくださる塗り薬で、顔や手の湿疹を懸命に消している有様。そんなところに、あたしが他の方に事情をお話ししたなどと知れたら——」

それだけで店から叩き出されてしまう、とお佐和は悲しげに俯いた。

実家のない彼女は、懸命に夫の機嫌を取ることで、かろうじて離縁を免《まぬが》れているのであろう。千鳥屋を追い出されたら、頼るあては名古屋城下に嫁いだ伯母しかいないと涙ぐまれると、さすがの真葛も、我武者羅《がむしゃら》に伊兵衛に直談判するわけにもいかなかった。

「では伊兵衛どのには何も申さぬとして、とりあえずお佐和どのの瘡だけ診させていただきましょう。ところでその詠伯先生といわれるのが、お連れ合いの通っておられるお医師なのですね」

「そうです。森《もり》詠伯さまと仰《おつしや》る、若いお医者さまです。千鳥屋とは遠縁に当たり、長らく駿府《すんぷ》で修業をしてらしたとかうかがっております」

「実際のところ、その御仁の薬は効くのですか」

「はい、放っておくとあちらこちらに出来てくる瘡が、詠伯先生のお薬を塗るとあっという間に引いてしまいます。ちらっと見た限りでは、掌に乗るほどの小壺《こつぼ》に入った、白い塗り薬です」

梅毒の療治は、対症療法が中心。著名な黴医（梅毒専門医）としては江戸の片岡鶴陵《かたおかかくりよう》、京の中神琴渓《なかがみきんけい》などがいるが、彼らとて抜本的な治療法を会得しているわけではない。

梅毒に効果がある薬は、なんといっても甘汞を主成分とする生々乳。だがこれは大量に用いると、悪性の口腔《こうくう》内炎症や四肢《しし》の麻痺《まひ》を引き起こすため、恒常的な服用を許す医者はまずいない。かといって薬草を主とする薬では、それほどの効果は期待できないはずだ。

いったい森詠伯の駆瘡薬《くそうやく》とは、どんな薬なのか。真葛は内心首をひねった。

「それやったら真葛さま、わしが昔、お佐和はんのご実家を定宿にしていたことに致しまひょ。たまたま熱田さまのご門前で行き会《お》うたと言えば、おかみはんがわしらの部屋で話しこんでも、不審に思われまへんやろ」

喜太郎が勢い込んで口を挟んだ。

「嘘《うそ》をつくのは心苦しゅうございますが、しかたがありませんね」

それにしても伊兵衛とやらは、なぜお佐和にそこまで邪慳《じやけん》に当たるのだろう。実際のところ、ともに瘡毒にかかった夫婦が不仲になる例は珍しくない。それにしても病の咎《とが》を妻に押し付け、医師にすら診せぬとはあまりに極悪に過ぎる。

ひょっとして伊兵衛は、他所《よそ》に女でも囲っているのではあるまいか。お佐和を追い出した後、妾を女房に直そうと考えているとすれば、非道な仕打ちも理解できぬではない。だがそんな疑いを抱きながら案内された千鳥屋で、真葛はおや、と目をしばたたいた。帳場格子の中に坐った伊兵衛は、三十手前。癖なのか、猫のように背を屈《かが》めた面差しは実直そうで、およそ外に女を作るような男とは見え難かったのである。

人を見かけで判断してはならぬのは、承知している。ただまだ日暮れには間があるというのに、千鳥屋の狭い三和土《たたき》は泊まり客で大混雑。どうやら暖簾《のれん》の隙間から覗く掃除の行き届いた店構え、柔和ながらも無駄口を叩かぬ伊兵衛の態度が、多くの旅人たちの足を止めさせている様子であった。

どんな商売でも、主の気性が悪かったり、奉公人に辛《つら》く当たる店は、そこここにすさんだ気配が漂うものだ。しかし塵《ちり》一つない千鳥屋の店内には、そういったものはまったく感じられない。伊兵衛やお佐和の膿《うみ》の臭いを気にしてか、帳場に香が焚《た》かれているのも、知らぬ者には奥ゆかしげに映るのに違いなかった。

お佐和が店の暖簾を遠慮がちにかき分けるや、にこにこと客の応対をしていた伊兵衛の顔に一瞬、険しいものが走った。だが彼女が大急ぎで喜太郎を実家の常連客だと引き合わせると、彼はわざわざ帳場格子から出てきて、喜太郎と真葛に丁重に手をつかえた。

ゆっくりした挙措《きょそ》が、年に似合わぬ落ち着きを彼に添えていた。

「それはようこそお越しくださいました。狭い旅籠ですが、どうぞゆっくりお寛《くつろ》ぎください」

素速く目を走らせれば、なるほど伊兵衛の首や額には、白い軟膏が丁寧に塗られている。瘡毒特有の膿の臭いも、彼の身体からは漂ってこなかった。

彼一人が医師にかかっているとの言葉は、どうやら本当のようだ。さりながらそれを知ってもなお、この男が妻女を医師から遠ざける性悪とは考え難い。

喜太郎も同じ違和感を抱いたのであろう。濯《すす》ぎの水を使い、二間続きの四畳半に通されるや、

「あれがほんまにお佐和はんのご亭主どすか――」

と日焼けした腕を組んで、首をひねった。

「物腰も穏やかやし、およそ他所でもろうてきた瘡毒を、女房のせいと言い張るお人には見えしまへん。なんや狐につままれたような心地どす」

そうこうしているうちに、茶と宿帳を持ったお佐和が敷居際に手をつかえ、二人はどちらからともなく口を噤《つぐ》んだ。

奉公人たちの忙しげな足音がそこここから響いてくるが、人前に出てはならぬと命じられているお佐和には、店の繁盛《はんじょう》ぶりも無縁らしい。そういえば伊兵衛からどう言い含められているのか、女中も男衆たちも彼女をまるで見えぬもののように扱っていた。

「では早速、瘡の具合を診ましょう」

喜太郎が軽く頭を下げて次の間に退くと、お佐和はためらいがちに首巻きをはずした。途端にむっと生臭い臭いが室内に立ちこめ、それは彼女が襟をくつろげるにつれ、ますます強くなった。

「膿疹《のうしん》があるのは、上半身のみですか」

「いいえ、その……」

言いよどんだのは、女子同士とはいえ露《あら》わにし辛い部分に、下疳《げかん》（潰瘍）か横痃《おうげん》（リンパ節の炎症）が出来ているためらしい。ためらいがちに裾をまくり上げようとするのを、真葛は急いで押《し》し留めた。

「わかりました。強いて見せて頂かずとも結構です。頭痛や発熱、また節々の痛みといったものは感じませんか」

梅毒の主な病変は四肢顔面の丘疹、陰部付近の下疳、そして全身に発生する膿疱疹《のうほうしん》の三種に大別される。治療を施さずに放置していると、これらは数年から十数年をかけて楊梅《ようばい》状の瘡に変じ、化膿・麻痺、更には筋肉や軟骨の腐乱を招く。その過程において譫《せん》妄《もう》や錯乱《さくらん》、吐血などを伴う例も珍しくないが、真葛が診た限り、お佐和の梅毒はまだごく初期段階。とりあえず早急の手当が必要な腫瘍部分にのみ、甘汞と油を混ぜた膏薬を使い、内服薬には土茯苓を用いればよいだろう。

真葛はありあう紙に処方を記し、その内容をお佐和に丁寧に説明した。

「よいですか。膏薬を使うのは、膿が乾き始めるまでです。それ以降は決してこちらは使わず、ここに記した洗い薬で瘡が剝《は》がれるのを待ってください。またこの煎《せん》じ薬は一両を三合の水で煎じ、一日に二度に分けて飲んでください」

土茯苓は山帰来《さんきらい》とも呼ばれ、

——薬屋の　やっと聞き取る　山帰来

という川柳があるように、梅毒の治療に頻繁《ひんぱん》に用いられる。温暖な地を好むため本邦には自生しないが、どこの薬種屋でも比較的入手しやすい薬草であった。

患者はとかく効き目の強い薬を尊ぶ傾向があるが、薬と毒は紙一重。症状を抑えながら、治らぬ病とともに生涯を全うするには、効果の著《いちじる》しい甘汞の使用は、なるべく短期間に留める必要があった。

梅毒の自己治療を試みる者の中には、甘汞に手を出し、かえって副作用で命を落とす例も数多い。それもこれもこの病が欲望のままに生活する者がかかるものだ、という謂《いわ》れのない風評のなせる業《わざ》。かような風説がなければ、患者はみな何の心配もなく医師にかかれよう。

世の中にはこのお佐和のように、夫や親から知らず知らずに瘡毒を移された気の毒な例も多いのに、と腹立ちを覚えながら、真葛は言葉を続けた。

「膏薬とは反対に、煎じ薬と洗い薬は瘡や丘疹がすべて消えても、欠かさず使い続けて下さい。まことに厳しい言い方を致しますが、瘡の毒はこれからずっと、お佐和どのの体内に留まり続けます。もしお子を産まれるとすれば、同じ毒がお子に受け継がれる恐れもあることを、お忘れになられませぬよう」

身じまいを正しながら、お佐和ははい、と哀しげにうなずいた。

「あの……これらのお薬を使ったら、どれぐらいで瘡病みと分からなくなりますか」

「そうですね。うまく効けば十日ほどで、瘡も丘疹も随分小さくなるはずです。それがどうかしましたか」

「いえ、そうなったあたしが店に出ても、主人は怒らないだろうかと思いまして」

寂しそうにうつむく横顔には、戸惑いと不安がにじみ出ている。病そのものよりも、それによって夫に疎《うと》まれることの方がお佐和には堪《こた》えるのだろう。一晩様子を見て、場合によっては神経を落ち着かせる帰脾湯《きひとう》でも処方しておいたほうがいいのかもしれない。

聞き耳を立てていたのか、喜太郎がほんの少し襖《ふすま》を引き開け、「もうかましまへんか」と声を投げてきた。

「お佐和はん、よかったら今から一緒に薬種屋へ行きまへんか。生薬の買い方と薬の作り方を、教えて差し上げますわいな」

「それは助かります、喜太郎。是非そうして差し上げて下さい」

これからどれだけの間、彼女が梅毒と付き合って行くのか、それは真葛にも分からない。当座の悪瘡は先ほどの処方で抑えられるだろうが、五年後、十年後も容体が安定したままである保証はどこにもなかった。

真葛が医学書や義兄の匡《ただす》の所見から学んだ限りでは、顔や四肢の肉が腐るほどの重症となる梅毒患者は、十人のうち二人か三人。残りは瘡を病みながらも、さして悪化もせずに一生を終える。

通りすがりの自分は、お佐和の今後には関われない。せめてその容体がこれ以上悪化せぬことを、真葛は祈らずにはおられなかった。

閉めきった部屋で長い間しゃべり続けたせいか、気がつけばひどく喉が渇《かわ》いている。お佐和たちを見送り、水をもらおうと階下に降りれば、いつの間にか千鳥屋の部屋はすべて埋まったらしい。

店先で伊兵衛が三和土の客に、「あいにく、今日は満室でございまして」と、丁寧に頭を下げていた。

「ちぇっ、しかたねえなあ。渡しのそばの旅籠ほど、埋まるのが早いってのは本当なんだな」

「おい、ねえさんや。この辺の旅籠に、ちょいと口利きをしてくれねえか。明日は朝一番に桑名に渡りてえんだ」

はい、とうなずいて、年嵩《としかさ》の女中が立ちあがる。それを先頭に男たちがどやどやと出て行くのと入れ替わりに、四十絡《がら》みの中年男が千鳥屋の暖簾をはね上げた。

「あら、寿屋《ことぶきや》の旦那さま。何か御用でございますか」

居残った女中が小腰を折るのに、寿屋と呼ばれた彼は鷹揚《おうよう》に手を振った。男にしては派手な襦袢《じゅばん》が、袖口からちらりとのぞいた。

「いいや、ちょいと近くまで来たもんでね。おおい、伊兵衛、久しぶりだねえ」

その途端、帳場に坐っていた伊兵衛の顔がわずかに強張った気がしたのは、真葛の気のせいであろうか。しかし次の瞬間、彼はすっと無表情になり、

「何か御用でございますか」

と静かな声で問いかけた。およそ温かみのない、そっけない口調であった。

「御用って、他人行儀な言い方をするじゃないか。お前、今夜は空《あ》いているかい。久しぶりにちょっと、二人で遊びに行かないかい」

「今夜でございますか――」

「まさか嫌とは言わないだろう。そうだ、五つ（午後八時）に姥堂《うばどう》の前にしよう。わかったね」

一方的にまくし立て、男はさっさと踵《きびす》を返した。その後ろ背を、伊兵衛は身じろぎもせずに見つめている。

中暖簾の陰で一部始終を見ていた真葛は、ちょうど通りかかった若い女中を摑まえ、

「今のお人はどなたですか」

と問うた。

「ああ、ご門前の小間物屋、寿屋の文治郎《ぶんじろう》さまですよ」

先ほどまで表で客引きをしていたのだろう。真っ黒に日焼けした女中はあっけらかんと答え、額の汗を拭った。

「伊兵衛どのと、お親しいご様子ですね」

「ええ、寿屋と千鳥屋は、親戚《しんせき》なんでございます。うちの旦那さまの姉さまが、寿屋さんに嫁がれたもので」

ではあの文治郎は伊兵衛の義兄に当たるのか。それにしては一方的な誘い方といい、伊兵衛の冷ややかな物言いといい、両者の間には何かしらの溝がありそうだ。

「寿屋のおかみさんは、去年の秋に病で亡くなられましてね。お寂しいんですかねえ。それからというもの、文治郎さまはああやって時々、うちの旦那さまを遊びに誘われるんです。ええ、旦那さまもよくお付き合いになられるもんだと、あたしたちも呆《あき》れているんでございますよ」

聞かれてもいないことまでべらべらとまくし立て、女中は軽く首をすくめた。寿屋文治郎が千鳥屋の者たちにあまりよく思われていないのが、言葉の端々から容易にくみ取れた。

身形にも金をかけ、物言いも権高な彼は、どう考えても伊兵衛とは水と油。そうなると伊兵衛はなぜ、文治郎の誘いに否《いな》を言わなかったのだろう。年上の義兄を立て、鰥夫《やもめ》の退屈しのぎに付き合おうと気遣ったのだろうか。

いや、そっけなく見えたのは奉公人の目を気にしてで、本当は二人は肝胆相照《かんたんあいて》らす間柄とも考えられる。たとえば千鳥屋夫婦の梅毒の件も彼にだけは相談しており、それを店の者に気取《けど》られぬよう、表向きはそっけないふりをしている可能性もあろう。

しかしそれにしても分からないのは、千鳥屋伊兵衛という男だ。彼はあの真面目な物腰の裏に、いったい何を隠しているのだろう。

（男はいくつもの顔を併せ持つと申しますが――）

その夜、床についても、真葛の脳裏からはそんな疑念が消えなかった。

夕刻に一瞬だけ過ぎた通り雨のせいで、宿場にはまとわりつくような湿気が淀《よど》んでいる。表を見下ろす障子戸を開けても風が入るどころか、潮のにおいを含んだ空気が更なる汗を呼ぶばかり。これならばいっそのこと、夕立などなかったほうがましであった。

あまりの寝苦しさに枕元の団扇《うちわ》に手を伸ばしたとき、ぎぎ、という木戸の軋《きし》むような音が、真葛の耳朶《じだ》を叩いた。格子窓の隙間から様子をうかがえば、店の裏から出てきた人影が、熱田神社の方へと歩いてゆく。

まだ月が昇るには間があるため、立ち去る人物の顔かたちは判然としない。だが、あの特徴的な猫背には見覚えがある。

　真葛は大急ぎで、隣間に続く襖に駆け寄った。

三

「喜太郎、喜太郎、起きて下さい」

「なんどすか、真葛さま」

　年のせいか、喜太郎の眠りは浅い。布団をはね上げた気配に、真葛は口早に続けた。

「いま、伊兵衛どのが外に出かけました。急いで追いかけましょう」

「それはまた、なんでどすか」

「お佐和どのに瘡毒を移したのは、どう考えても伊兵衛どの。それを知ってもなお妻女を離縁するというのなら、それ相当の対価を払うべきと談判するのです」

　一介の旅人である自分が、夫婦の揉《も》め事に口を挟む非常識は承知している。だがそうすることで、彼の奇妙な態度の理由が垣間見《かいまみ》えるのでは、と咄嗟《とっさ》に真葛は考えたのである。

　気の弱いお佐和は、夫の冷酷な態度に憔悴《しょうすい》しきっている。もし本当に伊兵衛がただの非道な男だとすれば、お佐和に今後の身のふり方を考えさせねばとも思っていた。

「なるほど、分かりました。ちょっと待っとくれやす」

慌てて身拵えをしたのだろう。しばらくして廊下に飛び出してきた喜太郎は、浴衣に帯を締めただけの身軽さであった。

開いたままの裏木戸から飛び出すと、町筋は昼間の繁華さが嘘のように静まり返っている。

宿場の夜は早い。ましてやかように暑苦しい夜ともなれば、旅人も町の者もみな、早々に寝床についているのに違いない。積み上げられた用水桶の側にだらりと臥《ふ》した野良犬が、二人の姿にほんの少しだけ探る目を向け、すぐに興味を失ったように顔を伏せた。

「それにしても伊兵衛はんは、こんな時刻にどこに行かはったんどっしゃろ」

「実は昼間、義兄さまと姥堂で待ち合わせをなされたのです」

店での出来事を手短に語る真葛に、喜太郎は不審げに眉根を寄せた。

「この辺で姥堂言うたら、裁断橋の傍らにある辻堂のことどす。そやけどあの界隈は、遊里でも何でもあらしまへんで。なんでよりにもよって、そない寂しいところで待ち合わせをしはったんどっしゃろ」

喜太郎はさすがに、宿場の様子に通じている。首を傾《かし》げながらも、暗闇の向こうを透かし見て走り出した。

「できれば、待ち合わせの前にお話ししとうございますが——」

「追いつけなんだら、帰り道で待ち構えまひょか」

そう小声でささやき交わしながら、二人が熱田神社の前を駆け過ぎた時である。

「こ、こいつ何をするッ」

突如、野太い悲鳴が行く手で上がった。

ついで、何かが水中でもつれ合っているらしい激しい水音が、ばしゃんばしゃんと立て続けに響いた。

「真葛さま、川、川の中どす」

駆けつけた辻堂は橋の袂。欄干《らんかん》に手をかけて見下ろせば、腿まで川に浸《つ》かった男が、暴れる相手を水の中に押さえつけている。

喜太郎の声に気付いたのだろう。はっと仰向《あおむ》いたその顔を、辻堂に灯された蠟燭《ろうそく》が照らし出した。伊兵衛であった。

「ええい、やめんかいな。死んでしまうがな」

ざぶざぶと川に走り入った喜太郎が、伊兵衛を突き飛ばした。

激しい水しぶきとともに川の中に尻餅をついた伊兵衛は、思いがけず現れた橋の上の真葛と喜太郎を交互に見比べた。

その顔には驚きとともに、絶望にも似た悲嘆がにじんでいる。およそたった今、人一人を手にかけようとしていた男とは思えぬ、哀しげな顔であった。

喜太郎はその間にも、水中に半ば沈みかけていた男を助け起こし、川岸へと抱え上げた。大きな手で背中を叩かれ、四つん這いでげえげえと水を吐き始めたのは、先ほど千鳥屋で見かけた寿屋文治郎であった。

「い、い、伊兵衛。お前、気でも違ったのか」

よほど苦しかったのだろう。文治郎は両の目を血走らせ、川の中の義弟を睨《にら》み付けた。

だがその声に伊兵衛は静かに立ち上がり、ひどく緩慢《かんまん》な仕草で首を左右に振った。

「いいえ、気なんかふれていません。ただ文治郎さんの言うままになるのは、もうお断りだと思っただけです」

「な、なんだと」

取っ組み合った際の飛沫《しぶき》で、薬が濡れたのだろう。伊兵衛の額から顎にかけて、白いものがたらたらと流れている。露わになった額の丘疹を軽く指でなぞってから、彼はわずかに唇を歪《ゆが》めた。

「最初のうちは五、六両。ところがそれが十両、二十両と増え、いったいいつになったら止むか知れぬ有様。ですが千鳥屋の金は、後々に残すための大事なおあしです。あんたのような金食い虫には、これ以上、びた一文お渡しいたしません」

「お、お前――」

低い声でうめくなり、文治郎は河原からばっと跳ね立った。そのまま両手両足を使い、這いつくばるようにして、忙しく川岸を登り始める。そんな彼を、喜太郎が後ろから羽交い絞めにして引きずりおろした。

「な、なにをする。だいたいお前ら、何者だ」

「何者でもよろしおす。それより真葛さま、こいつ、どないしまひょ」

さすがは長年、荷持ちで鍛えた喜太郎である。暴れる文治郎を強引に取り押さえ、涼しい顔で真葛をふり仰いだ。

「とりあえず、そのあたりの蔦《つた》で縛り上げときまひょか。ああ、大声を出されたらかないまへんさかい、ついでに猿ぐつわも噛《か》ませときます」

止める間もあらばこそ、喜太郎は驚くほどの手際良さで、文治郎を縛り上げた。身動きはおろか声すら出せぬようにした上で、彼を河原に転がした。

「ちょっとの間、そこでおとなしくしときなはれ。なにも命までは取りまへんわいな」

ぐぐ、と声にならぬうめきを漏らす文治郎を、伊兵衛は川の中に突っ立ったまま凝視している。真葛は川岸を走り降りると、そんな彼に向かい、努めて静かな声で呼びかけた。

「いくら夏とはいえ、長く水に浸かっていては身体が冷えます。瘡毒には湿気と冷えが一番の敵。早《はよ》う上がって来られませ」

伊兵衛はそれでもしばらくの間、無言で文治郎を見つめていた。しかしやがて一歩一歩川底を踏みしめるようにして川岸に上がり、濡れた裾を絞り始めた。懐の手拭いで髪や襟を拭ってから、ちらりと真葛を見上げ、

「……番屋に駆け込まれないのですか」

と呟くように言った。

「必要があればそう致します。ですが私にはそれよりも、伊兵衛どのにお尋ねしたいことがございます」

「わしにですか」

はい、とうなずく真葛に溜息をつき、伊兵衛は近くにあった石に腰掛けた。首を前に突き出して背を丸めた姿は、まるで八十を超えた翁《おきな》かと疑うほど疲弊《ひへい》して見えた。

「伊兵衛どの、あなたがお佐和どのを医者にかからせぬのは、森詠伯なるお医師からいただかれている薬が、効き目の激しい生々乳だからですね。あの薬は確かに瘡毒に著しい効き目がありますが、長い間用いれば、手足の自由を奪って死に至らしめる劇薬。あなたはそんな薬をご妻女に使わせるのが、忍びなかったのではありませぬか」

突然の言葉に、伊兵衛が弾かれたように顔を上げた。

「なんと言わはりました、真葛さま」

喜太郎が信じられぬと言いたげな声を上げる。それをちらりと振り返り、真葛は伊兵

衛の額の丘疹を目顔で指した。

「軟膏は普通、油で練るものですが、生々乳は蜜を用いるため、容易に水に流れてしまいます。また昼間は薬で隠れておりましたが、伊兵衛どのの毛の生え際には、幾つもの古い瘡の跡がございます。これは推測ですが、ひょっとして伊兵衛どのは、嫁取りをなさる前にも、瘡毒の治療をされているのではないですか。その際、水銀を用いた駆瘡薬の恐ろしさを身に沁《し》みて学ばれたゆえに、かような苦しみをご妻女に味わわせたくないと考えられたのでは」

伊兵衛は不格好に背を丸めたまま、真葛を凝視している。

なぜ、最初に彼を見たときに分からなかったのだろう。伊兵衛の猫背はただの癖ではない。骨や関節の痛みとそれから来る動作困難は、長く瘡毒を患った者特有の症状ではないか。

お佐和は自身の瘡毒に気付いたのは、半年前と言っていた。さりながら伊兵衛の病はそれよりはるか昔に、端を発したものだったのだ。

伊兵衛はどんよりとした雲に覆われた夜空を見上げ、ふうと息をついた。幾年にもわたって溜めていたものを吐き出すような、長く深い吐息であった。

「――うちの両親が、瘡を病んでいたんでございます」

やはり、とうなずく真葛には構わず、彼は訥々《とつとつ》とした声で続けた。

「ですからわしも姉も、小さい頃から黴医にかからされ、それはそれは辛《つら》い治療を受けました。あんな苦しみをお佐和に味わわせるなど、考えたくもありませんでした」

水銀剤の使用には細心の注意が要り、甘汞や朱の毒を抑える生薬を併用せねばならない。小児であれば七宝丸という軽粉剤がしばしば用いられるが、それでも吐き気、手足の痺《しび》れや口腔内の爛《ただ》れといった副作用をなくすことは不可能。服用を始めて三、四日目で口中が腫《は》れ、無理やり口を開かせて薬を飲ませるといった話も珍しくなかった。

「病毒が完全に消えてなくなるのなら、それでもいいのです。ですがあれほど苦しい思いをしたにも拘《かかわ》らず、わしの身体の中から病は消えておりませんでした」

「それに気付かれたのは、お佐和どのが瘡にかかった際ですか」

「はい、さようでございます」

患家からの謝礼目当てに、完治せぬ病を治ったと称する悪徳な医者は、世に数多《あまた》いる。おそらくは千鳥屋の先代も、そんな手合いに引っかかったのだろう。子を瘡病みにしてしまった引け目から、藪《やぶ》医者の言葉につい縋《すが》りついたのかもしれなかった。

「自分の瘡は癒《い》えていない。それどころかお佐和にも毒を移してしまったと分かったとき、わしは目の前が真っ暗になりました。子どもの頃かかっていた黴医はとっくの昔に亡くなっておりましたが、その墓に走って行き、唾《つば》を吐きかけてやりたい思いでございました。しかしながらすぐにわしは、そんなことをしている場合ではないと青ざめたのです」

　お佐和には、戻るべき実家がない。もし伊兵衛が先に逝けば、誰が彼女を養うのだ。存分に療養できるだけの金をお佐和に残すためにも、自分は必死になって働かねばならぬと伊兵衛は思ったのであった。

「だからあれこれ口実を作って、お佐和どのを離縁なさろうとされたのですね」

　瘡を悪化させるのは、湿気と寒さ。海に近い宮宿は、決して瘡持ちに適した土地ではない。

　それに引き換え、名古屋は温暖な地。殷賑《いんしん》を極めるお城下であれば、きっと水銀剤を使わぬ治療法を知る医者もいよう。そう考えた伊兵衛は、お佐和を悪《あ》しざまに罵《ののし》って離縁を匂わせる一方、遠縁の森詠伯にもっとも効果のある駆瘡薬を出してくれるよう頼んだのであった。

「効能だけで言えば、生々乳に勝る薬はありますまい。ですが私は金創（外傷）が専門、生々乳の処方は知っておっても、細かな使い方までは存じません。副作用が激しい薬を、そんな半端な知識でお渡しするわけには——」

「どのみち治らん病でございます。女房に少しでも多くの金を残してやるためでしたら、わしの身などどうなってもかまいません」

　伊兵衛の本心を告げれば、お佐和はしがみついてでも反対しただろう。だが夫婦して効き目の緩《ゆる》やかな薬を使っていては、瘡病みであることが宿場じゅうにすぐ露見してしまう。そうすればお佐和に金を残すどころか、千鳥屋はあっという間に廃業に追い込まれるに違いない。

誰もが公言していないだけで、世間に瘡持ちは数多い。しかしなまじ身近な病であるからこそ、瘡毒に対する世の中の目は冷たく、それをおおっぴらにした者に対しては、みなあからさまに顔を背ける。このまま宿屋を続けるためにも、瘡病みの事実を知られるわけにはいかなかった。

「お佐和に瘡毒を移したのは、他ならぬわしでございます。ならば非道な男と恨まれようとも、わしは出来るだけ多くの金を女房に残してやらねばなりますまい」

塗ればすぐさま丘疹が消えるほどの、激しい薬。それを全身に使いながら、伊兵衛はただひたすら商いに精を出した。少しずつ病を悪化させるお佐和を心を鬼にして面罵《めんば》しながら、心の底では「一日も早く名古屋に行ってくれ」と手を合わせ続けていた。

「けどそうまでして稼いではったお金を、あのお人が脇からかっさらおうとしはったんどすな」

喜太郎の呟きに、伊兵衛はわずかに頤《おとがい》を引いた。

「文治郎さんは元々、相当な遊び人。姉の身体に残っていた下疳の痕から、すぐに千鳥屋が瘡病みの家と気づいたそうです」

それでも文治郎が伊兵衛の姉を離縁しなかったのは、手堅い商いで知られる千鳥屋からの援助を期待してであった。

「うちから貸した金で、文治郎さんは他所に女を囲い、寿屋にはほとんど帰ってこなかったのだとか。ですがそれでも姉は瘡持ちだった自分を引け目に思い、わしにも愚痴一つこぼさなかったのでございます」

文治郎が伊兵衛を強請《ゆす》り始めたのは、昨年の冬。ひたすら辛抱を重ねた姉が急な病で亡くなり、それと前後して寿屋の商いが左前になり始めた頃であった。

「そうでなくても文治郎さんの代になって以来、寿屋はずいぶんと無理な商売をしておりました。その屋台骨を懸命に支えていた姉が死んでからというもの、寿屋には毎日のように借金取りが押しかけ、問屋も流行《はや》りの去った安物しか卸してくれぬ始末。そこで困り果てた文治郎さんは、またもわしに金をせがんで来られたのです」

しかも姉が生きていた頃とは異なり、内々に伊兵衛を呼び出した義兄の声音には、はっきりと恐喝の気配が含まれていた。

「千鳥屋が瘡病みの店と知れたら、旅籠商いは出来なくなるわなあ。店を畳んでも、宮宿には居づらくなるかもしれんぞ」

それが二度三度と重なるうちに、文治郎が要求する金額は、うなぎのぼりに増えて行った。そしてとうとう前回、その額が三十両に上ったとき、伊兵衛は最早彼を殺すしかないと思い定めたのであった。

「ここでお二方に見咎められたのも、何かの因縁でございましょう。聞けばこちらのお方は、お佐和の実家の昔馴染みとか。お役人に突き出される覚悟はできております。ですが、お願いでございます。今の話、何卒《なにとぞ》お佐和には黙っていてください」

がばっとその場に両手をついた背は、小さく震えている。川岸に額を摺《す》りつけ、伊兵衛はくぐもった声で続けた。

「わしが捕まればきっと、千鳥屋はお取りつぶし。それがすべてお佐和を思ってとなれば、女房はさぞかし苦しむでしょう。それよりも――」

話し声に眠りを妨《さまた》げられたのだろう。このとき川岸の向かいの藪で、ギャアッと川鳥が甲高《かんだか》い声を上げた。

「お佐和には、病を移したわしの事なんぞ嫌《きろ》うて、これからを生きていってほしいのでございます。そのためには、わしが何を考えていたかなど、知らぬ方がようございましょう」

伊兵衛の言葉は一面では道理に適《かな》っている。とはいうものの大切な女房に邪慳に当たり、その心を苦しめるのが果たしてお佐和のためなのか。

真葛は両の手を強く握りしめた。

「いいえ、伊兵衛どの。申し訳ありませんが、私はお佐和どのに、すべてをお話しさせていただきます」

よほど思いがけなかったのだろう。伊兵衛がぎょっと顔を上げる。それを正面から見つめ、真葛は一語一語選びながら言葉を続けた。

「お連れ合いを大切に思われるお気持ち、なるほど、分からぬではありません。さりながらそのお心遣いが、お佐和どのをどれだけ悲しませているか、伊兵衛どのはご存知なのですか」

「もちろんでございます。ですがわしの行いはすべて、お佐和を思えばこそ。今はどれだけ苦しくとも、長い目で見ればこの方が、きっとあれのためになるはずでございます」

「そういうことを申しているのではありませんッ」

突然の怒鳴《どな》り声に驚いたのだろう。またしても向かい岸で、川鳥が喧《やかま》しく騒ぐ。

伊兵衛や喜太郎はもちろん、縛り上げられた文治郎までが、ぎょっと真葛を仰ぎ見た。

「お佐和どのが望んでおられるのは、千鳥屋を出た後の裕福な暮らしなどではありません。あの方が今、もっとも苦しんでおられるのは、瘡の痛みではなく伊兵衛どのの変心。あなたがかつての伊兵衛どのに戻られれば、瘡などさして苦とは思わぬということを、どうして分かろうとなさらぬのですッ」

伊兵衛はお佐和に憎まれてもなお、彼女の今後の身のふり方を整えてやりたいと言う。

けがない。

とはいえ本当に妻が望むものが何であるかを知っていれば、かような仕打ちが出来るわ
無論、お佐和に病を移してしまった伊兵衛の、自責の念は分からぬではない。だが瘡毒は決して、死に直結する病ではない。それにもかかわらず自分の命を擲《なげう》って償《つぐな》いをする者を、真葛は見過ごすわけにはいかなかった。ましてやそれが大切な者を傷つけ、哀しませてのこととなれば猶更《なおさら》だ。

治療とは、病魔を駆逐《くちく》するだけの作業ではない。病によってもたらされたあらゆる苦悩をとりのぞいてこそ初めて、患者は心身ともに健康を取り戻す。ならば罪なくして病んだお佐和のためにも、瘡毒によってもつれた夫婦の心の糸を、自分は何としても解きほぐさねばなるまい。

「お佐和どのを治すには、まず伊兵衛どのがその本心を告げるべきでございます。そして二人が打ち解け、ともにこれからの生き方を探るのが、お佐和どのには何よりの薬ではありますまいか」

塗り薬が流れてしまったためであろう。伊兵衛の額の丘疹は、先ほどよりも大きく膨らんでいる。懐の手拭いを川水で濡らし、真葛は彼にゆっくり歩み寄った。河原に膝をつき、額にそっとそれを押し当てた。

「お佐和どのが洗い薬をお持ちのはずです。千鳥屋に戻られたら、それでよく額を洗っ

てください。もう二度と、生々乳はお使いにはなられませんように」

伊兵衛は呆然と目を見開き、肩で大きな息をしている。真葛から濡れ手拭いを受けとり、小さく、だがはっきりと一つうなずいた。

生々乳をやめれば、伊兵衛の丘疹はすぐに大きくなるだろう。見る者が見れば、それが瘡毒によるものだと容易に気づくはずだ。しかしそれでもいいではないか。

「――明日から、お佐和にも店を手伝ってもらいましょうか」

ぽつりとそんな言葉が、伊兵衛の口からこぼれた。

二人の病を公言すれば、様々な誹謗《ひぼう》中傷が千鳥屋に寄せられるだろう。さりながらなまじ繁華な名古屋に近いだけに、周囲の人々が知らないだけで、宮宿にはきっと多くの瘡毒患者が暮らしているはず。だとすれば伊兵衛たちを誇る声はすぐに自然と止み、瘡を病んだ人々は二人の態度に励まされ、勇気を奮って医者に通い始めるはずだ。

「それはお佐和どのも喜ばれましょう。ぜひそうなさってください」

また街道を旅する人々の中にも、千鳥屋夫婦のように瘡毒に悩み苦しんでいる男女は数多いる。そういった者は己の病を懸命に隠し、宿一つ取るのにも余人には言えぬ苦労をしているに違いない。

もし伊兵衛とお佐和がこれからも旅籠を続ければ、同じ病に取りつかれた人々は、安心して千鳥屋に杖を留めるであろう。病人同士が労《いた》わり合い、余人には漏らせぬ悩みを打ち明け合うかもしれない。いやひょっとしたら、自分の症状にはどんな治療をすればいいか、伊兵衛たちに尋ねる者も出て来るのではなかろうか。

確か森詠伯は、まだ開業し立ての若い医者と聞いた。患者とは年を経た小難しげな医師よりも、若い医者にたやすく胸襟を開くもの。瘡毒などという他人には症状を話しづらい病気の場合、詠伯の若さはなによりの助けになるのではないか。

(ここから京まではどうせあと、四、五日。ならば数日、宮宿に留まっても、なんら障りはありますまい)

明日は朝一番に、森詠伯の元に行こう。自分が知る限りの瘡毒の知識を彼に授け、千鳥屋夫婦の助けになってもらうのだ。

病に対する偏見はみな、無理解から生じる。もし千鳥屋が瘡守《かさもり》の宿として暖簾を揚げ続ければ、瘡毒に対する誤った知識もいずれ消えるに違いない。文治郎のような男から強請りたかりを受けることもなくなるはずだ。

「残念どすなあ、金づるが無くなってしもうて。何もかもさらけ出すと決めた者ほど、怖いもの知らずはないんどっせ。後学のためによう覚えときやす」

喜太郎が皮肉げな口調で言いながら、文治郎の縛《いまし》めを解いている。

(薬屋の　やっと聞き取る　山帰来――。ですがいつかきっと、そんな真似をせずともよい日が来るはずです)

喜太郎にとんと背中を突かれた文治郎が、濡れ鼠《ねずみ》のまま土手を這い上がって行く。そんな彼を追うかのように、熱田の森の向こうから、ゆっくりと下弦の月が昇ってきた。

それがこれから伊兵衛とお佐和が進む長く険しい道を照らす一筋の慈光《じこう》のように、真葛の目には映った。

ツボ師染谷《せんこく》

山本一力

山本一力（やまもと・いちりき）
一九四八年高知県生まれ。九七年に「蒼龍」でオール讀物新人賞、二〇〇二年に『あかね空』で直木賞を受賞。ほか著書に『大川わたり』『損料屋喜八郎始末控え』『欅しぐれ』『だいこん』『銭売り賽蔵』『辰巳八景』『背負い富士』『銀しゃり』『研ぎ師太吉』『たすけ鍼』『いすゞ鳴る』『早刷り岩次郎』『ほうき星』『おたふく』『五二屋傳蔵』『千両かんばん』『紅けむり』「ジョン・マン」シリーズなど多数。

一

深川黒船橋は、大横川に架かる橋である。長さは二十五間（約四十五メートル）、幅は十間（約十八メートル）もある、堂々とした橋だ。

下を流れる大横川は、永代橋《えいたいばし》の手前で大川につながっている。川幅も二十間（約三十六メートル）と広く、水面から川底までは五尋《ひろ》（約九メートル）。大型船の航行にも充分の深さがあった。

流れの先には、木場《きば》の材木置き場が広がっている。ゆえに丸太を組んだいかだ、荷物を満載したはしけや高瀬舟、それにひとを運ぶ乗合船などが、ひっきりなしに行き交った。

黒船橋の南岸は、漁師町の佃町《つくだ》。北岸は裏店《うらだな》の連なる深川蛤《はまぐり》町で、長屋の木戸を出た表通りは永代寺門前仲町である。

長さ二十五間の橋は、住人の暮らしぶりがまるで異なる三つの町を結んでいた。

天保《てんぽう》四（一八三三）年五月十八日、九ツ過ぎ。

蛤町の鍼灸師《しんきゅうし》染谷《せんこく》は、大横川の河岸《かし》に出て身体に伸びをくれた。立て続けの治療を終えたあと、河岸に立って伸びをするのは染谷のくせである。

安永二（一七七三）年生まれの染谷は、今年、還暦を迎えた。しかし髷《まげ》を結わない総《そう》髪《はつ》はまだ黒々としており、肌には染みもない。

背丈は五尺二寸（約百五十八センチ）と並だが、肉置《ししお》きにはいささかのたるみもなかった。両手を一杯に挙げて背筋を張ると、背丈が一寸は伸びて見えた。

気持ちよく晴れ渡っており、陽《ひ》はまだ空の高いところにあった。ひときれの雲もなく、日ごとに勢いを増す日差しの照り返しが大横川の川面《かわも》を輝かせていた。

「先生、相変わらず達者そうでやすねえ」

棹《さお》を握った川並《かわなみ》（いかだ乗り）が、大横川から声をかけた。流れはゆるく、いかだはひとが歩く速さで木場に向かっていた。

「腰の痛みはどうだ」

染谷がかすれ声で問いかけた。

「あれっきり、なんともねえんで」

「それはなによりだが、腰の痛みを舐《な》めてはいかん。いつまた、痛みがぶり返すやも知れぬでの」

「そんときはまた、先生んとこへ顔を出しやすから」

ぺこりとあたまを下げた川並は、勢いよく川に棹を突き立てた。うなずきで応《こた》えた染谷は、もう一度大きな伸びをしてからきびすを返した。

染谷の治療院は、大横川に面した平屋である。敷地は七十坪で、つつじの生垣に囲まれていた。

治療院の先には、徳兵衛店《とくべえだな》の木戸がある。蝶番《ちょうつがい》が傷んでいる木戸は、閉じられることがなかった。

無用心に思えるが、裏店の住人に金持ちはいない。盗人《ぬすっと》を案ずることもなく、木戸が閉じなくても文句を言う店子はいなかった。

裏店と染谷の治療院とは、四半町（約三十メートル）も隔たってはいない。徳兵衛店の物音は、治療院の玄関先にまで届いた。

玄関の格子戸に手をかけようとした染谷が、ふっと長屋に目を向けた。女の泣き声が耳に届いたからだ。

年ごろの娘らしく、抑えた泣き声である。娘をさとしている女の声には、聞き覚えがあった。通い船頭の女房、おきねだ。

染谷がふっと首をかしげた。

おきねには娘がいるが、いまは日本橋のお店《たな》に女中奉公に出ているはずだ。藪入《やぶいり》でもない五月中旬のこの時間に、長屋にいるはずがなかった。

頭上で群れを作って啼《な》いている都鳥《みやこどり》(かもめ)が、徳兵衛店に向かって飛んでいる。

都鳥を追う形で、染谷は長屋に入った。

泣いていたのは、やはりおきねのひとり娘、おちさだった。長屋の井戸端には、大きな石が置かれている。差配の徳兵衛が、腰をおろして煙草《たばこ》を吹かす石だ。

おちさとおきねの母娘が、石に並んで座っていた。

「どうした、おちさ坊……」

長屋で生まれたおちさを、染谷は赤ん坊のころから知っている。十七になったいまでも、ついおちさ坊と呼んだ。

「いいところにきてくれました」

途方に暮れた顔つきのおきねが、染谷に駆け寄った。日和《ひより》続きで、長屋の地べたは乾いて固くなっている。

おきねの履いた杉の粗末な下駄が、カタカタと鳴った。

「旦那様のご機嫌に障ったとかで、朝のうちにお店から暇を出されたんですよ」

「おちさ坊が、か?」

驚いた染谷の語尾が、わずかに上がった。

おちさは小さいころから、だれにでも愛想がよく、気働きもできることで長屋でも評判のこどもだった。

四年前の十三歳の晩秋に、日本橋の鰹節《かつおぶし》・乾物問屋の老舗《しにせ》、焼津屋《やいづ》に奉公がかなった。間に立ったのは、門前仲町の乾物屋、喜田屋《よしだ》のあるじである。

こども時分からおちさは母親の言いつけで、毎日のように喜田屋に出向いた。

四年前、文政十二（一八二九）年の十月初旬。当時十三歳だったおちさが喜田屋に顔を出したとき、たまたまあるじの喜兵衛《きへえ》が店先にいた。

「煮干を十文ください」

長屋のこどもに似合わず、おちさは物言いがていねいだった。母親のおきねは、娘時分にお店奉公をした。そのとき、おきねはきちんとした物言いを身につけた。

こどもは、母親から言葉遣いをしつけられていた。

「細かいのがなくて、小粒銀でっておっかさんに言われたんです……手間をかけて、ごめんなさい」

十文の煮干を買うのに、おちさは一匁《もんめ》の小粒を差し出した。

江戸では、金貨・銀貨・銭貨の三種類のカネが通用していた。

公儀は金貨の小判一両を、本位通貨と定めた。そして四分の一両にあたる『分《ぶ》』と、四分の一分にあたる『朱《しゅ》』を小判一両の補助通貨として鋳造した。

しかし金貨は、十六分の一両相当の一朱金でも、町民が使うには額が大き過ぎる。そこで公儀は、ひと粒一匁の小粒銀を鋳造した。小判一両銀六十匁が、公儀の定めた両替相場だ。つまり小粒銀ひと粒は、六十分の一両相当の通貨である。

しかしこれでもまだ、町民が日常の暮らしで使うには額が大きかった。

公儀は金貨・銀貨のほかにもうひとつ、一枚一文の銭を鋳造した。そして小判一両銭四貫（四千）文の両替相場を定めた。

この相場で両替すれば、銀六十匁が銭四貫文。小粒銀ひと粒が六十七文である。

小粒と銭とが、長屋暮らしの者には普段使いのカネとなった。とはいえ、銀と銭の両替相場は毎日のように動いた。

銭座の鋳造が間に合わなくて銭不足のときには、銀一匁が六十二文にまで銭が値上がりした。逆に銭が市中にあふれたときには、一匁の小粒が八十九文にもなった。

おちさが煮干を十文買い求めに行った文政十二年は、銀と銭との相場が八十三文から八十六文の間で、毎日上下していた。

「どうしたんだ、おちさちゃん。親父《おやじ》さんが給金をもらったのか」

いつものおちさは、銭で買い物をした。裏店の住人が小粒を使うのは、給金をもらった翌日と相場が決まっている。

「小粒ではだめですか」

おちさが、心配そうに目元を曇らせた。

銀が高値で一匁八十三文だとしても、十文の買い物ではつり銭のほうが多くなる。それを嫌がって、十文、二十文の買い物では小粒を拒む店も少なくなかった。

「給金の次の日なら、仕方がないさ」

おちさが持参した布袋に煮干を詰めてから、喜兵衛はつり銭を用意した。

「七十六文のおつりだ。数が多いから、しっかり数えなさい」

喜兵衛は銭の山を、おちさの両手に載せた。

布袋を地べたに置いてから、おちさは一枚ずつ銭を数えた。喜兵衛が口にした通り、七十六文あった。

「二文多過ぎます」

きんちゃくに銭を仕舞ってから、おちさは二枚の一文銭を喜兵衛に返そうとした。

「なんだい、多いとは……あたしは、七十六枚をしっかり数えたはずだが」

「数は合ってました」

「だったら多くはないだろう。小粒ひとつは八十六文で、煮干は十文だ。差し引き、七十六文のつりで勘定は合っている」

十三歳の女の子につり銭違いだと言われて、喜兵衛は声を尖《とが》らせた。

「黒船橋の銭売りは、今日は一匁八十四文で売っています。八十六文だったのは、おとといでした」

きっぱりと言い切ったおちさは、喜兵衛の手に二文を握らせた。喜兵衛は目を見開いておちさを見た。

「おちさちゃんは、銭売りの相場を知ってるのか」

「おっかさんに言われて、毎日深川の銭売りさんを見て回っています」

おちさは深川界隈《かいわい》の、銭売りごとの両替相場を摑《つか》んでいた。そしてもっとも銀を高値で買う銭売りで、両替をした。

「驚いたもんだ」

心底から感心した喜兵衛は、その夜に徳兵衛店をおとずれた。

「日本橋の焼津屋さんという老舗が、女中見習いの奉公人を欲しがっている。おたくさえよければ、おちさちゃんの奉公の仲立ちをさせてもらいたい」

焼津屋の番頭は、見込みのありそうな子がいたら紹介して欲しいと、喜兵衛に頼んでいた。十三歳なら、女中見習いには適した歳である。

長屋のこどもには、日本橋のお店奉公は願ってもない話だ。

「焼津屋さんなら、うちの船宿の上得意でやしてね。お店の内証のよさは、充分に分かってやす。そちらにおちさの奉公がかなうなら、ぜひとも仲立ちをお願いしやす」

父親の徳三《とくぞう》が、深々とあたまを下げた。大店の女中奉公を経ているおきねに、異存のあるはずもない。

おちさの奉公は、焼津屋一番番頭の吉五郎《きちごろう》が吟味をして決まった。文政十二年十一月のことである。

以来、天保四年五月十八日の今日まで、おちさは番頭にも内儀にも気に入られて、奉公を続けていた。

「おちさ坊が奉公先をしくじるとは、にわかには信じられないが……よかったら、うちにきて茶でも飲まないかね」

「先生は、治療でお忙しいでしょうに」

徳兵衛店の者なら、だれもが染谷の身が忙しいことを知っている。おきねの声は、患者を待たせるのを案じていた。

「今日の治療は終わった。おちさ坊と会ったのは、正月の藪入以来だ。遠慮は無用ぞ」

親身な声をかけられて、おちさは涙を拭《ぬぐ》ってから立ち上がった。

「それでは、お言葉に甘えて……」

おきねが軽くあたまを下げたとき、染谷はすでに治療院へと歩き始めていた。

おきねとおちさが、あとを追って歩き始めた。徳兵衛の飼い猫が、前を通り過ぎるおちさを見上げていた。

二

「かあさん、めずらしいお客さんを連れてきた。茶をいれてくれ」

玄関の格子戸を開くなり、染谷が奥に声を投げ入れた。

「なんですか、あなたは……なかにきちんと入ってからと、いつも……」

連れ合いの太郎《たろう》が、染谷をたしなめながら顔を出した。その口が途中で止まったのは、おちさの姿を見たからだ。

「こんにちは、おばさん」

軽やかな声であいさつをするおちさは、すっかり立ち直っているように見えた。

「これはほんとうに、めずらしいお客さんだこと」

言ったあとで、いぶかしげな顔になった。

「あたし……お店からお暇を出されました」

太郎が抱いた疑問を察したおちさは、自分の口で答えを言った。

「お暇って……おちさちゃんが？」

「待ちなさい。玄関先で話すことじゃない」

染谷が割って入り、連れてきた母娘を招き上げた。

式台の正面が、染谷の治療室である。式台の周りには、燃やしたもぐさの残り香が立ち込めていた。

「なつかしい、この香り……」

十歳ころまでのおちさは、灸の治療を受ける徳三に手を握られて、月に何度も治療院に顔を出していた。

「部屋をのぞいてもいいですか」

「いいとも」

患者はいないと分かっている染谷は、おのれの手で治療室の板戸を開いた。

部屋のなかには一畳大の治療台が五台、杉で拵《こしら》えた長さ六尺（約百八十二センチ）の腰掛が二台置かれている。台は鍼《はり》治療に、腰掛は灸をすえるのに用いる。

鍼灸のいずれも、染谷は名人で名前を知られていた。が、灸のほうがはるかに人気があった。

「効くのは分かっているんだが、どうにも鍼を刺されるのはおっかなくて駄目だ」

「あんたが先に口を開いたから言うわけじゃないが……じつはあたしも、鍼は大の苦手なんだよ」

染谷よりも年長の年寄たちが、真顔で鍼を怖がった。そんなわけで、患者が求める治療は、鍼よりも灸のほうがはるかに多い。

鍼の治療台は、ひとりが一台を占めた。

長さ六尺の腰掛は、年寄が詰めれば一台に五人は座れた。二台で十人である。

染谷は、灸に用いるもぐさをおのれの手で拵えた。元になるよもぎは、川崎大師《かわさきだいし》門前町の原田屋が、十日に一度納めにきた。

そのよもぎを何度も何度もほぐし、きめの細かいもぐさを作り上げた。もぐさ作りは、女房の太郎も手伝った。

出来上がったもぐさを、染谷は一本の楊枝《ようじ》ほどに細長く延ばした。そして米粒大にちぎり、患者のツボに置くのだ。

もぐさが小さいので、線香で火をつけると見る間に燃え尽きた。ゆえに、灸特有の熱さや痛みを感じずに済んだ。

灸をすえるときでも、染谷は鍼治療と同じように、巧みな手つきでツボの真上にもぐさを置いた。

「先生のお灸はちっとも熱くないのに、身体の芯《しん》が、すうっと楽になっちまうよ」

熱くないのに、患部にじかに効く。

これが評判となって、大川を渡った先の日本橋や、さらに遠くの神田や水道橋あたりからも患者が押しかけてきた。

偶数日は朝の五ツ半（午前九時）から九ツ（正午）までの一刻半（三時間）を、染谷は治療にあてた。

奇数日は八ツ（午後二時）から七ツ（午後四時）までの一刻を、治療どきと定めていた。

治療が休みとなる偶数日の午後は、深川界隈のこどもたちを集めて、読み書き・算盤《そろばん》など学問の基本を教えた。

鍼も灸も、患部とツボを見定めるのが肝要である。それゆえ治療は、陽光の差し込む間に限った。百目ろうそくを十本灯したとしても、分厚い雲がかぶさった雨の日の薄明かりにはかなわなかった。

患者が立て込んでいるときは、染谷は一度に十人の灸をすえた。そのときばかりは、治療室の杉の板戸を大きく開いた。

閉じたままでは、染谷当人がもぐさの煙で咳き込んだ。咳き込みながらも、染谷の手先は、見事に患者の容態に一番効くツボを探り当てた。そして小さなもぐさを患部に載せ、線香で点火した。

その滑らかな手つきに、灸を待つ患者のだれもが見とれた。

「先生はお灸師じゃなくて、ツボ師だね」

「あらまあ……ツボ師とは、うまいことを言うじゃないか」

容態に効くツボに、小さな灸を手際よくすえる。患者たちは、だれもが染谷を『ツボ師』と呼んで敬慕した。

深川では、まだ青洟《あおばな》を垂らしたこどもでも、『ツボ師染谷』の名を知っていた。

「ほどなくこどもたちがやってくるから、ゆっくりは話していられないけど……」

湯気の立つ焙《ほう》じ茶を、太郎は母娘の前に置いた。朱塗りの菓子皿には、永代寺仲見世《なかみせ》で買い求めた、武蔵屋の堅焼きせんべいが載っていた。

「おちさちゃんは、日本橋の焼津屋さんにご奉公していたんでしょう」

「はい……」

消え入りそうな声で返事をしたが、おちさは目を潤ませたりはしなかった。

「さっき玄関先で、お店から暇を出されたって聞いたような気がするけど」

「そうです。あたしがそう言いましたから」

「そうなの……」

思案顔になった太郎は、あとの言葉を呑《の》み込んだ。

蛤町界隈では、おちさの気立てのよさをだれもが誉《ほ》めた。年ごろになるにつれて、おちさは器量もすこぶるよくなった。

十三歳の晩秋から、おちさは奉公に出た。そして一年余、十五の正月に初めて藪入で徳兵衛店に帰ってきた。

上背も伸びていたが、身体つきに娘ならではの豊かな丸みが加わっていた。大きな瞳は潤いを含んでいたし、ほどよく厚い唇は紅を引かずとも艶《つや》が感じられた。

胸も尻も、膨らみを見せている。

二年ぶりにおちさを見て、土地の若い者が目を見開いた。

器量よしになったおちさは、気働きにも一段と磨きがかかっていた。

藪入で帰ってきたおちさは、染谷と太郎の元へあいさつに顔を出した。

「おとっつあんとおっかさんは、染谷おじさんが診てくれているから安心です。これからも、なにとぞよろしくお願いします」

わずか一年余会わなかったうちに、おちさはこどもから娘へと育っていた。

いま目の前に座っているおちさは、あの藪入のころよりも、さらに娘を感じさせた。

「立ち入ったことを訊《き》くようでわるいけど、暇を出されたのは、どういうわけなの？」

親身な口調ながらも、太郎の問いかけにはいい加減な答えを許さない強さがあった。

染谷と所帯を構えるまで、太郎は洲崎《すさき》の検番《けんばん》に籍を置く芸者だった。羽織を着て、男名前の源氏名が辰巳《たつみ》芸者の真骨頂である。

気性も男勝りで、いやな客にはどれほど玉代《ぎょくだい》を積まれても座敷にはでなかった。

染谷の女房に納まったいまでも、太郎は名前も気性も昔のままである。ていねいな物言いのなかにも、ひとのこころを動かす強さがひそんでいた。

「旦那様の気に障ることを、大事な日にしでかしたものですから……」

太郎に促されるままに、おちさは暇を出された一件を話し始めた。

毎年五月十八日に焼津屋は得意先を招待して、大川の船遊びを催した。大川の川開きも近い五月十八日は、屋形船で川に繰り出すには適した時季だった。

焼津屋がこの日を招待日に選んだのは、焼津屋初代が、初めての大商いをまとめた日であるからだ。取引がかなった先は、両国橋西詰の料亭、島田屋である。

焼津屋初代は元禄三（一六九〇）年五月十八日に、毎月二百節の鰹節の納めを島田屋から受注できた。

両国の島田屋が使う鰹節ということで、あとの商いが順調に走り始めた。その日の喜びを忘れないようにと、初代は翌年五月十八日に、仕出し弁当を島田屋に注文した。

そして当時十七人だった奉公人全員に、料亭の仕出し弁当を振舞った。これが焼津屋に伝わる、一番大事な慣わしとなった。

大川の屋形船に得意先の招待を始めたのは、いまの当主である。

初代が興した鰹節・乾物の商いは、途中の浮沈を経て、いまでは一年に二万両を超える大店にまで伸《の》していた。

一年に五百両を超える納め先が、十四軒あった。その上得意先の番頭、もしくは手代頭《がしら》を、焼津屋は船遊びに招待した。

「引き出物の吟味に抜かりはないだろうね」

「今年の弁当の味見はどうなっている」

「風呂敷の染がまるでよくないじゃないか」

五月十八日が近づくと、焼津屋四郎衛門《しろうえもん》は毎日のように奉公人の前に顔を出した。そして、あれこれと十八日の支度に注文をつけた。

なにしろ焼津屋初代の当時から、百四十年以上も続く大事な行事である。五月に入ると、三日おきに何人もの空見師を呼んだ。そして、五月十八日の空模様を判じさせた。

「雲の動きが穏やかですから、当日の上天気は間違いありません」

「今日は大川の水面に、魚が見えました。あれが続けば、十八日は晴れます」

上天気と判ずれば、四郎衛門の機嫌がよくなることを、空見師たちはわきまえている。五月初旬の空を見て、十八日の空模様が分かる道理はない。それでも、もっともらしい見立てを口にして、空見師連中は多額の謝金を手にした。

十八日を数日後に控えた十三日から、江戸は空模様が崩れた。雨は翌日も降り続いた。たちまち四郎衛門の機嫌がわるくなり、奉公人に当たり散らした。音《ね》を上げた一番番頭の吉五郎は、五月十五日に小僧を使いに出し、腕利きの空見師を店に招いた。

「明日にならなければ、定かな見立ては言えません」

吉五郎が呼んだのは、真っ当な空見師である。うかつな見立ては口にせず、足代だけを受け取って焼津屋を辞した。

「あれこそが、まことの空見師だ」

手代たちは、あるじが喜ぶことだけを言いっぱなしにした空見師たちの陰口を叩《たた》いた。

手代のあけすけな言い方に、たまたまそばを通りかかったおちさがぷっと噴いた。

おちさには、手代たちの多くが岡惚《おかぼ》れしている。

「あたしの言ったことに、おちささんが噴いてくれた」

手代は仲間に吹聴した。話はひとの口を介するたびに尾ひれがつき、形を変えた。そして、わるいことにあるじの耳にまで届いた。

「旦那様は、空見師にいいようにあしらわれて、謝金だけをむしられている」

四郎衛門の耳には、こんな話となって聞こえた。しかもそれを言ったのが、おちさだということになっていた。

業腹《ごうはら》な思いを抱いたものの、おちさは内儀にもすこぶる評判のよい女中である。しかも奉公人の陰口にあるじが腹を立てたとあっては、器量のほどを問われかねない。

あるじの陰口をきくのは、奉公人の楽しみというのが大店の通り相場だった。

おちさに思うところを抱えながらも、四郎衛門は知らぬ顔を続けた。

しかし我慢の緒は、五月十八日の五ツ半（午前九時）に切れた。

この日仕立てた川遊びの屋形船には、島田屋の仕出し弁当を積み込む手はずとなっていた。焼津屋初代の慣わしに従い、船の昼飯は島田屋の仕出し弁当だと、四郎衛門は決めていた。

招待客十四人分に、接待役の焼津屋当主、番頭、手代などの弁当が十一。都合、二十五の弁当が島田屋から届けられた。奥の玄関で、おちさが弁当を受け取った。

紫色の風呂敷に包まれた二十五個の弁当を島田屋の板前は、五個ずつ五列に積み重ねて帰った。

手代も小僧も、招待客の応対に追われている。それが分かっているおちさは、自分の手で船着場まで運ぼうとした。

この日の船頭は、父親の徳三である。

船着場で、おとっつあんに会える……。

おちさは胸を弾ませて弁当を両手に提げた。輪島塗の重箱に納められた弁当は、ひとつでも持ち重りがした。

奥の玄関から船着場までは、およそ二町（約二百二十メートル）離れていた。おちさが持てるのは、左右の手に提げる一個ずつだ。二十五個の弁当を運ぶには、十三回も往復しなければならない。

仕事の骨惜しみをしないおちさは、労をいとわずに運び始めた。が、さすがのおちさも、十回往復したときには、息が上がっていた。

しかし、弁当はまだ五個も残っていたし、船出も近づいている。気の急《せ》いたおちさは、風呂敷の結び目に気を払わぬまま提げた。

焼津屋の角を曲がり、船着場への道に出たとき、こちらに向かってくる四郎衛門の姿が目に入った。

早く運ばないと……。

おちさは足を急がせた。四郎衛門とすれ違う直前に、右手に提げた風呂敷の結び目がほどけた。

重箱が地べたに落ちて、料理があたりに散らばった。

「ばかもの。なんという不始末だ」

おちさに存念を抱え持っている四郎衛門は、通りで怒りを破裂させた。

そばに番頭でもいれば、その場の取り成しもしただろう。が、間のわるいことに、四郎衛門とおちさしかいなかった。

「この弁当が焼津屋にとっては、どれほど大切なものであるか……そんなことすら、おまえにはわきまえがないのか」

今日限り暇を出すと、四郎衛門は吐き捨てた。船出の前に、吉五郎はあるじから沙汰を聞かされていた。しかしこの日の接待は、なにを差し置いても万全に果たさなければならない。

あるじに取り成しもできぬまま、船は大川へと出て行った。

棹を握った徳三は、娘が暇を出されたことは知らぬままだった。

「焼津屋さんの旦那は、そんなに短気で薄情なひとだったのかしら」

「おまえは焼津屋さんを知ってるのか」

得心できない顔つきの太郎を見て、染谷が問いかけた。

「まだ焼津屋さんが若旦那だったころだけど、何度かお座敷に呼ばれたのよ」

酒の呑み方。箸《はし》の持ち方。芸妓《げいぎ》衆への祝儀の渡し方。そのどれもが作法にかなっていた。座敷に呼んだ芸妓衆に、まだ年若かった四郎衛門は節度をもって接した。

「きれいに遊ぶ若旦那だと、芸妓仲間では評判がよかったのよ。年を重ねると、男は短気になるのよね」

矛先を染谷に向けて、太郎は口を閉じた。

「わたしは短気じゃないだろう」

染谷が静かな口調で言い返したとき、格子戸が乱暴に開かれた。

「先生っ、先生っ……」

差し迫った声を聞いて、染谷よりもおきねとおちさが顔色を変えた。

声の主は徳三だった。

三

三十人乗りの屋形船が、黒船橋たもとの船着場に着けられていた。九ツを四半刻ほど過ぎていたが、五月十八日の陽はまだ西空には移っていなかった。

「暑いねえ。まるで真夏じゃないか」

上物の紬《つむぎ》のあわせを着た五十年配の男が、白いうちわを忙《せわ》しなく動かした。

「たしかに暑い」

応えたのは、茶色の細縞《ほそしま》紬を着た男である。

「こうして座っているだけで、身体の芯から熱があがってくるようだ」

胸元をわずかにはだけると、茶色のうちわを手にして船端に寄りかかった。

髪に混じった白髪のほども、しわの目立つ顔も、同じような年恰好《としかっこう》である。しかしふたりが番頭を務める店は、身代の大きさも商いの中身も、まるで違った。

「それにしても、ひどいにおいじゃないか。あれだけみんなが吐いたら、大川が汚れるだろうに」

白いうちわを手にした番頭が、反対側の船端を指差した。八丁堀弾正橋《だんじょうばし》たもとの乾物屋、青木屋の番頭、宇兵衛《うへえ》である。

「見なさい、五兵衛《ごへえ》さん。焼津屋さんの手代までが、まだ吐き続けている始末だ」

宇兵衛が鼻をつまむような形を見せて、顔をしかめた。

青木屋は尾張《おわり》町界隈の料亭六軒と、小料理屋三十二軒とを得意先に抱えていた。奉公人十三人の小所帯ながらも、一年に三千両の商いがある。青木屋は、鰹節だけでも一年で四百両を焼津屋から仕入れた。他の乾物を合わせると、仕入れ高は七百両を超えた。

焼津屋の得意先のなかでは、飛びぬけて大きな商いでもない。が、青木屋のあるじも番頭の宇兵衛も、大の焼津屋びいきである。

それを分かっている焼津屋四郎衛門は、五月十八日の船遊びには、かならず青木屋を招いた。

「好きで吐いているわけじゃないだろう」

あけすけな不快顔を見せる宇兵衛を、五兵衛がたしなめた。

「苦しがっている者にとやかく言っては、あのひとたちがあまりに気の毒だ」

五兵衛の物言いは、大横川に身を乗り出して吐いている者を、気遣っていた。

年恰好も同じだし、番頭という役目も同じだ。しかし五兵衛の物言いは、宇兵衛には感じられない品のよさがあった。

五兵衛は箱崎町《はこざき》の鰹節専門店、遠藤屋の二番番頭である。

箱崎町界隈には、大きな神社が幾つもある。遠藤屋はそれらの神社、寺をおもな得意先とする鰹節小売りの老舗だ。

寺社の供物には、鰹節が欠かせない。しかも名の通った寺社は、極上の鰹節を求めた。

遠藤屋は享保元（一七一六）年十月の創業当初から、寺社を狙《ねら》って売り込んだ。

当時の乾物屋は、おのれから寺や神社に売り込んで歩くことはせず、注文の舞い込むのを待つのが商いの主流だった。

創業者の遠藤屋勝之助は、そこに目をつけた。そして店番の奉公人ひとりを残し、店主みずから先頭に立って寺社に売り込んだ。

この商法が大当たりした。得意先となった寺や神社は、他の寺社に顔つなぎをした。

創業から十一年目の享保十一年十月には、寺社廻りの手代だけで二十人を数えていた。

当初は箱崎町周辺が主だった得意先も、江戸朱引き内（江戸城を中心として、その四方、品川大木戸、四谷大木戸、板橋、千住《せんじゅ》、本所《ほんじょ》、深川を境とした内側）の寺社を相手にするまでに伸していた。

遠藤屋は、鰹節の仕入れを焼津屋に限った。二千に届く得意先を抱える遠藤屋は、一年の鰹節仕入れ高が三千両を超えた。

それでいながら、焼津屋との取引姿勢には節度があった。物言いもていねいで、上得意だからと居丈高になることは皆無だ。

焼津屋は当主から手代にいたるまで、遠藤屋をことのほか大事にした。この日船遊びに招かれた五兵衛も、物腰の穏やかな二番番頭だった。

「あんたはそう言うが」

同じ身分の者に軽くたしなめられたのを、業腹に感じたらしい。宇兵衛の物言いは、わずかながらも尖りを含んでいた。

「焼津屋さんの手代たちは、いわばあたしらの接待役だ。それが客の世話もしないで、げえげえとやっていては話にならない」

声を抑えてはいたが、宇兵衛が口にしていることが、船端の手代に聞こえたらしい。

「あいすみませんことで……」

青い顔で、ふたりに詫《わ》びた。が、すぐにまた大横川のほうに向き直った。

「あんたも、あの手代さんの顔色を見たでしょうが」

うちわの手をとめずに、五兵衛が静かな口調で話しかけた。

「あんたもあたしも、運良くかまぼこが嫌いだったことで、ひどい目に遭わずにすんだんだ。ここは文句は引っ込めて、運のよさをかみ締めましょうや」

宇兵衛は返事の代わりに、うちわをあおぐ手に力を込めた。

「かまぼこは赤いのも白いのも、いやらしい汗をかいていた。好き嫌いの前に、あんなものを口にするほうがどうかしている」

ひとりごとのようにつぶやくと、宇兵衛は船着場上の河岸を見上げた。

「うちの船頭は、医者を呼びに行ったきりじゃないか。あの男がいなければ、船が動きやしない」

宇兵衛は、文句の矛先を船頭に向けた。

積荷を満載した大型のはしけが、屋形船のわきに並んだ。艫《とも》では三人の船頭が並んで、三丁櫓《さんちょうろ》を漕いでいる。

はしけの船足が速く、見る間にわきを過ぎ去った。大きな横波が生まれて、屋形船を揺らした。

「なんだね、この揺れは」

宇兵衛は屋形船の畳に、両手をついた。

畳に横たわっていた男十人が、揺れに驚いてうめき声を漏らした。

島田屋が拵えた弁当は、この日の温気《うんき》のせいでかまぼこが傷んでいた。

十四人の招待客のうち、宇兵衛と五兵衛をのぞく十二人が、食あたりを起こした。

接待役の焼津屋も、手代八人と二番番頭が同じ目に遭った。しかしあるじの四郎衛門と、一番番頭の吉五郎は弁当を口にしておらず、難を逃れた。

おちさが地べたに弁当を落としてしまい、数がひとつ足りなくなった。

「わたしはいい」

船に乗っても気が鎮まっていない四郎衛門は、奉公人だけで食べなさいと言い置いた。

「それでは道理にかないません」

一番番頭の吉五郎が、弁当を辞退した。

「わたしがいいと、そう言っているんだ。わたしが食べなくても、お客様にはなんとでも言いつくろいはできる」

四郎衛門は、頑として弁当を食べるとは言わなかった。客の手前もあり、いつまでもあるじと一番番頭とが、押し問答を続けてはいられない。

「それでは、てまえが頂戴《ちょうだい》いたします」

吉五郎が引き下がった。

両国橋をくぐった先で、屋形船はふたつの錨《いかり》を投げ入れて昼飯となった。

艫の囲いのなかでは、三つの七輪に炭火が熾《おこ》された。島田屋が調理した汁の鍋が、ひとつ。残るふたつの七輪には、大きなやかんが載っていた。ひとつは茶をいれるための湯で、もうひとつには酒が入っていた。

大型の屋形船とはいっても、陸《おか》と同じわけにはいかない。やかんで燗《かん》つけしたあと、徳利に移した。

しかしやかんで燗つけはしても、灘《なだ》の下《くだ》り酒で、酒器は伊万里《いまり》焼である。

「毎年同じことを言うようだが、焼津屋さんのもてなしには、感心するばかりです」

招待客は顔をほころばせて、弁当を開いた。煎茶《せんちゃ》と燗酒、それに輪島塗の椀に入った汁が手代の手で給仕された。

客にすべてが行き渡ったのを見定めてから、船の後部で手代と二番番頭が弁当の風呂敷をほどいた。

この日は朝餉《あさげ》もそこそこに、働き通しで昼を迎えていた。

「お先に頂戴いたします」

あるじを気にしながらも、奉公人たちは弁当に箸をつけた。うなずいた四郎衛門は、船室を出て舳先《へさき》へと移った。

弁当のないあるじが身近にいては、奉公人が気詰まりだと察してのことだった。あとを追って、吉五郎も外に出た。

「てまえは艫で川風に当たっております」

風呂敷包みを手にした吉五郎は、あるじに断わりを伝えてから艫に向かった。

「どうしやしたんで……吉五郎さんは、なかで食うんじゃねえんですかい」

船頭の徳三は、おきねが拵えた大きな握り飯を頬張っていた。

「旦那様のご機嫌が、いまひとつでね」

徳三は焼津屋の奉公人ではない。ゆえに、肩肘《かたひじ》を張った物言いは無用である。気が張り詰めていた吉五郎は、つい本音を漏《も》らしてふうっと息を吐いた。

「ご機嫌がよくねえのは、あっしにも分かってやしたが……いってえ、なにが起きやしたんで？」

徳三の娘が、あるじ直々に暇を言い渡されたのだ。問われても、答えようがなかった。

徳三が長屋に戻れば、なにが起きたかを察することになる。そのときの徳三の胸中を思うと、吉五郎は弁当を口にする気にはなれなかった。

空の真上には、威勢のいい陽があった。

潮の変わり目が近いのか、大川の流れが止まっている。風もなく、川面は静かだ。

吉五郎は、船端に寄りかかって目を閉じた。強い日差しを顔に浴びつつも、吉五郎はついまどろみを覚えた。

「吉五郎さん、なかの様子が尋常じゃありやせんぜ」

徳三に肩をつつかれて、吉五郎は素早く立ち上がった。手代と客の何人もが、船端に顔を突き出して、食べたものを戻していた。

「どうした、清七《せいしち》」

手代の肩に手を置いて、吉五郎が問い質《ただ》した。手代は答えられず、さらに吐いた。

船の両側で、弁当を口にした者が苦しげに戻している。青木屋の宇兵衛と、遠藤屋の五兵衛のふたりだけが、座を離れていなかった。

「紅白のかまぼこが、わるさをしているんじゃないか」

宇兵衛が見当を口にしているとき、四郎衛門が船室に飛び込んできた。

「どうした、吉五郎。なにが起きたんだ」

四郎衛門も、舳先で居眠りをしていたらしい。慌てて飛び起きたのか、目が赤かった。

「弁当のかまぼこがよくなかったと、青木屋さんがおっしゃいましたので」

立ち上がるなり、吉五郎は全員の弁当を確かめた。宇兵衛の見当は図星だった。

なんともない宇兵衛と五兵衛のほかは、全員がかまぼこをきれいに平らげていた。

「黒船橋までけえりやしょう。そこまで行ったら、染谷さんてえ名人がいやすから」

「だれだ、染谷さんとは」

四郎衛門には聞き覚えがなかった。が、吉五郎はおちさから、染谷のことを何度も聞かされていた。

「鍼とお灸で、どんなやまいでも、あっという間に治してくれるんです。それもいっぺんに、十人も……」

吉五郎から染谷は鍼灸医だと告げられて、四郎衛門は顔をしかめた。しかし、船のなかは修羅場である。

「徳三」

「へい」

「黒船橋に行ってくれ」

「がってんだ」

四郎衛門の許しを待たず、一番番頭が船頭に指図を下した。錨を上げて、屋形船は黒船橋へと走り出した……。

「やっと船頭が帰ってきた」

河岸を見上げていた宇兵衛が、息を切らして駆け戻ってくる徳三を指差した。

あとに続く染谷も駆け足である。ところが顔に陽を浴びているのに、染谷は涼しい顔で駆けていた。

四

顔色の青ざめた二十一人の男が、染谷の治療院で履物を脱いだ。

「これをお使いください」

式台に立った太郎は、徳兵衛店の女房連中と一緒に、水にひたして固く絞った手拭いを差し出した。

た。


「ありがとうございます」

顔色はよくないが、受け取っただれもが吐息とともに手拭いで顔を拭った。

染谷が屋形船まで様子を見に行っている間に、太郎が指図をして用意した手拭いだっ
「備えはできています」

染谷に伝える太郎は、たすきがけである。すでに六十の峠を越えているのに、太郎の物言いも所作も凛《りん》としていた。

「診療を待っている間に吐きたくなった方は、遠慮なしにうちのかわやと台所を使って
ください」

太郎はそれぞれの場所を指し示した。

口のまわりのよごれを拭《ふ》いたことで、二十一人の男たちは、わずかながらも気持ちが
落ち着いたようだ。銘々が、太郎にうなずき返した。

「口のなかが気持ちのわるい方は、裏手の河岸にうがいの備えがしてありますから」

「それは助かります」

招待客の年長の番頭が、青い顔で太郎に会釈をした。

「お手数でしょうが、てまえにうがい水を使わせてください」

だれもが、口のなかに心地わるいものを残していた。もう一度、全員が履物を履いて

裏手へと廻った。

玄関の格子戸は、開け放たれたままである。二十一人の口をすすぐ音が、式台にまで流れてきた。

「まことにご造作をおかけいたします」

四郎衛門が染谷と太郎にあたまを下げた。

まだ、なにも治療は始まっていない。が、そこは老舗焼津屋のあるじである。染谷と太郎のきびきびとした所作から、人柄と技量のほどを感じ取ったようだ。

あたまの下げ方には、四郎衛門の気持ちがこもっていた。

「湯冷ましができました」

おちさが大きなやかんで、湯冷ましを運んできた。

「おまえが、どうしてここに……」

おちさと染谷の間柄を知らない四郎衛門が、息を呑んだような顔つきになった。

「ここがあたしの在所です」

あるじの顔を見るのは、おちさにはきまりがわるかった。短く答えただけで、やかんを提げて裏口に廻った。

「診療の前に、湯呑み一杯の湯冷ましを飲ませなさい」

「かしこまりました」

答える太郎の横顔を、四郎衛門が見詰めていた。なにかを思い出そうとするような顔つきである。

「洲崎の太郎です」

相手が思っていることを察するのは、太郎のおはこだ。名乗られて、焼津屋がわれ知らずに帯の前で手を叩いた。

「その節は、ごひいきにあずかりまして」

「いや……こちらこそ……」

ふたりが場違いなあいさつを交わしているさなかに、うがいを終えた者が戻ってきた。

「食べたものを戻したことで、身体の水が足りなくなっています。診療の前に、みなさんは湯冷ましを飲んでください」

太郎の指示は、疑問をはさむ隙間《すきま》がないほどに確かである。履物を脱いだ者から順に、台所へと向かった。

長屋からかき集めた湯呑みは、形も色もまちまちである。その湯呑みに、おちさが湯冷ましを注いだ。

染谷の指図で、湯冷ましには砂糖が混ぜられていた。

「これはおいしい……」

つい先刻まで吐き続けていた男たちが、湯呑みの砂糖水を飲み干した。

おちさが男たちに微笑《ほほえ》みかけた。

吐き気の苦しみを、和らげるような笑みである。

四郎衛門は、顔を引き締めておちさを見ていた。口はきつく閉じ合わされていたが、目元にけわしさはなかった。

治療に先立ち、染谷は患者の脈を診た。脈の打ち方で、患者のどこが痛んでいるのか、およそ六割がつかめるからだ。

「舌を出して」

脈のあとは、舌を診た。

言われた者のほとんどは、医者に舌を見せたことなどなかった。どれだけ出せばいいかの加減が分からず、べろっと出したり、ちょろりと出したり、それぞれが違った。

脈、舌を診たあと、染谷は着衣の胸元をはだけさせた。そして顔色と、肌の色艶の具合を確かめた。

患者は、二十代の手代から、五十路《いそじ》をとうに越えた番頭まで、年齢はまちまちである。奉公するお店によって、日々の暮らしぶりも異なった。

しかも二十一人全員が、この日初めて診る者ばかりである。身体にやまいを抱えているのか、健やかな者なのかの診断が肝要だ。

染谷は患者の様子を、ひとりずつ、念入りに確かめた。だれもがやまい持ちではないと診立ててから、問診に移った。

染谷は問診に先立ち、宇兵衛と五兵衛から細かな聞き取りを行った。

ふたりは同じ弁当を食べたにもかかわらず、胃ノ腑《ふ》に変調をきたしていなかったからだ。

染谷は、かまぼこに食あたりの元がひそんでいたと見当をつけた。

「弁当に入っていたもので、思い出すと気分のわるくなるものは?」

問うたのは、この一点だけである。二十一人の全員が、かまぼこだと答えた。なかには、かまぼこと口にした直後に、口を押さえた者もいた。

「いつもの倍の太さに、もぐさを用意しなさい」

太郎に灸の支度を指図した染谷は、全員をうつぶせに寝かせた。

鍼の治療台と灸治療の腰掛は、長屋の女房連中の手で別間に移してある。身体をくっつけ合わせることで、患者全員が治療室の床にうつぶせになれた。

太郎から太めに延ばしたもぐさを受け取ると、長さもいつもの倍にちぎった。それを患者の足の裏の、人差し指の膨らみに載せた。そして、線香で点火した。

いかに名人染谷といえども、二十一人全員には、一度に火はつけられない。十人と十一人の二度に分けて点火した。

治療室に、もぐさの煙が立ち込めた。板戸は外してあるが、これだけの患者に、一度に灸をすえるのは初めてである。

太郎とおちさは、大きなうちわを手にして煙を外に追い出した。

患者の様子を見ながら、染谷は同じ場所に何度も灸をすえた。

「熱いと感じた者は、うつぶせのままでよろしいから手を挙げなさい」

ほとんどの者が、四度目の灸で手を挙げた。

「もう起き上がってもよろしいぞ」

全員の手が挙がったのを見定めてから、染谷は線香の火を消した。

「あっ……胃ノ腑のむかつきが、嘘のように消えています」

「あたしもだ」

着衣の胸元を合わせつつ、銘々が驚きの声を漏らした。

「食あたりのむかつきが残っている間は、灸の熱さを感じない。熱いと気づいたときは、もはやわるいものは消えておる」

「ありがとうございます」

患者の全員が、深々とあたまを下げた。顔を上げたときの目には、染谷を敬う光が宿されていた。

「今日のところは、このまま帰らせていただきます。御礼には、てまえがあらためてうかがわせていただきます」

「後始末がござろうゆえ、うちのことは慌てなくてもよろしいぞ」

「重ね重ね、御礼の言葉もございません」

礼の言葉を重ねたあとで、四郎衛門は台所のほうに目を向けた。なにかを探しているような目つきである。

「おちさちゃんなら、長屋に戻って湯冷ましの後片付けをしています」

またもや太郎が、四郎衛門の胸のうちを読み取っていた。

「さようでございますか」

四郎衛門が玄関の土間に目を落とした。うつむいたまま、思案をめぐらせているようだ。

染谷と太郎は、黙って四郎衛門を見ていた。

大きな息を吸い込んでから、四郎衛門が顔を上げた。

「散々にご造作をかけたうえで、まことに厚かましい次第とは存じますが……」

四郎衛門を見る太郎の目が、柔らかだ。頼みがなにかを察しているようだが、太郎は口を閉じていた。

「なんでしょう」

四郎衛門は、空咳をひとつしてから太郎を見た。

「後片付けを済ませたあとは、日暮れまでに戻ってくるようにと……おちさに伝えていただけましょうか」

「かしこまりました」

太郎は神妙な顔を拵えて引き受けた。

開け放たれた玄関に、都鳥の啼き声が流れ込んできた。

駈込み訴え

山本周五郎

山本周五郎（やまもと・しゅうごろう）
一九〇三年山梨県生まれ。二六年「須磨寺附近」が「文藝春秋」に掲載され、出世作となる。『日本婦道記』が四三年上期の直木賞に選ばれたが辞退。ほか著書に『柳橋物語』『寝ぼけ署長』『山彦乙女』『栄花物語』『樅ノ木は残った』『赤ひげ診療譚』『五瓣の椿』『青べか物語』『虚空遍歴』『季節のない街』『さぶ』『ながい坂』など多数。六七年逝去。

一

その日は事が多かった。――午前十時ごろに北の病棟で老人が死に、それからまもなく、重傷を負った女人夫が担《かつ》ぎこまれた。保本登《やすもとのぼる》は老人の死にも立会い、女人夫の傷の縫合にも、新出去定《にいできよじょう》の助手を勤めたが、――それが彼の見習医としての初めての仕事になったのだ。

狂女の出来事のあとでも、登の態度は変らなかった。どうしても見習医になる気持はなかったし、まだその施療所《せりようしょ》から出るつもりで、父に手紙をやったりした。けれども、心の奥のほうでは変化が起こっていたらしい。彼は赤髯《あかひげ》に屈服したのである。狂女おゆみの手から危うく救いだしてくれたこと、――それはまったく危うい瞬間のことであったし、人に知られたら弁解しようのない、けがらわしく恥ずかしいことであったが、――それを誰にも知れないように始末してくれた点で、彼は大きな負債を赤髯に負ったわけであった。おかしなはなしだが、そのとき登は一種の安らぎを感じた。赤髯に負債を負ったことで、赤髯と自分との垣《かき》が除かれ、眼に見えないところで親しくむすびついたようにさえ思えたのだ。

これらのことはあとでわかったので、そのときはまだ気がつかなかった。そんな狂女との恥ずかしい出来事にぶっつかったのも、自分を施療所などへ押込めた人たちの責任で、こっちの知ったことではない。要するにここから出してくれさえすればいいのだ、というふうに、心の中で居直っていた。――新出去定は相変らずにみえた。実際は登の心の底をみぬいて、辛抱づよく時機の来るのを待っていたのかもしれない。そう思い当るふしもあるが、表面は少しも変らず、登には話しかけることもなかった。

四月はじめのその朝、去定は彼を北の病棟へ呼びつけた。呼びに来たのは森半太夫《はんだゆう》だったが、登はすぐには立たなかった。

「もういちど云《い》いますが北の一番です、すぐにいって下さい」

「命令ですか」

「新出さんが呼んでいるんです」と半太夫は冷たい調子で云った、「いやですか」

登はしぶしぶ立ちあがった。

「上衣を着たらいいでしょう」と半太夫ががまん強く云った、「着物がよごれますよ」

だが登はそのまま出ていった。

北の病棟の一番は重症者の部屋で、去定が病人の枕元《まくらもと》に坐《すわ》っており、登がはいってゆくと、見向きもせずに手で招き、そして、診察してみろと云った。部屋の中には不快な臭気がこもっていた。蓬《よもぎ》を摺《す》り潰《つぶ》したような、苦味を帯びた青臭さといった感じで、むろんその病人から匂《にお》ってくるのだろう、登は顔をしかめながら病床の脇《わき》に坐った。――見たばかりで、その病人がもう死にかかっていることはわかった。だが登は規則どおりに脈をさぐり、呼吸を聞き、瞼《まぶた》をあげて瞳孔《どうこう》をみた。

「あと半刻《はんとき》ぐらいだと思います」と登は云った、「意識もないし、もう苦痛も感じないでしょう、半刻はもたないかもしれません」

そして彼は、病人の鼻の両側にあらわれている、紫色の斑点《はんてん》を指さした。

「これが病歴だ」と云って、去定は一枚の紙を渡した、「これを読んだうえで病気の診断をしてみろ」

登は受取って読んだ。

病人の名は六助、年は五十二歳。入所してから五十二日になる。初めは全身の衰弱と軽い腹痛を訴えるだけだったが、二十日ほど経《た》ってから痛みの増大と嘔吐《おうと》が始まり、食欲がなくなった。吐物は液状になり、帯糸褐色で特有の臭気を放ち、腹部の中央、――胃の下部に腫脹《しゅちょう》が認められた。五十日を過ぎるころから痛みは腹部全体にひろがって、嘔吐の回数が増し、全身の脱力と消耗がめだって来た。……登はこれらの要点を頭にいれてから、病人の着物を大きくひらいてみた。蒼黒《あおぐろ》く乾いた皺《しわ》だらけの皮膚の下に、あらゆる骨が突き出ているようにみえ、腹部だけが不自然に大きく張っていた。登は手でその腫脹に触れ、それが石のように固く、ぜんたいが骨に癒着《ゆちゃく》しているように動かないのをたしかめながら思い当る病名を去定に答えた。

「違う、そうではない」と去定は首を振った、「これはおまえの筆記に書いてある病例の中の珍らしい一例だ、癌腫《がんしゅ》には違いないが、他のものとはっきり区別のつく症状がある、その病歴の記事をもういちど読んでみろ」

登はそれを読んでから、べつの病名を云った。

「これは大機里爾《キリイル》、つまり膵臓《すいぞう》に初発した癌腫だ」と去定が云った、「膵臓は胃の下、脾《ひ》と十二指腸とのあいだにあって、動かない臓器だから、癌が発生しても痛みを感じない、痛みによってそれとわかるころには、多く他の臓器に癌がひろがっているものだし、したがって消耗が激しくて死の転帰をとることも早い、この病例はごく稀《まれ》だから覚えておくがいい」

「すると、治療法はないのですね」

「ない」と去定は嘲笑《ちょうしょう》するように首を振った、「この病気に限らず、あらゆる病気に対して治療法などはない」

登はゆっくり去定を見た。

「医術がもっと進めば変ってくるかもしれない、だがそれでも、その個躰《こたい》のもっている生命力を凌《しの》ぐことはできないだろう」と去定は云った、「医術などといってもなさけないものだ、長い年月やっていればいるほど、医術がなさけないものだということを感ずるばかりだ、病気が起こると、或《あ》る個躰はそれを克服し、べつの個躰は負けて倒れる、医者はその症状と経過を認めることができるし、生命力の強い個躰には多少の助力をすることもできる、だが、それだけのことだ、医術にはそれ以上の能力はありゃあしない」

去定は自嘲とかなしみを表白するように、逞《たくま》しい肩の一方をゆりあげた、「——現在われわれにできることで、まずやらなければならないことは、貧困と無知に対するたたかいだ、貧困と無知とに勝ってゆくことで、医術の不足を補うほかはない、わかるか」

それは政治の問題ではないかと、登は心の中で思った。すると、まるで登がそう云うのを聞きでもしたように、去定は乱暴な口ぶりで云った。

「それは政治の問題だと云うだろう、誰でもそう云って済ましている、だがこれまでかつて政治が貧困や無知に対してなにかしたことがあるか、貧困だけに限ってもいい、江戸開府このかたでさえ幾千百となく法令が出た、しかしその中に、人間を貧困のままにして置いてはならない、という箇条が一度でも示《し》された例があるか」

去定はそこでぐっと唇をひき緊めた。自分の声が激昂《げっこう》の調子を帯びたこと、それがかなり子供っぽいものであることに気づいたらしい。だが登は、その調子にさそわれたように、眼をあげて去定を見た。

「しかし先生」と彼は反問した、「この施薬院《せやくいん》……養生所という設備は、そのために幕府の費用で設けられたものではありませんか」

二

去定は一方の肩をゆりあげた。

「養生所か」と去定は云った、その顔にはまた嘲笑とかなしみの色があらわれた、「ここにいてみればわかるだろう、ここで行われる施薬や施療もないよりはあったほうがいい、しかし問題はもっとまえにある、貧困と無知さえなんとかできれば、病気の大半は起こらずに済むんだ」

そのとき森半太夫が来て、いまけが人が担ぎこまれた、ということを告げた。

「若い女の人夫です、普請場《ふしんば》でまちがいがあって、腰と腹に大きなけがをしています」と半太夫が云った、「牧野さんが診たんですが、自分だけでは手に負えないから、先生に来ていただきたいと云うんですが」

去定は疲れたような顔になった。牧野昌朔《しょうさく》は外科の専任である。登は去定を見た。

「よし」と去定は云った、「いまゆくから、できるだけ手当てしておくように云ってくれ」

半太夫はすぐに去った。去定は病人の顔をじっと見まもっていて、それから眼をつむり、そっと頭《こうべ》を垂れた。低頭したようでもあるし、単にちょっと俯向《うつむ》いただけのようでもあった。

「この六助は蒔絵師《まきえし》だった」と去定は低い声で云った、「その道ではかなり知られた職人だったらしい、紀伊家や尾張家などにも、文台《ぶんだい》や手筥《てばこ》が幾つか買上げられているそうだが、妻も子もなく、親しい知人もないのだろう、木賃《きちん》宿からはこびこまれたのだが、誰もみまいに来た者はないし、彼も黙ってなにも語らない、なにを訊《き》いても答えないし、今日までいちども口をきいたことがないのだ」

去定は溜息《ためいき》をついた、「この病気はひじょうな苦痛を伴うものだが、苦しいということさえ口にしなかった、息をひきとるまでおそらくなにも云わぬだろう、――男はこんなふうに死にたいものだ」

そして去定は立ちあがり、森をよこすから臨終をみとってやれと云った。

「人間の一生で、臨終ほど荘厳《そうごん》なものはない、それをよく見ておけ」

登は黙って坐る位置を変えた。

彼は初めて病人の顔をつくづくと見た。それは醜悪なものであった。すでに死相があらわれているし、肉躰は消耗しつくしたため、生前のおもかげはなくなっているのであろうが、眼窩《がんか》も頬も顎《あご》も、きれいに肉をそぎ取ったように落ち窪《くぼ》み、紫斑のあらわれた土色の、乾いた皺だらけの皮膚が、突き出た骨に貼《は》りついているばかりだった。それは人間の顔というより、殆《ほと》んど骸骨《がいこつ》そのものという感じであった。

「赤髯があんなに饒舌《しやべ》るとは知らなかった」と登はつぶやいた、まったく無意識の独り言で、誰か他の者が云ったように思い、眼をあげて左右を見たが、もちろん誰もいるわけはなく、彼は病人に眼を戻しながら、低い声でまたつぶやいた、「ここではむだ口はきくな、といつか云ったくせに、――自分はずいぶん饒舌るじゃないか」

病人の呼吸は短く切迫していて、ときどきかすかに呻《うめ》いたり、苦しげに喘《あえ》いだりした。もう意識はない、僅《わず》かに残った生命が、その軀《からだ》からぬけだすためにもがいている、というだけのことだ。

「醜悪というだけだ」と彼は口の中で云った、「――荘厳なものか、死は醜悪だ」

やがて森半太夫が来た。たぶんその老人の使っていたものだろう、飯茶碗《めしぢやわん》と、尖端《せんたん》に綿を巻いた一本の箸《はし》を持っており、病人の枕元に坐って、登のほうは見ずに云った。

「ここは私がやります、新出先生のところへいって下さい」

登は半太夫を見た。

「表の三番です」と半太夫はやはりよそを見たままで云った、「傷の縫合をするそうですから、いそいでいって下さい」

登はそのとき、赤髯は夜も日もなく人をこき使う、と云った津川玄三《げんぞう》の言葉を思いだし、どこかで玄三が皮肉な眼くばせをしているように感じられた。

表というのは、かよい療治に来る者たちを診察するところで、その三番は外科の専用になっていた。登がはいっていって、まず眼についたのは白い裸の肉躰であった。そこは八帖《じょう》ばかりの広さで、光るほど拭《ふ》きこんだ板敷の上に薄縁《うすべり》が敷かれ、――それは白い晒木綿《さらし》で掩《おお》われていたが、女の裸の軀はその上へ仰向けに寝かされてあったのだ。登がはいるとすぐに、牧野昌朔が屏風《びょうぶ》をまわしたので、それはいったん彼の眼から隠されたが、去定に呼ばれてその屏風の中へはいってゆき、こんどはもっと近く、眼の前にそのあらわな裸躰を見なければならなかった。

二十四五歳と思えるその女の軀は、肉付きがよく、陽にやけた逞しい手足のほかは、おどろくほど白くなめらかで、美しくさえあった。豊かに張った双の乳房《ちぶさ》の、乳首が黒く色づいているのと、晒木綿で一部を掩われている広い腹部の、やや眼だつふくらみとで、妊娠の初期だということが認められた。――登はすぐに眼をそらした。長崎で修業ちゅう、女の患者を診察し治療した例は少なくないが、そのようにあからさまな、しかも若さと力の充実した裸躰を見たことはなかった。

「足を押えろ」と去定が云った、「薬を与えてあるが暴れるかもしれない、はねとばされないように気をつけろ」

そのとき気がついたのだが、女の両手は左右にひろげられ、手首のところを縛った紐《ひも》が、それぞれ柱に結びつけられてあった。登は去定の指図にしたがって、女の両足を伸ばしてそのあいだに腰を据え、両手で双の膝頭《ひざがしら》を押えた。彼は眼のやりばに困り、顔が赤くなるのを感じた。その位置は譬《たと》えようもなく刺戟《しげき》的で、滑稽《こっけい》なほど恥ずかしいものであった。

「眼をそらすな」と去定が云った、「縫合のしかたをよく見るんだ」

そして、腹の一部を掩っていた、晒木綿の布を取りのけた。右手に持った針は尖端が少し鉤《かぎ》なりに曲っており、めどには二本よりの絹糸がとおしてある。布をとりのけると、傷口が見えた。それは左の脇腹から臍《へそ》の下まで、五寸以上もあるほど大きく、創面は不規則に歪《ゆが》んでいた。むろん消毒したあとだろう、厚い皮下脂肪のために、傷口は上下にはぜたように口をあいていて、去定が布をとりのけたとき、少量の血が流れだし、腹部ぜんたいに痙攣《けいれん》が起こって、女が呻き声をあげた。すると、傷口から腸がはみ出て来た。太くて、青みがかった灰色の大腸は、まるで生き物のようにうごめきながら、ずるっとはみだして来、そして傷口の外で蛇のようにくねった。登はそこで失神した。急に眼の前がぼうとなり、頭が浮きあがるように感じて、ああ、おれははねとばされるぞと思ったが、そのまま意識を失ってしまった。

三

失神していたのはごく短い時間で、誰かに頰を叩《たた》かれると、すぐわれに返った。自分ではながいこと気を失っていたような感じだったが、われに返ってみると、そこはやはり表の三番で、自分は牧野昌朔に抱えられていた。頰を叩いたのは牧野であろう、向うに去定がおり、苦りきった顔つきで、部屋へ帰っていろ、と云った。——登は眼をそらしたまま立ちあがった。そこにある女の軀を見れば、また失神しそうだったし、たとえ意地にもせよ、そこにいるだけの勇気はなかった。

登は自分の部屋で寝ころがった。思いだすと嘔吐を催しそうになるので、なるべくほかのことを考えようとした。けれども、狂女おゆみの出来事に続く今日の失敗は、救いようのない屈辱感で彼自身を圧倒し、うちのめした。

「なんというだらしのないざまだ」登は寝ころんだまま腕で顔を掩った、「それでも長崎で修業して来たなどといえるのか」

彼は狂女の付添いのお杉に向かって、自分が蘭方《らんぽう》を本式に学んで来たとか、去定などの知らない治療法を知っているなどと、いい気になって自慢したことを思いだし、ぞっとして、頭を振りながら呻き声をあげた。

登は午飯《ひるめし》をたべなかった。

森半太夫が部屋を覗《のぞ》きに来て、いっしょに食事をしようと云ったが、登は寝ころんだままで断わった。まだ胸がむかむかして、食欲などはまったくなかったのである。

「たべておくほうがいいんですがね」と半太夫は云った、「午後から新出先生が外診に伴《つ》れてゆくと云っておられましたよ」

「外診ですって」

「治療にまわることです」と半太夫が云った、「ことによると帰りは夜になりますよ」

登は黙った。

「六助という老人は死にました」と半太夫は云い障子を閉めて去った。

赤髯の外診には二つあった。一は招かれたもので、諸侯や富豪の患家が多く、他の一は貧しい病人の施療であった。――俗に施薬院ともいわれた「小石川養生所」は、もとより貧しい人たちの病人を無料で診察し治療するのが目的であって、病状その他の事情によっては、かよいでなく、入所して治療を受けられることもすでに記したとおりである。それにもかかわらず、そういう施療を受けることを嫌って、町内の者や家主などがすすめても、どうしても養生所へ来ようとしない者が少なくなかった。赤髯はそういう人たちを訪ねて、うむを云わさず診察し、治療してまわるのであるが、しかも、かれらから感謝されたり、好意をもたれたりすることは少ない、という話を、登はしばしば耳にしていた。

「よろこばれない施療のお供か」と登はくたびれたようにつぶやいた、「しかしあんな失敗のあとでは、断わるわけにもいかないだろう、もちろん断わって承知する赤髯でもないだろうが」

午飯から半刻ほど経って、半太夫がまた知らせに来、登は去定の供をしてでかけた。去定は登の着替えたのが平服であって、やはり規定の服装をしていないのを見たが、ちょっと見ただけで、ふきげんな顔はしたが、なにも云わなかった。――供は登だけでなく、薬籠《やくろう》を背負った小者《こもの》が一人いた。から脛《ずね》に脚絆《きやはん》、草鞋《わらじ》ばきであるが、上に着ている半纏《はんてん》は医員たちのものと同じ鼠色《ねずみいろ》であり、衿《えり》には大きな字で「小石川養生所」と白く抜いてあった。小者の名は竹造といい、年は二十八になる。ひどい吃《ども》りなので吃竹《どもたけ》と呼ばれ、もう五年ちかくも、去定の薬籠をかついで来た。軀は小柄で、痩《や》せており、色の黒い小さな顔はにこやかで、誰かに話しかけられたらすぐにあいそのいい返辞をしようと、待ちかねているような眼つきをしていた。――もちろんそれはできない相談であった。こんにちはいい日和《ひより》である、と云うだけでさえ、彼は全神経と躰力を使いはたさなければならないほど吃るので、相手に好ましい印象を与えるような、あいそのいい返辞をするなどということは、まったく不可能だったのである。

養生所を出て四半刻あまり、伝通院《でんづういん》の裏へ近づいたとき、かれらはうしろから呼びとめられた。五十歳くらいの男で、こちらへ走って来、去定に向かって、気ぜわしくおじぎをしながら、いま養生所へ訪ねてゆこうとしていたところだ、と云った。

「六助なら死んだぞ」と去定が云った。

男は「はあ」とあいまいな声をだした。

「二刻《ふたとき》ばかりまえに息をひきとって、もう死骸の始末もしてしまった、身寄の者でもわかったのか」

「へえ、それがその、なんです」と男はへどもどし、唾《つば》をのんだ、「ちょっとこみいっていまして、あの年寄の娘というのがわかったのですが、子供が病気でして、家主の藤助というのが伴れて来たんですが、母親がいまとんだことになっておりまして」

「話がわからない、要するにどういうことだ」

「その」と男は去定の顔色をうかがうように見た、「まことにあれですが、ちょっとてまえどもまで、お越し願えませんでしょうか」

「おれは中富坂までゆかなければならない、重い病人があるのだ」と云って、去定はふと登に振向いた、「保本、おまえこの柏屋《かしわや》といっしょにいって事情を聞いておいてくれ、おれは半刻ほどしたら戻る」

登は竹造を見た。吃竹は上わ眼づかいをしながら首を振った。しようがないでしょうな、という意味らしく、去定は彼を伴れて去っていった。

柏屋というのは、木賃旅籠《はたご》で、伝通院の裏に当るなぎ町にあり、男はその宿の主人で名を金兵衛といった。蒔絵師の六助はそこに二年あまりいて、病気が重くなったから養生所へはいったのだが、二十年ちかくもまえ、――つまり蒔絵師として世評の高いころから、ふいと柏屋へやって来ては泊っていった。二日か三日のときもあれば、半月とか四十日くらい滞在したこともある。初めはどういう人間かわからず、おそらく渡世人だろうと推察していた。身妝《みなり》も悪くはないし、おちついた人柄で、泊っているあいだもあまり口はきかず、少量の酒を舐《な》めるように飲みながら、他の客たちの世間ばなしを黙って聞いている。そして、ふいといなくなったまま二年も来ないかと思うと、一と月おきにあらわれる、というふうなことが続いた。――彼が蒔絵師の六助だとわかったのは六七年まえのことで、そのころはもう世間の評判もおち、彼自身も殆んど仕事をしなくなっていたらしい。気が向けば修理ものなどをするくらいで、人柄もずっと気むずかしく、柏屋へ来ても部屋にこもったきりで、人の話を聞くようなこともなくなった。

「まったく話というものをしない人で」と金兵衛は登に云った、「二十年ちかくもお宿をしていて、おかみさんや子供があるかないかさえわからなかったんですからな、養生所へ入れて頂くときにもなんにもわからないので、私どもはずいぶん閉口いたしました」

柏屋には四人の子供が待っていた。

四

その子供たちは、六助の娘の子だそうで、十一になるとも、という長女が、高熱をだして寝かされていた。その下が助三という八歳の長男、次が六歳のおとみ、三歳の又次という順であるが、みんな継ぎはぎだらけのひどい妝をしているし、痩せほそって顔色が悪く、末っ子の又次のほかはみな病人のようにみえた。おとみは又次を抱き、助三はその二人を自分の軀で庇《かば》うように、ぴったりと寄りあって、不安と敵意のいりまじった、おどおどした眼でまわりをぬすみ見ていた。——その部屋は北向きの四帖半で、ずっと六助が泊っていたのだというが、唐紙も障子も古く、切り貼りだらけで、唐紙のほうは大きく裂けており、風のはいるたびにばくばくと波を打った。畳はすっかり擦りきれて、ところどころ芯《しん》の藁《わら》がはみだしているし、壁も剝《は》げ落ちていた。いくら木賃宿だとしても普通ならもう少しはましであろうが、それは伝通院裏という、あまり泊り客もなさそうな場所がらによるのだろう、いかにもさむざむとうらぶれたけしきにみえた。

登はとものの診察をしながら、金兵衛の話を聞いた。ともは風邪をこじらせたらしい、熱が高く、ときどき咳《せき》が出るほかには、これというほどの病兆はみられなかった。ただ、いかにも栄養が悪く、——これは弟や妹も同様であるが、このままでゆくと労咳《ろうがい》になる危険が多分にあると思えた。登はともの額を冷やすことと、部屋を温めて風を入れないようにすること、汗が出るから寝衣《ねまき》を替えること、などの注意を与えた。

「ごみは窪地に溜《たま》るとはよく云ったものですな」と金兵衛は溜息《ためいき》をついた、「もう何年もこっち、しょうばいが左前で、伜《せがれ》は日雇いに出るし、女房や娘は内職をしなければおっつかない始末です、それなのに絶えずこんな厄介なことを背負いこむんですから、よそにはもっと繁昌《はんじょう》して、金を溜めこんでいるうちが幾らもあるというのに、私どものようなこんな可哀《かわい》そうな者のとこへだけ、選りに選って厄介が持ちこまれるというわけがわかりません、——へえ、なにか仰《おっ》しゃいましたか」

「話のあとを聞こう」と登は云った。

　金兵衛は話に戻って、続けた。

　それはまさにこみいった話であった。六助には妻子も身寄りもない、と信じていたのであるが、その朝早く、一人の老人がその四人きょうだいを伴れて来て、「六助の孫である」と云った。金兵衛はすぐには信じられなかったが、ともかく老人の話すのを聞いた。——老人は京橋小田原町五郎兵衛店《だな》という貸家の差配をしてい、名は松蔵、年は六十二歳だと云った。老人はそのとおりを、きちんと云ったのだ。かのえね（庚子）の年の生れで、ちょうど六十二になります、名は松蔵、かかあは三年まえに死にました。

　きちんとしたことの好きな性分なのだろう、彼の差配している長屋に、富三郎という男の一家が越して来たのは、まる五年と三月《つき》十五日まえのことであった、というふうに話した。

富三郎は指物職《さしものしょく》だといった。妻はおくにといって、子供が三人あり、おとみはまだ乳《ち》ばなれまえであった。指物職だとはいったが、富三郎は怠け者で、ぶらぶらしているほうが多く、生活はいつも窮迫していて、たちまち近所じゅう借りだらけになった。――おくにははがゆいくらい温和《おとな》しい性分で、ぐちひとつこぼすでもなく、ひきこもって刻《とき》かまわずに賃仕事をし、子供たちの面倒もよくみるというふうだった。もちろん、亭主に反抗するようなことは決してなかったが、それにもかかわらず、富三郎は絶えずおくにに当りちらし、酔っているときなどは殴る蹴《け》るという乱暴をした。――そして日が経つうちに、その乱暴は単なる八つ当りではなく、なにか仔細《しさい》があるらしいことが、推察されるようになった。というのは、富三郎が酔って喚《わめ》きたてるときに、「おやじのところへいって来い」と繰り返し云うのである。

――おやじはしこたま溜めこんでるんだ、てめえは一人娘じゃねえか。

――てめえのおやじは血も涙もねえ畜生だ、一人娘や孫が食うにも困っているのに、知らん顔で自分だけ好きなことをしていやあがる、あいつは人間じゃあねえ。

おくには返辞をしない。殴られても蹴られても黙っていて、泣く声さえもらさず、亭主の怒りのおさまるまでじっと辛抱している、というぐあいであった。その「おやじ」

というのがなに者であるか、どういう事情があるのか、長屋の人たちはもちろん、差配の松蔵にもわからなかった。松蔵はいちどおくにを呼んで訊いてみた。それは一昨年の十月九日のことだった、と松蔵は云ったそうであるが、おくにには口を濁して、はっきりしたことは語らなかった。

——父はいるが、わけがあって義絶同様になっている、どうしてもこっちから会いにゆくことはできない。

そう云うだけであった。

富三郎には悪いなかまができ、ぐれ始めて、仕事などまったくしなくなったし、三日、五日と家をあけるようなことが続いた。このあいだに又次が生れたので、生活はますます苦しくなった。するとと七日まえ、夜の十時ころのことだったが、おくにが差配の家へ訪ねて来た。松蔵は寝ていたが、ぜひ話したいことがあるというので、おくにを入れ、話を聞いた。

——このあいだの御触書《おふれがき》にあったことは本当だろうか。

とおくにがまず訊いた。

それは盗賊を訴人《そにん》した者に、「銀二十五枚を与える」という触書のことであった。芝愛宕下《あたごした》の南宗院という寺へ三人組の賊がはいり、寺宝を幾つかぬすみ出した。その中に金銅の釈迦像《しゃかぞう》があり、千年もまえのなにがしとかいう高名な仏師の作で、日本じゅうに幾躰《いくたい》しかない貴重なものだという。賊が無知で、もし鋳《い》つぶしでもされては取り返しがつかない。それで、その仏像の所在を知らせるか、当の賊を訴えて出た者には褒美《ほうび》を与える、ということだったのである。

――なにか思い当ることでもあるのか。

松蔵はそう問い返した。

おくには頷《うなず》いた。半月ばかりまえに、外から帰って来た富三郎が、天床裏《てんじよう》へなにか隠すのを見た。悪いなかまとつきあっているし、ようすがおかしいので、そのときはまったく気づかないふりをしてい、亭主の留守にそっと取り出してみた。それは風呂敷《ふろしき》と渋紙で包んであり、中に一躰の仏像がはいっていた。高さ一尺二寸ばかりのかなぶつで、どうやら南宗院の釈迦像だと思われる。そこでおくには相談に来たと云った。

――もし銀二十五枚が貰《もら》えるなら、窮迫した家計も凌ぎがつくし、富三郎のためにもいいと思う、このままでいったら悪事が重なって、やがては島流しか、獄門に曝《さら》されるようになるかもしれない、むしろいま捕まって牢屋《ろうや》の苦しみを知れば、改心してまじめな人間になるだろうと思う。

だから鬼になったつもりで、訴人しようと考えたのだがどうだろうか、という話であった。

松蔵はむろんそれがよかろうと答え、すぐにおくにといってその仏像を見、まさにそれと思われるので、持ち帰って自分が預かった。それから町役とも話したうえ、その仏像を持っておくにに駈込《かけこ》み訴えをさせた。町役や家主などの同伴でなく、自分の意志で訴え出た、ということにしたのである。松蔵は町役と打合せをし、町奉行から呼び出されたらこれこれと、おくにの利分になるように申立てるつもりであった。

呼び出しはすぐにあった。松蔵は町役といっしょに出頭し、自分たちはなにも知らぬこと、おくには貧しい中でよく働き、四人の子供を怠りなく養育していること、亭主の富三郎がやくざ者で、一家の生計はおくに一人で立てていること、などを申立てた。

「するとお奉行所では」と金兵衛が続けた、「今月は北のお係りで、島田越後守《えちごのかみ》さまと仰しゃるそうですが、不届きである、というのだそうです」

登は不審そうに金兵衛を見た。

「ええ」と金兵衛は登に向かって頷いた、「不届きであるって」と彼は力をこめて云った、「——よしんば盗みをはたらいたにもせよ、恩賞をめあてに、妻が良人《おっと》を訴えるという法はない、人倫にそむく不届きな女である、吟味ちゅう入牢を申付ける、ということなんだそうです」

意外な結果なので、松蔵たちは言葉もなかったが、白洲《しらす》をさがるときに、与力の一人がおくにのことづけを伝えた。

——小石川の伝通院裏になぎ町という処《ところ》がある、そこに柏屋金兵衛という旅籠があって、六助という老人が泊っている筈《はず》だから、子供たちを伴れていって事情を話してもらいたい、血を分けた孫だから必ず引取ってくれると思う。

　そういう伝言であった。

五

「それでその、松蔵という差配は帰っちまいました、ええ」と金兵衛は云った、「私は六助さんのことを話し、いま養生所にはいっているような始末だからと云ったんですが、自分のほうではもうするだけのことをしたし、本人のおくにが望むのだから、子供たちのことはその人に任せる、というわけです、私にどうしようがありますか、おまけにこの子はひどい熱をだしている、しようがあるもんですか、かかあが文句を云うのを叱《しか》りつけてこの子を寝かし、とにかく新出先生に診ていただいたうえ、お知恵を借りようと思ってでかけたというわけなんです」

　金兵衛の子供の一人が、晩飯の支度をどうするかと、「かあちゃんが訊いている」と伝えに来た。金兵衛は溜息をつき、草臥《くたび》れはてたように立ちあがった。

「どうしてこう厄介な事ばかり背負いこむのかわかりません」と金兵衛はなげいた、「いつか易者が十日ばかり泊りまして、その易者が云うのには、この家は釘《くぎ》がぜんぶ逆に打ってある、つまりさかさ釘というやつで、それが悪運を呼ぶのだというんです、釘が逆に打ってあるというのはどういうことかというと、それは頭のほうを打ち込んだというような俗なことではなくって、易学のほうの眼力《がんりき》がないと見ぬけないものだそうで、それはそうかもしれませんが、だからといってあなた、この古家の釘をぜんぶ抜いて打ち直すなんていうことができるわけのものじゃありませんからな」そして金兵衛は立ちあがりながら付け加えた、「――その易者は十日間の旅籠賃をふみ倒していっちまいました、自分でさかさ釘の証拠をみせたつもりですかな、ひどいもんです」

半刻あまり経って去定が来た。

彼がともを診察し始めるとすぐに、登は金兵衛から聞いた話を伝えた。去定は黙って診察を終り、金兵衛の持って来た茶を啜《すす》りながら、薬籠を取りよせて二種類の（すでに調合してある）薬を十帖そこへ出し、手当のしかたと投薬の回数を教えた。

「すると、なんですかな、その」金兵衛は当惑したように云った、「私どもでこの子供たちの面倒をみる、というわけですかな」

「どうなるかわからぬ」と去定が云った、「町奉行へいって話してみるが、小田原町の長屋で引取ればよし、さもなければ住居のきまるまで、ここで面倒をみることになるかもしれぬ、不承知か」

「その」金兵衛は音をさせて唾をのんだ、「いまもこちらの先生に話したところなんですが、私どもはしょうばいもずっと左前、一家の暮しもかつかつのところへ、絶えずこういう厄介を背負いこむので」

「六助は金を残していった」と去定が遮って云った、「死んだらこれであと始末を頼むと云って、五両と二分おれに預けた、ここの旅籠賃は払ってあると聞いたが、そうではなかったのか」

「それはその、なんです、へえ」と云って金兵衛は急に顔をあげた、「その、六助さんが金を残していった、と仰しゃるんですか」

「そうでなくともおまえに損はさせない」と去定は云った、「しかし不承知なら子供はほかへ預ける」

金兵衛は面倒をみると答えた。

「亭主のほうはどうした」と去定が訊いた、「その富三郎とかいう男だ、まだ捉《つか》まらずにいるのか」

「さあて、どういうことでしたかな、お縄になったと聞いたように思いますが、まだお縄にはならないということだったかもしれません、つまりこっちはそれどころではなかったわけでして」

去定は子供たちのほうを見、一人ずつ名と年を訊いた。哀れさといじらしさとで、かれらをまともに見られないらしい。子供たちはまた容貌《ようぼう》いかめしい髯《ひげ》だらけの去定に怖《おそ》れたようで、幼ない三人は固く身を寄せあったまま、満足には返辞もできなかった。「大丈夫だ、心配するな」と去定は怒っているような声で云った、「おっ母《か》さんはすぐに帰って来る、姉さんの病気もすぐに治る、え、おまえたち、大きくなったらなんになる」

気分をほぐすために云ったらしいが、唐突でもあるしまのぬけた質問である。子供たちは口をつぐんだまま去定を眺めており、去定はその問いのまぬけさかげんに自分ではらを立てたのだろう、心配するなおっ母さんはすぐに帰るぞと云って、顔を赤くしながら立ちあがった。

竹造を養生所へ帰らせた去定は、登を伴れて伝通院の前まで歩き、そこで辻駕籠《つじかご》をひろって、小伝馬町《こでんまちょう》へゆけと命じた。いそげ、とどなったので、駕籠屋の一人がとびあがりそうになったのを、登は見た。

「なにを始めるんだ」と駕籠の中で登はつぶやいた、「いったいどうするつもりなんだ」

小伝馬町の牢屋へ着くと、去定は奉行に面会を求めた。ここでもよく知られているようすで、取次の者も極めて鄭重《ていちょう》だったし、奉行の島田氏は登城しているからといって、代りに出迎えた岡野という同心の態度も慇懃《いんぎん》であった。去定は接待へとおるとすぐに、小田原町の五郎兵衛店からおくにという女が入牢している筈であるが、と訊いた。岡野は頷いて、入牢していると答えた。

「その女の診察をしたい」と去定は云った、「むろん島田越後どのには話してある、珍らしい病気をもっているので治療ちゅうだったが、与えた薬の効果をしらべたいのだ」

岡野は去定の顔をみつめた、「よほど暇どりますか」

「半刻はかかるまいと思う」

「一存でははからいかねますが、新出先生のことですから」岡野はちょっと考えてから云った、「よろしゅうございます、では薬部屋へおいで下さい」

そして彼は自分で案内に立った。

廊下を曲っていくと、中庭に面して幾つかの部屋が並んでい、岡野はその端にある一と間へ二人をみちびいた。それは六帖ほどの広さで、片方は造り付けの戸納《とだな》、片方は壁で、壁際《かべぎわ》に渋紙で包んだ物が積んであり、その包みから発するらしい一種の、ひなた臭い匂いが、部屋いっぱいにこもっていた。

「係りが島田越後だったのは幸いだ」と去定は口の中で独り言を云った、「これがもし津々井だったら、——あの石頭は梃子《てこ》でも動くまいからな、島田なら、……なにか云ったか」

「いや」と登は頭を振った。

去定はいま夢からさめたような眼つきで、しげしげと登の顔を見まもり、なにか云いそうにしたが、憤然とした表情で口をつぐんだ、——まもなく岡野がおくにを伴れて来、終ったら知らせてくれと云って、おくにを置いて去っていった。

「こっちへ寄れ」と去定はおくにに云った、「おれは新出去定という医者で、おまえの父だという六助の治療をしていた者だ、おまえをここから出してやろうと思ってきたのだ、こっちへ寄って事情を話してくれ」

六

おくにには三十二だといったが、どうしても四十以下にはみえなかった。ひと束ねにして藁蕊《わらしべ》で結んでいる髪の毛は、半ば灰色で少しも艶《つや》がなく、痩せて骨ばった顔は蒼黒《あおぐろ》く、皮膚はかさかさに乾いているうえに皺だらけであった。――古切《ふるぎれ》を継ぎ合わせて作った袷《あわせ》に、やはり継ぎはぎだらけの半幅帯をしめているが、それはどんな乞食《こじき》よりもあさましくみじめにみえた。

去定のいきごみにもかかわらず、おくにはただぼうとした顔で、返辞もせずに坐っていた。底の抜けた徳利のようだな、と登は思った。軀の形はあるが中身はなにもない、ぬけがら、といったふうに感じられた。

「おまえ代れ、保本」と去定はやがて根《こん》を切らして云った、「おれはちょっと岡野に会って来る」

そして彼は出ていった。

登は死んだ六助のことを考えた。それから柏屋にいる子供たち。祖父と孫。祖父は施療所で一人で死に、子供たちは見知らぬ木賃旅籠《きちんはたご》でふるえている。登はそのことを思い、子供たちの話から始めた。すると、おくには急に身ぶるいをし、眼を大きくみひらいた。

「あの子たちは無事ですか」とおくには吃りながら訊いた、「お祖父《じい》さんに引取ってもらえたでしょうか」

登は六助の死と子供たちのことを告げた。六助は金を残して死んだし、去定は必ずおくにを助けるであろう。また将来のことも面倒をみる筈だから、詳しい事情を話すがいいと云《い》った。

「お父《と》っさんは、亡くなりましたか」おくにはぼんやりとつぶやいた。口から言葉がこぼれ落ちたという感じで、そのまま沈黙し、かなりながいこと茫然《ぼうぜん》と宙を見まもっていたが、やがて低い声で問いかけた、「苦しんだでしょうか」

登は首を振った、「いや、安楽な死にかただった」

おくには焦点のきまらない眼で、ぼんやりと登を眺めていたが、やがて力のない、気のぬけたような調子で語りだした。登に話すというよりも、自分だけで独り言を云っているような口ぶりだったし、そこに登がいることも、意識から遠のいてゆくらしい。ちょうど去定が戻って来たので、登が眼くばせをし、去定は黙って坐ったが、おくにはそれさえ気がつかないようすだった。

おくには六助の一人娘だったが、三つの年から十歳になるまで、多摩川在の農家へ里子にやられた。十のとき父親に引取られ、二年ばかりいっしょに暮したが、そこへ生みの母があらわれて、おくにを伴れ出してしまった。――あとになってからわかったのであるが、母は六助の若い弟子（それが富三郎であった）と通じて出奔し、そのためおくには里子にやられた。しかし、母親はやがておくにが欲しくなり、十二歳になったおくにをひそかに呼びだして、そのまま伴れて逃げたのであった。

「あたしは母親の味を知らなかったし、ちょうど母親の欲しい年ごろでした」とおくには云った、「あたしがおまえの生みの母だと云われ、いっしょに来ておくれと云われたときには、――ええ、あたしには否《いや》も応《おう》もありませんでした、うれしくって、夢でもみているような気持でいっしょについてゆきました」

母は富三郎を親類の者だといった。

おくにはむろんそれを信じた。かれらは京橋の炭屋河岸《かし》に住んでいたが、六助の店が日本橋槇町《まきちょう》にあったので、芝の神谷町《かみやちょう》裏へ移り、そこで小さな荒物屋をはじめた。しかし店をやるのは富三郎で、母親はかよいの茶屋奉公に出ていた。――これもあとで知ったことだが、母と出奔したとき、富三郎は十七だったそうで、母は七つも年上だったから、それ以来ずっと男をやしなって来たものらしく、そのため富三郎は怠け癖が身についてしまったのだろう、おくにがいっしょになってからは、店番をおくにに任せて、一日じゅう遊び歩いたり、昼から酒を飲んでごろ寝をする、というふうであった。

母と富三郎の関係を、おくにはまったく知らなかった。単純に親類の者だと思い、それにしてもなぜ働かないのか、どうしてぶらぶら遊んでいるのか、なぜ母はそれを黙って見ているのか。そんなことが腑《ふ》におちないだけであった。一年ちかく経って、おくにが独りで店番をしていると、ふいに父親がはいって来た。おくにはそれが父親だと知って、逃げようと思ったが、怖ろしさのあまり身動きができなかった。

「お父っさんはあたしに、うちへ帰ろうと云いました、いまでも覚えています、お父っさんは蒼《あお》い顔をして、むりやりにやさしく笑いかけながら、いっしょに帰ってくれ、おくに、おまえはおれの大事な、たった一人の娘だって、——」おくにの声は細くなり、ひどくふるえを帯びた、「おれの大事な、たった一人の娘だって」

彼女の眼から涙がこぼれ落ちた。だが、おくにはそれを拭こうともせず、こぼれ落ちるままにして語り続けた。

父親のようすを見て、おくにの恐怖は去った。彼女はもう十三になっていたのだ。三つの年から里子にやられて、いっしょに暮したのは二年ほどである。親子という愛情も、まだはっきりとは感じていなかった。

——いやです、あたしおっ母さんといっしょにいます。

おくにははっきりそう云った。

六助は暫《しばら》くおくにを見まもっていたが、ではなにか困ったことがあったらおいで、おまえのためならどんなことでもしてやるから、そう云ってたち去った。おくにはそのことを母にも富三郎にも黙っていた。父はもう二度と来ないだろうと思ったから、――事実、それから十年も、六助は姿をみせなかった。そしておくには十六の夏、母にしいられて富三郎と夫婦になった。自分ではいやでたまらなかったが、母に泣いてくどかれた。――そうしなければおっ母さんといっしょにいられなくなるんだから。おっ母さんのためだと思って承知しておくれ、そう繰り返して説き伏せられた。おくには気持がよほどおくてだったのだろう、夫婦とはどういうものか、よく知らないままで富三郎の妻になった。

そうして、うちの中が荒れだした。

もちろん珍らしい話ではない。母親はおくにと夫婦にすることで、富三郎を繋《つな》ぎ留めようとしたのだ。もう四十ちかい年になって、このの ち彼のほかに頼る男ができようとも思えない。彼女にとってはそれが唯一《ゆいいつ》の手段だったのである。けれども、女として成熟のさかりにあった彼女は、男を繋ぎ留めたと同時に、激しい嫉妬《しっと》に悩まなければならなくなった。

おくにはそのことを語った。

七

富三郎と夫婦になってから、まる二年経った冬の或《あ》る夜、——おくには彼と母親との仲を初めて知った。

神谷町のその家は、店の奥に六帖が一と間あるだけで、夫婦と母親とは枕屏風《まくらびょうぶ》を隔てて寝ていた。そのころになっても、おくには寝屋ごとがまだわからず、ただ厭《いと》わしいのをがまんしているだけであった。その夜も同じことのあとで、だが、いつものようにすぐには眠れず、芯に火の燃えているような軀と、苛《いら》だたしく冴《さ》えた気持をもてあましていると、やがて、富三郎を呼ぶ母の声がした。——彼はよく眠っており、母は二度、三度と呼んだ。おくには身をちぢめ、息をころしていた。すると母が忍んで来て、彼をゆり起こし、彼はねぼけた声をあげたが、舌打ちをして起きあがった。

おくにはやはり息をころしたまま、夜具の中で身をちぢめていた。そしてまもなく、おくには気がついたのだ。母の喉《のど》からもれるその声は、初めて聞いたのではない、これまで幾十たびとなく、夢うつつのなかで聞いた覚えがある。きりきりと歯がみをする音、喉でかすれる喘《あえ》ぎ、苦悶《くもん》するような呻《うめ》きなど、半ば眠りながら幾十たびとなく聞き、母は夢をみているのだ、うなされているのだ、などと思ったものであった。——しかしその夜、おくにはすべてのことを知った。母と彼の関係もわかったし、二年このかた、理由もなく母が怒ったり、自分に当りちらしたりするわけもわかった。富三郎には少しも愛情をもっていなかったので、嫉妬などはまったく感じなかったが、けがらわしさと厭《えん》悪《お》とで、とつぜん激しい吐きけにおそわれ、夜具から出る暇もなく嘔吐《おうと》した。

そこまで話すと、おくには「う」といって、両手で固く口を押えた。おそらくそのときの記憶がよみがえって、また吐きけを催したものであろう、しっかりと口を押えたまま、かなり長いことじっとしていた。

「その話はもういい」と去定が云った、「母親はどうしたのだ」

おくには口から手をはなして、ぼんやりと去定を見た。

「死にました」おくにはけだるそうに答えた、「そのことがあってからすぐに、うちを出て、住込みの茶屋奉公にはいったんです」

おくには二十三歳でともを産んだ。その半年まえに母は死んだのであるが、死に目には会わなかった。危篤《きとく》だと知らせた富三郎は、母がおくにには会いたくない、来ても会わないと云っている、と告げた。おくにはそうかと思った。——うちを出ていってから五年ちかいあいだ、母はいちども帰って来ず、どこにいるかもわからなかった。だが富三郎との仲は続いていたらしい、彼はしばしばよそで泊るようになり、三日もうちをあけることとさえあった。荒物の小あきないでは暮しもたたないので、おくには十七八のころから賃仕事をするようになったし、母の稼ぎと合わせてかつかつにやって来た。——したがって、母が去ったあとは家計が詰まる一方であるのに、富三郎はかくべつ不平も云わないし、ときには幾らかの銭をよこすこともあった。

——取っておきな、ゆうべ友達といたずらをして、少しばかり勝ったんだ。

彼はそんなふうに云うが、おくには彼が母と逢ったこと、それは母の稼いだものだということを察していた。母にはそれほど彼が大事だったのだ。だから死ぬときも彼だけにみとってもらいたいのであろう、おくにに会えば、みれんと嫉妬とで、死にきれない思いをする。それが自分でわかっているのだ、とおくには思った。

「あたしは葬式にもいきませんでした、いまでも、お墓がどこにあるのかさえ知りません」とおくには云った、「供養《くよう》してもおっ母さんはよろこばないでしょうから、仏壇も拵《こしら》えませんでした、たましいがあるとすれば、おっ母さんはいまでもあたしを憎んでいると思います」

登はうしろ首が寒くなるように感じた、死んでから十年も経つ母が、いまでも自分を憎んでいると思うという、登には理解しがたい情痴の罪の根深さ、妄執《もうしゅう》のすさまじさといったものが、おくにの表現がむぞうさであるだけよけいに、まざまざとあらわれているように思えた。おくにはなお話し続けていたが、やがて去定はそれを遮った。

「そこからあとのことは知っている」と去定は云った、「六助はおまえに便りをしていたのだな」

「ええ、おっ母さんが死んでからまもなく、神谷町のうちへ来ました」とおくにが答えた。

「そのとき初めて、あの人がお父っさんの弟子で、おっ母さんと悪いことをして逃げた、ということを聞いたんです、お父っさんはおれといっしょに来い、と云ってくれました、あんな男といると必ず泣くようになる、いまのうちにここを出て、おれといっしょに暮そうって、――あたしは、わざと邪慳《じゃけん》に、断わりました、いやです、あたしのことは放っといて下さいって」

おくには身ごもっていたが、富三郎に愛情をもってはいなかった。彼女はただ、父の世話にはなれない、世話になっては済まない、それでは神ほとけも赦《ゆる》すまいと思った。

「あたしはそう思いました、おっ母さんがあの人と逃げたとき、そして、あたしがおっ母さんに伴れだされ、呼び戻しに来られて断わったとき、――お父っさんはどんな気持だったろうかって、どんなに悲しい、辛《つら》いおもいをしたろうかって、思いました」

おくには富三郎に云って、金杉のほうへ引越した。そこでともを産み、助三を産んだ。するとまた父が捜し当てて来、幾らかの銀を置いて去った。そのとき父は、槇町の店をたたんだこと、もしなにかあったら、伝通院裏の柏屋という旅籠へ知らせろ、ということを告げたのだという。

——おれはもう仕事をする張りもない、なにもかもつまらない、おれの一生はつまらないもんだった。

六助はそう云い残して行った。

登は柏屋で聞いた話を思いだした。二十年ほどまえからときどきあらわれ、なにをするともなく泊ってゆき、またときをおいて泊りに来たという。それは六助が神谷町の家で、おくにからすげなく拒絶されたころと符合する。——彼には世間からも、自分からさえも隠れたくなることがあったのだろう。あの場末のさびれた町の、古くて暗い木賃旅籠は、そういうときの彼にとっても恰好《かっこう》だったのだ。登にはそれが眼にうかぶように思えた。蒔絵師《まきえし》として江戸じゅうに知られた名も忘れ、作った品を御三家に買いあげられるほどの腕も捨て、見知らぬ一人の老人として安宿に泊り、うらぶれた客たちの中で、かれらの話を聞きながら黙って酒を飲む。——そうだ、と登は心の中でつぶやいた。そういうところでしか慰められないほど、六助の悲嘆や苦しみは深かったのだ。もっとも苦しいといわれる病気にかかりながら、臨終まで、苦痛の呻きすらもらさなかったのも、それまでにもっと深く、もっと根づよい苦痛を経験したためかもしれない。登はそう思い、眼をつむりながら溜息《ためいき》をついた。

「いいえ」とおくにが云っていた、「あたしはそうは思いませんん」

八

声が高かったので、登は驚いてわれに返った。

「訴人したことが悪いとか、あの人が哀れだなんて、あたしこれっぽっちも思ってやしません」とおくには強い調子で続けた、「あの人は人でなしです、自分は稼ぎらしい稼ぎもせず、あたしや子供たちが食うに困っていても、平気で遊びまわったり悪い事をしたり、そうして、お父っさんのところへ金を貰いにゆけなんて、畜生だって口には出せないようなことを云いつづけました、――それだけは云ってはいけないんです、お父っさんをあんなひどいめにあわせた当人なんですから、それだけは口にしてはならないことだったんです」

「しかしおまえは云った筈だ、いや、捉まって牢屋の苦しみを味わえば、改心するかもしれないからと、差配に云ったそうではないか」

「云いません」おくには首を振った、「差配さんにそう云えと教えられたんです、けれどあたしはそんなこと思いもしないし、お白洲でも云いはしませんでした、――正直なことを云っていいでしょうか」

「云ってごらん」と去定は頷いた。

「もしできるなら」とおくには唇をきつく嚙《か》んでから云った、「もしもあたしにできるなら、自分の手であの人を殺してやりたいくらいです、子供のことさえなければとっくに殺していたでしょう、今日やろう、今夜やろうと、何十たび思ったかしれやしません、これがあたしの、——本当の、正直な気持です」

そしておくには初めて眼をぬぐった。さっきの涙はもう乾いていたが、手でぬぐうと、その涙の跡がひろがって、隈取《くまど》りのようになった。

「よくわかった」とやがて去定が云った、「よくわかったが、それは胸にしまっておけ、いいか、明日は間違いなくここから出してやれると思うが、いまのようなことを役人に云うとぶち毀《こわ》しになる、黙って頭をさげていろ、なにか云われたら、ただ恐れいりましたとだけ云うんだ、子供たちのことを考えればできる筈だ。わかったか」

おくには口の中ではいと答え、頭が膝《ひざ》へ届くほど低く、ゆっくりとおじぎをした。

牢屋《ろうや》から外へ出ると、去定は黙って北のほうへ歩きだした。柏屋では「晩飯の支度をどうするか」などというのを聞いたし、朝からいろいろな事を経験したので、もう日が昏《く》れるころかと思ったが、戸外はまだ傾いた陽が明るくさしていたし、町筋も往来する人や駕籠で賑《にぎ》わっていた。——去定は疲れはてたように背中を跼《かが》め、ひきずるような足どりで歩きながら、頭を振ったり、ぶつぶつ独り言を云ったりした。人間とはばかなものだ。人間は愚かなものだ。人間はいいものだが愚かでばかだ、などというのが聞えた。

そして、石町《こくちょう》二丁目まで来ると、足をゆるめて登に問いかけた。

「あの女の云ったことをどう思う」

登は返答に困った、「——良人《おっと》を殺すと云ったことですか」

「いや、云ったことの全部だ」去定はまた頭を振った、「間違いだ」と去定は云った、「富三郎だけを責めるのは間違いだ、岡野に訊《き》いたら、彼はもうお縄になったそうだが、おそらく気の弱い、ぐうたらな人間、というだけだろう、しかも、そうなった原因の一つは六助の妻にある、十七という年で誘惑され、出奔してからは女に食わせてもらう習慣がついた、いちどのらくらして食う習慣がついてしまうと、そこからぬけだすことはひじょうに困難だし、やがては道を踏み外すことになるだろう、そういう例は幾らもあるし、彼はその哀れな一例にすぎない」

登はなにか云いかけて、急に口をつぐみ、顔を赤らめた。母親と通じながら、平気でその娘を妻にしたという、その男のけがらわしさを指摘したかったのだが、口を切るまえに自分のあやまちを思いだしたのだ。狂女おゆみとの、屈辱にまみれたあやまちを。——去定はそれには気づかなかったろう、また少しずつ足を早めながら、同じ調子で続けていた。

「人生は教訓に満ちている、しかし万人にあてはまる教訓は一つもない、殺すな、盗むなという原則でさえ絶対ではないのだ」それから声を低くして云った、「おれはこのことを島田越後に云ってやる、そうしたくはない、それは卑劣な行為に条件はないが、そうしなければならないときにはやむを得ない、いまは教訓にそっぽを向いてもらうときだ」石町の堀端へ出たとき、去定は登に向かって先に養生所へ帰れと云った。「おれはこれから町奉行に会って来る、夕餉《ゆうげ》を馳走《ちそう》になる筈だから、帰りは少しおくれると云ってくれ」

登は承知して去定と別れた。

その翌日、おくには牢から出された。褒賞の銀は貰わなかった。むろん去定がそうさせたのだろうが、元の町内にも構いなしということで、そのまま柏屋にいる子供たちといっしょになった。

次の日、登は去定に命じられて、柏屋へともを診にいったのであるが、そのとき去定は銀を五両包んで登に渡した。

「これをおくにに遣《や》れ、まだあとに十両あるが、必要なときまで預かって置く、近いうち相談にゆくと云ってくれ」

「しかしそんなに」と登が訊いた、「そんなに六助は金を遺《のこ》していったんですか」

「五両と少しは遺したものだ、あとの十両は違う」と去定はきげんのいい眼つきで登を見た、「これは島田越後からめしあげたものだ」

登はけげんそうな眼をした。

「越後守《えちごのかみ》は婿《むこ》で、家付きの悋気《りんき》ぶかい奥方がいる」と去定は続けた、「もう何年もまえから気鬱《きうつ》のやまいで、月に一度はおれが診察に呼ばれるし、おれの調合した持薬を絶やしたことがない、それでおれは、係りが島田でよかったと云ったのだ」

登はまだけげんそうな顔で、黙って去定を見ていた。

「黙っていると卑劣が二重になるようだから云うが、越後守は下屋敷に側室を隠している」と去定は眩《まぶ》しそうな眼をして云った、「妾《めかけ》を持つくらいのことにふしぎはないが、奥方の悋気は尋常なものではない、おれは、つまりそこだ、おれは、仄《ほのめか》したのだ、――いいから云え、保本、おれのやりかたが卑劣だということは自分でよく知っているのだ」

だが去定の顔はやはりいいきげんそうで、自責の色などは少しもなかった。

「おくにが放免されたのは当然であるし、十両は奥方の治療代だ、しかも、おれが卑劣だったことに変りはない」と去定は云った、「これからもしおれがえらそうな顔をしたら、遠慮なしにこのことを云ってくれ、――これだけだ、柏屋へいってやるがいい」

よわい桃

和田はつ子

和田はつ子（わだ・はつこ）

東京都生まれ。一九八六年に発表した『よい子できる子に明日はない』が橋田壽賀子氏のテレビドラマ『お入学』の原作となり、注目を集める。現代小説作品では『ママに捧げる殺人』『心理分析官』など。時代小説作品としては「口中医桂助事件帖」「ゆめ姫事件帖」「料理人季蔵捕物控」各シリーズなど。

一

さわやかな秋風が通い、天まで抜けるような青く高い空が見渡せる、気持ちのいい日々が続いている。お房《ふさ》の婚礼が迫っていた。

〈いしゃ・は・くち〉に伊兵衛《いへえ》が訪れていた。

伊兵衛は婚礼に出る桂助《けいすけ》のために、町人用の裃《かみしも》を届けに来たのである。

「婚礼には、長いおつきあいの道順《どうじゅん》先生と、若旦那様のお仕事を手伝っておられるお嬢様の志保《しほ》様をお招きしてあります。ついては――」

伊兵衛はそこで一度言葉を切って、

「どうでございましょう。同じ仕事仲間の鋼次《こうじ》さんにも出ていただいては」

「そうはいっても――」

桂助が口ごもったのは、婚礼などという堅苦しい席をあの鋼次が好むとはとうてい思えなかったからだ。

「鋼次さんをお招きすることは、旦那様のご意向です。〝南天うさぎ〟のすり替えでは藤屋《ふじや》と旦那様の命運がかかっていて、鋼次さんは若旦那様を助けて、まるでわがことのように奔走してくださいました。それで旦那様は、鋼次さんも藤屋の大恩人だとおっしゃるのです」

と伊兵衛はいったが、あの時の鋼次の惜しみない働きぶりを長右衛門《ちょうえもん》に伝えたのは、伊兵衛にちがいなかった。当初、伊兵衛は鋼次を呉服の知識が露ほどもない愚か者とみなしていたのだが、無知を恥じた鋼次が学び、その成果で〝南天うさぎ〟を探し出してからは、すっかりひいきにしている。なかなか、骨のある若者だといい歩いていた。

「まあ、鋼さんには聞いてみるよ。だが、あまり期待しないでくれ」

桂助はいい、伊兵衛は婚礼間近で忙しく急いでいるからと、茶だけ飲んで好物のクウクには手をつけずすぐに立ち上がった。

この件を後日房楊枝《ふさようじ》を届けに来た鋼次に伝えると、不機嫌にはならなかったが上機嫌というわけでもなく、

「恩人といわれてもなあ。俺一人が走りまわったわけじゃなし――。わかった、ちょいと考えさせてくれ」

と首をかしげて答え、次に会った時には、

「せっかくだから出させてもらうよ。差配《さはい》さんが紋付《もんつき》を貸してくれることになった」

照れてはいたが、うれしそうな顔だった。

「志保さんに相談したら、〝南天うさぎ〟の時は俺たち三人で探し出して藤屋を救ったわけだから、おめでたい席に三人が揃《そろ》うのはいいことじゃないかって――。なるほどそうかと俺も思った」

こうした成り行きで、三人はお房の婚礼に出ることになった。

かねてから桂助は、お房への祝いの品はこれをおいてはほかにないと考えていて、これだけは決して向こうで揃えたりしないでほしいと、伊兵衛を通じて伝えてあった。

当時は既婚の女性は身分にかかわらず、お歯黒といって、鉄から作る酸化物のかねで必ず歯を黒く染めなければならなかった。

このお歯黒は、女性のみだしなみとして毎日行う化粧道具でもあり、桂助が揃えないで欲しいといったのは、お歯黒壺《はぐろつぼ》、かねわかし、かね水入れなどの、お歯黒の道具一式であった。

「それなら俺からの祝いは、お歯黒箱に一緒に入れる羽楊枝を作らせてもらうぜ」

鋼次がいった楊枝とは、お歯黒専用の楊枝である。汚れを取り除く目的の房楊枝とは違って柄《え》が短く、手のひらに載るほどの可愛らしさであった。

志保は、

「わたくしは、房州砂《ぼうしゅうずな》に麝香《じゃこう》と樟脳《しょうのう》などが混ぜられた麝香歯磨を店に頼みました。これは、香りがいいので評判のものですよ」

といった。

当時広く売られていた香りのない房州砂だけの歯磨粉は、比較的安価だったが、香りがついたものは贅沢品《ぜいたくひん》であった。

さらに志保は、

「お歯黒をしているとむしばになりにくいと、桂助さん、いつもいってますものね」

当時、お歯黒が虫歯予防になるとされていたのは、既婚女性が男性に比べて、虫歯が少なかったからであった。今日ではかねといわれるお歯黒に含まれるタンニンが歯の表面のエナメル質を強化し、虫歯を防いだことが、科学的にも解明されている。

「お房もいずれ母親になるでしょうから」

桂助はしみじみといった。

カルシウムを多量に失う出産で、虫歯ができたり増えたりすることが女性には多いのである。そうはなってほしくないという思いが桂助の婚礼祝いにはこめられていたのだった。

いよいよ、婚礼の日となった。

その日が迫るにつれて、藤屋ではてんやわんやの大忙しになっていた。伊兵衛など不眠不休に近い状態で、ほんとうに日々目がまわるようであった。

伊兵衛の口癖は、

「何といっても、岩田屋《いわたや》と藤屋の縁組みですからね。江戸で一、二を争う大店《おおだな》同士の縁組みです。塵《ちり》ほどでも、世間に恥ずかしい振る舞い、見苦しいことがあってはいけません」

というものであった。

その伊兵衛は、祝宴に出す本膳料理の贅沢な中身から、持ち帰り用の豪華なもてなし、加えて、手伝いの人たちや町内に住む人たちにまでくまなく配るご祝儀の品などを、一つの見落としもないようにとりしきった。

そして最後に祝宴のために表座敷の畳の張り替えを指示して、職人たちが引き上げると、やっとほっと一息ついたのだった。

一方、当日、

「まあ、お房ちゃん、きれい」

思わず志保がため息をついたほど、金屛風《きんびょうぶ》の前に座っている花嫁のお房は美しかった。ため息をついたのは志保一人ではなかった。祝宴に居合わせた人たちは皆、お房の美しさと、着ている花嫁衣装の美しさに、ざわめいた。それほど、藤屋長右衛門が娘のためにあつらえた衣装は豪華絢爛《けんらん》であった。

それは武家などの白無垢《しろむく》ではなくて、淡いうぐいす色の地に、松竹梅はいうに及ばず、麻の葉、亀、鶴、鷹《たか》などの吉兆のものが多数、びっしりと金糸で刺繍《ししゅう》されていて、花嫁はまるで金の衣を纏《まと》っているように見えた。これ以上はないと思われるほど、贅の限りが尽くされていたのである。

桂助は、妹婿で将来は藤屋の主《あるじ》になる勘三《かんぞう》をはじめて見た。勘三は町人用の裃をつけて、お房の隣りに座っている。細面《ほそおもて》の白い顔で、目鼻立ちが木目込み人形のように小さく整っている。噂のとおり、当世風の美男であった。けれども、どういう人柄なのか、ほんとうにお房を大事に守ってくれるのかまでは、見当がつかなかった。緊張を強いられる席にいるせいもあるのだろうが、感情らしきものがいっさい感じられない。

——お面のような奴だな。

鋼次はふと思った。また、

——第一、あのぬらりとした細い鼻が、末吉《すえきち》に似ていて、気にいらねえ。

末吉というのは、鋼次の遊んでばかりいる、軽薄な弟である。そう思った後で、

——いけねえ、桂さんの義理の弟になる奴じゃねえか。

もうこれ以上、勘三の顔は見るまいと決めた。

一方、志保は両替商岩田屋の主勘助《かんすけ》が息子勘三のように痩軀《そうく》ではなく、ずんぐりした短軀で、太い眉《まゆ》とわし鼻、分厚い唇の持ち主であることに気がつくと、

「岩田屋さんと勘三さん、親子なのに、少しも似ておられないのですね」

近くにいた父の道順にささやき、

「めったなことをいうものではない」

とたしなめられていた。

二

あんなに立派な婚礼はなかったと近隣に聞こえ、後々語り草になったお房と勘三の祝言から、一月《ひとつき》と少したった。

そんなある日のこと、伊兵衛が桂助を訪れた。浮かない顔をしている。

「どうした、また親知らずでも生えてきたのかな」

桂助は、伊兵衛の口の中を、その実直な人柄同様よく知っていた。

伊兵衛は虫歯一つない果報者なのだが、その代わりに親知らずが勝手な方向に生える質《たち》で、生える兆しが出てきた時は歯茎がじんじん痛む上に、熱まで出るのである。

「そうじゃ、ありませんよ」

歯が痛くない証《あかし》に、伊兵衛は栗のタルタに手を伸ばした。

冷え込むことが多くなり、すでに牛酪《ぎゅうらく》が届けられる季節になっていて、昨日作ったばかりのタルタが残っていたのである。今年のタルタは患者から貰った栗を茹《ゆ》で、餡《あん》にして、南瓜《かぼちゃ》や唐芋《からいも》（さつまいも）の代わりにしてみたが、さすがにこちらの方が美味であった。

味わった伊兵衛は、

「クウクも美味《おい》しいものですが、しっとりした餡とぱりっとした皮がえもいわれぬ美味しさの、これにはかないませんね」

などといって堪能《たんのう》し、しばし明るい表情を取り戻した。

「何か困ったことでも――」

師走も間近で、桂助はふと昨年の〝南天うさぎ〟のすり替えが起きたのも今頃だったことを思い出していた。伊兵衛も同じ思いを抱いたのか、

「ほんとうに去年の暮れはたいへんなものでしたよ。あれから比べれば、今はお房お嬢様のご婚礼も無事終わり、商いも順調で、藤屋は順風満帆でございます。ただ、あの――」

そこで伊兵衛は口ごもった。そして、

「奉公人の余計なおせっかいと、叱《しか》られてしまいそうで――」

なおもいいにくそうにするのを、

「いいから話してみなさい」

桂助は促した。

すると、

「実は、お房お嬢様のことなのです。このところあまりお召し上がりにならず、お元気がありません。よく眠れていないと道順先生は診立てられて、お薬を調合されたのですが、飲もうとされません」

「もしかして子どもができているなら、薬は飲まない方がいいのだよ」

「勘三さんもそうおっしゃっています。ただ道順先生によれば、今のところそのきざしはないということなのです」

「だったら道順先生のご指示に従った方がいい」

「ところが、勘三さんが承知なさいません。夫婦《めおと》なのだから子どもというものはいつできるかしれないのだから、用心に越したことはないとおっしゃるのです」

「まあ、それも一理あるな」

桂助は、勘三がお房と藤屋の跡取りについて、神経質なまでに気遣いしてくれているのを知って、安堵《あんど》した。けれども、

「そんなわけで、お嬢様は眠れない日々が続き、ついには、理由は笛と蛇だとおっしゃるようになりました」

伊兵衛は深刻な顔である。

「笛と蛇──」

突然そういわれても、桂助にはさっぱりわからない。

「夜中に嫌な音色の笛の音がして、蛇が枕元に現れるというのです。心配したおかみさんや店の者、勘三さんまでが交代で、一睡もしないで付き添っていたことがありましたが、そんなものは聞こえず現れずでした。おそらく、眠れない眠れないと当人がいっていても多少は眠っているもので、その間に悪い夢を見るのだろうと道順先生はおっしゃっていました。この笛と蛇は、最近夜中だけではなく、昼ひなか、お部屋で休んでおられる時にも聞こえて出てくるとお嬢様はおっしゃって、ますます弱られました。ここまでくると、白昼夢といって気の病いでもかなり重いので、気をつけるようにと、道順先生はことづけていらしたのです」

「ことづけていらした――道順先生は往診に来てくださっていないのか」

桂助は何よりもそれが気がかりであった。道順が名医でお診立てがいいことを、よく知っていたからである。

「勘三さんがお薬を突き返されたので、やはりご気分を害されたのだと思います」

「それは困ったね」

桂助は知らずと腕組みをしていた。

「おとっつぁんとおっかさんも、さぞかし案じているだろう」

両親にとって、お房は目に入れても痛くない愛娘《まなむすめ》である。長右衛門か母親のお絹《きぬ》に勘三を説得させて道順に詫《わ》びを入れ、前のように診てもらうのが一番いいのではないかと思われた。

そうしたらどうか、と桂助がいうと、

「それが、そうもいかなくて――」

もごもごと伊兵衛は口ごもり、

「なるほど、遠慮しているのか」

伊兵衛はうなずき、

「お婿さんとはいえ、勘三さんは岩田屋の息子さんですから。お嬢様も惚《ほ》れきってお いでですし。それと、勘三さんは食の細くなったお嬢様を気遣われて、白牛酪を取り寄せて勧められ、これの方がなまじの薬などよりよほど薬効があるとおっしゃったりして、夫婦仲は人が羨《うらや》むほどむつまじいのです」

「白牛酪を摂《と》っているなら、そうは弱らないはずだよ」

たしか、お房は白牛酪が嫌いだったはずである。それは伊兵衛も知っていて、

「はじめは、勘三さんのお勧めとあって、我慢なさっておいでででした。最近は、口もつけずに、こっそり、捨てているようです」

それはもったいない、捨てるなら、こちらにわけてほしい、と桂助はいいたくなった

が、今は、白牛酪にこだわっている時ではなかった。

「仕方ない。わたしがお房の様子を診ることにしよう」

桂助がそういうとすかさず伊兵衛は、

「お嬢様は今、口の中に白いできものができて、痛いのを我慢しておいでです」

痛ましそうな顔でいった。

「そうか、おそらくそれも気からきているのだろう」

桂助は、早々にお房を診ることになった。

翌日、桂助が藤屋を訪れると勘三は仕事で出かけていて、お房は部屋に籠《こ》もっていた。

「まあまあ、兄さん。たいして悪くもないのに、わざわざいらしていただいてすみません」

伏せっていたお房は、すぐに身じまいを整えたが、以前のお房とは別人のようにやつれていた。

「わたし、すっかり心根を入れ替えたのですよ」

とお房は切り出し、枕元に広げてあった勘三の羽織に仕立てるため、店で選んできた極上の反物《たんもの》をたたみながら、

「思えば可愛い可愛いで親に目一杯甘やかされて、ずいぶん兄さんにもわがまま放題をしたものだと、最近ではとても恥ずかしく思っているんです。うちの人にそのことをい

われて、なるほどと思って。うちの人は三男坊なので、たとえ岩田屋の息子でも跡取りの長兄との差はものすごくて、食べる物から違っていて、それはそれは苦労を重ねてきた人なのよ。立派な人、尊敬しています」

といい、さらに、

「だからわたし、うちの人に愛想尽かしをされないようにしなくては。我慢強い、立派な女房にならなくては――」

痩《や》せて、大きくなった目を潤ませた。

「けれど、我慢もほどほどだよ。これはちょっとひどい」

お房の口を開かせた桂助は、頰《ほお》の裏側や歯茎にぽつぽつとできている白い腫《は》れ物の治療にかかった。

お房は微熱があるので、甘草瀉心湯《かんぞうしやしんとう》か黄連解毒湯《おうれんげどくとう》の煎じ薬を処方したかったが、

「うちの人にいわれているから、強い薬は使わないことにしているの」

とお房がいいつのったので、駒繫《こまつな》ぎの根から採った粉を患部に塗ることにした。

「一日に何度か、痛むところに塗らなければならないよ。お歯黒のかねはしみるから、しばらくよしてもかまわない」

「そうはいかないわ」

伏していたとはいえ、化粧はしているお房はいった。

「お歯黒をしてから、いつでもどこでも顔を見ると肌を合わせたくなるって、うちの人がいうのですもの」

お房は、青かった顔をぽっと上気させた。

たしかにお房の歯は、かねできれいに染まっていた。そして話す時、歯がこぼれ出るたびに、その黒と白粉《おしろい》の白、唇の紅の色とが、鮮やかな調和を醸し出している。匂い立つような人妻らしさではあったが、その妖艶《ようえん》さにはただ一人の男への一途すぎる思いが凝縮していた。桂助がお房に贈ったお歯黒道具は、妹の歯が母となっても健やかであってほしいという思いとは異なる使命を果たしている。

桂助は戸惑いつつ、

——あのやんちゃでわがままで、誰の手にも負えなかった妹が、こんな変わり方をするとは——。

と思い、男女の愛とは、不思議を通り越して近づき難いほど怖いものだと知った。

一方、お房は、

「だからわたし、うちの人が勧めてくれた白牛酪も食べられるようになりたいのよ。兄さん、何かいい、美味しい食べ方はないかしら」

と聞いてきた。

三

白牛酪は今日の牛乳ではない。近いのは甘い練乳であるが、正確には白牛の乳に砂糖を加えてゆっくりと煮つめ、石けん程度の硬さにしたものである。ただでさえ濃い搾ったままの乳をさらに凝縮させるのだから、これは相当に乳臭かった。

「むっとする、濃い匂いが何とも耐えられないの」

そんな苦情をいうのは、お房だけではなかった。〈いしゃ・は・くち〉の患者たちも、同じことをいって顔をしかめることが多かった。そういう場合は、桂助は湯で溶いた白牛酪に抹茶を加えてすすめた。藤屋の厨《くりや》には、勘三の意向で白牛酪が取り寄せられていた。宇治の抹茶ならいつもある。それらを使って桂助は抹茶入りの白牛酪を作り、お房に勧めてみた。

「あら、臭いがそれほどでもなくなった」

お房は目を細めた。

「冷やすとなおいいかもしれないが、身体には温めたままがいい」

「よかった。これなら毎日、そんなに苦もなく飲めそうよ。さすが兄さんね」

などとお房はいい、それからしばらく、二人で思い出話に花を咲かせた。

「ほんとうはわたし、子どもの頃は何でもいうことを聞いてくれる、優しい兄さんのお嫁さんになりたかったのよ」

「ふーん」

「ところがある日、おとっつぁんにそのことをいったら、今まで見たこともないほど怖い顔で、そんなことは思うだけで罰《ばち》が当たるといって、こっぴどく叱《しか》られたのよ」

「血のつながりがある兄の嫁なんてことをいうからだよ」

「後でそうとわかったけど、ほんとに怖かったわ、あの時のおとっつぁん。大きくなって、お針のお稽古《けいこ》の帰りにお友達と寄り道をした時も苦い顔はしたけど、あそこまで怖い顔はしなかった」

「子どもだったから、よけい怖く見えただけさ」

「きっとそうね。でもそれ以来、わたしは兄さんを好きになりすぎちゃいけないって、ずっと思ってきたのよ。おとっつぁんに叱られるって。それでも兄さん以上に好きになれる人、出てくるのかなって、とっても心配していた」

「出てきたじゃないか。ごちそうさま」

「そう、やっとね」

そこでお房の目はまた、ぼーっと霞《かすみ》がかかったように潤んだ。そして、

「わたし、もうあの人なしでは生きていけないわ」

といい、

「あの人の色にどっぷり染まりたいの」

たしかにそこまで相手に想われれば男冥利《おとこみょうり》に尽きるが、自分ならどうだろうか、と勘三の身になって考えると、桂助にはお房の想いがやや重すぎるように思えた。

それで、

「娘時代のお房だってあらばかりじゃない。少しは前の自分を残しておいたっていいと思う。自分を消すなんて、どだい無理なことなんだから。相手に合わせてばかりいると、いずれ苦しくなるんじゃないかな」

だから、眠れなくなったり悪い夢を見たり、口の中に腫れ物ができたりするのだと言いたかったが、お房の勘三への想いに水をさすようで、そこまではいえなかった。

「わたし、ちょっと無理してるとこ、あるのかもしれない」

そういったお房は、ぐすんと洟《はな》をすすった。

「時々自分がわからなくなるの。幸せなのか、不安でならないのか。うちの人と肌を合わせている時は、とても幸せなのよ。でもそうでない時は、嫌われるようなことになったらどうしようって、不安で不安でたまらなくなるの。どうしてかしら――」

桂助は、何とかお房の不安を軽くさせてやりたかったが、どうしてもその言葉が見つからなかった。

こればかりは、お房の気持ちを、わかることができなかったからである。

「義兄《にい》さん、おいででしたか」

突然、お房の部屋の襖《ふすま》が開いた。

商いから戻ってきた勘三が、きちんと膝《ひざ》をそろえて座って頭を下げていた。上げた顔は婚礼で見た時と変わらず、歩いていれば誰もが振りかえる、役者顔のすっきりした男前である。

お房の不安は案外、勘三の顔にあるのかもしれない、と桂助は思った。

母親似のお房は愛嬌《あいきょう》のある可愛い顔だが、藤屋の娘ということを除けば、まず十人並みの器量である。だから、男前の勘三に引け目があって、勘三がもてすぎて浮気をするのではないかと、いてもたってもいられなくなるのではないだろうか。

入ってきた勘三は如才なく話に加わり、それからまたしばらく、どうということのない世間話が続いた。

さて、そろそろ帰ろうと桂助が腰を上げ、お房に別れを告げて廊下を歩きはじめると、

「義兄さん、ちょっと」

後ろから勘三に声をかけられた。

「何か――」

「すみません。折り入ってお話があるんです」

納戸に連れていかれた。

「落ち着けるところは、わたしにはまだここしかなくて」

そういって勘三は、納戸に置かれている長持に目を落とした。長持には、岩田屋の屋号が記されている。長持は一つ二つで、岩田屋の三男坊の婿入りにしては、簡素な婿入りの道具であった。

「岩田屋の息子といっても、わたしは三男なので、こんなものなのです」

と勘三はいい、

「ですからここへ来てからは、藤屋のご両親とお房が頼りです。ただお房はあまりにわたしとは違うように育ったもんですから、真面目なだけのこんなわたしに、愛想を尽かすのではないか、好きだ好きだといってくれているのは今のうちだけではないかと、心細くてしょうがなくなるのです」

聞いた桂助は微笑《ほほえ》んで、

「お房もあなたに嫌われるのではないかと、案じておりましたよ」

「わたしは、そんなことあるわけありません。絶対にありません」

勘三はいいきり、そして、

「ですから義兄さん」

といって、ほんの一瞬ためらってから、

「もう、ここへはしばらくおいでにならないでください。実は恥ずかしいことですが、廊下で義兄さんとお房がしていた話を立ち聞きしてしまったのです」

困惑した桂助は、

「でもあの話は、子どもの頃の他愛《たわい》ない話と、後はお房があなたが好きでならないとのろけていただけでしょう」

勘三は、

「ですが、義兄さんはお房に自分らしさを残せといったでしょう。お房のような女が自分らしさを持ったら、娘時代のように世間に出て遊び暮らすに決まっています。男に気移りもするでしょう。わたしはそれが耐えられないのです。お願いです、わたしたちを放っておいてください」

しがみつくような調子でいった。

「わかりました」

惚れあっている新婚の男女とは、ここまで厳しく、激しく、相手を縛り合うものか。自分たちの情念のみを優先させて他を顧みないものかと、またもや桂助は、ただただ恐ろしく感じた。

——これでは自分以外の長右衛門やお絹、伊兵衛なども、さぞかし二人に気を遣うことだろう。

とはいっても、案じてみてもはじまらず、そのうち子どもに恵まれたらまた変わるかもしれないと思うことにした。

その桂助が、納戸の引き戸を開けて勘三に背を向けると、

「白牛酪をお房に勧めるのはやめにしました。ですから今日、義兄さんがお勧めくださった抹茶入りの白牛酪をお房が飲むことなど、もう決してないのです」

勘三はいった。とどめを刺したかのような、勝ち誇った口調であった。

帰った桂助は、やはり気になって、妹に起きていることを志保に話した。

同性の志保なら、幸せだったり不安だったりするお房の気持ちがわかるかもしれない、と思ったのである。

志保は、時折顔を赤らめながら桂助の話を聞いていた。そして、

「父の道順によれば、お二人はむつみあいがすぎるそうです。男女は、あまりにむつまじすぎると互いに疲れてしまって、日々、気が立つようになるのだということでした。なにごとも、程々というのが大事だそうです」

真っ赤になりながらいった。

四

桂助は、鋼次にはお房と勘三の話をしなかったので、鋼次は志保から聞いた。お房のことで藤屋を訪ねてからというもの、桂助はいつもどおり診療には励んでいるものの、口数が少なく元気がなかった。

今年は栗が豊作で、あちこちから届けられてくるにもかかわらず、桂助は好物の栗餡のタルタを作ろうとはいいださなかった。

案じた志保は、鋼次にお房たちの話をした。

聞いた鋼次は、すぐに頭に血がのぼって、ふざけた話だと憤り、

「志保さんから聞いた。桂さんに藤屋に近づくなっていう勘三って婿の言い分は、ちょいと桂さんを馬鹿にしてると俺は思うぜ。何といっても、桂さんは藤屋の若旦那なんだ」

「といっても、わたしはこうしてわがままを通している身。勘三さんは、いずれは藤屋を背負《しょ》って立つ人ですからね」

桂助は淡々といった。

「それで桂さん、もう藤屋には出入りしないつもりなのかい」

「ええ、お房のためにも、そうした方がいいと思っています。むつまじい二人の仲に水をさしてはいけませんから」

「といったって、道順先生の診立てでは、むつまじすぎるのはいけないんじゃないかい」

そういった鋼次はさすがに顔を赤らめたが、桂助の方は神妙な顔で、

「けれど、むつまじくなければ子どもも授かりませんからね。おとっつぁんたちは今か今かと跡継ぎを待っているにちがいありませんよ」

「優しすぎるんだよ、桂さんは」

鋼次はだんだん桂助にも腹が立ってきていた。

「俺、前から思ってたんだけど、藤屋の旦那、桂さんに冷たいような気がするぜ。ないがしろにしてるとまではいわないけど、お房さんの婿取りの時だって桂さんに何の相談もなかっただろう。うちなんてちっぽけな職人なのに、跡取り跡取りで佐一兄《さいちあに》いをえらい持ち上げようだぜ」

「伊兵衛の話では、おとっつぁんは両替屋の岩田屋さんの縁を得て、商いを広げようとしているのだとか。藤屋に勘三さんを迎えたのも、そのためなのでしょう」

「好きあっての縁じゃなくて、欲得づくってえことだな。金持ち連中の考えそうなこった」

鋼次は、虫酸《むしず》が走るといいたかったが、こらえた。相手は桂助の父親である。

桂助は、

「もともとの縁が親同士の商い絡みでも、今やお房と勘三さんは相思相愛。いうことはありませんよ」

といって微笑《ほほえ》んだ。

「それで桂さん、さびしくはないのかい」

聞かれた桂助は、

「まあ、多少はね。でも、小さい時から、商人《あきんど》は商いでご飯を食べさせていただいているのだから何をおいても商いが先、というのがおとっつぁんの口癖でしたから。それに、おとっつぁんたちとわたしは何というか、親子にはちがいないのですが、生まれつき違う場所にいるような気がずっとしていました。だから、これでいいのです」

といい、さらに、

「わたしは〈いしゃ・は・くち〉さえやっていければ、それでいいのですよ。鋼さん、志保さんという友だちもいることですし」

微笑み続けた。

こうして桂助は藤屋に足を向けず、年が明けると年始の挨拶をしに行っただけであった。

お房はますます妖艶に美しくなっていたが、さらに痩せていた。

「勘三さんが、肥《こ》えた女はお好きでないとおっしゃったようですよ」

伊兵衛が桂助の耳元で囁いた。

松がとれてほどなく、これといった用もなくふらりと鋼次が訪れた。

ふくれ顔で、

「ったく、やってらんないよ」

どさっと、房楊枝の束を放り出すように置いた。

しかし、この房楊枝、桂助が頼んだものではなかった。

「労咳《ろうがい》の娘が死病から生き返ったのは、白牛酪と鋼次さんのおかげです。できる礼をさせてください」

と与七にいわれて作ったものだった。与七というのは、鋼次が房楊枝の修業をさせてもらった楊枝職人である。与七はさらに、

「鋼次さんの房楊枝、口の中で塩梅《あんばい》がいい上に見かけがきれいだから、きっと評判になりますよ。さすがかざり職人の仕事です。〈いしゃ・は・くち〉の他でも、どこでも売れます。実は親方が見て、こいつは筋がいいっていってたんです。娘のおみので試した子ども用の房楊枝もいいが、これではなかなかたくさんは売れますまい。どうです、し

ばらくこっちに気を入れては」

熱心に勧め、

「これからはおみのと二人、故郷《くに》の相模で、小さな畑を耕して暮らすことにしました」

と別れを告げて去っていった。それで、鋼次に房楊枝の仕事が増えたのだった。

家では、父佐平《さへい》の仕事がほとんどなくなっているというのに、佐一は相変わらずぐだぐだと引き籠《こ》もり、末吉も、母親から銭をせびっては遊び暮らしていた。一家の生活は鋼次一人の肩にのしかかっていた。

与七が言い当てたように、鋼次の房楊枝は楊枝屋はいうにおよばず、神社などにも置かれ評判がよかった。けれども、たとえ房楊枝といえど、いい加減な仕事はしたくないという意地があって、注文はいつも控えて受けていた。

にもかかわらず、あろうことか年が明け、松がとれて、江戸の町が正月気分からやっと抜け出したとたん、注文の取り消しが相次いだ。中には、暮れに納めた分が余っているから取りに来てほしいといってくる店もあった。

「いったいどうしたっていうのか。俺は懸命に作ってるぜ。手なんぞ抜いてねえ」

事情を話し終わった鋼次は、呼びつけられて返された精魂こめて作った房楊枝をながめて、ため息をついた。

「たしか、うちの売れ行きはあまり変わっていませんね」

聞いていた桂助は、そばにいた志保に同意をもとめた。

いつしか志保の仕事は、薬草園を含む畑の手入ればかりでなく、〈いしゃ・は・くち〉に売り物として置いている房楊枝の管理などにも及ぶようになってきていた。

桂助の言葉にうなずいた志保は、

「うちのは、桂助さんが鋼次さんにお渡しする賃金そのままの値ですからね。わたくし、同じものが浅草で、ものすごく高く売られているのを見てびっくりしました。鋼次さんのお仕事が褒められているようでうれしかったけれども、房楊枝がこんな高くては、みなさん、そうそう買えないだろうなあって思っていました」

といい、さらに、

「それに、うちは桂助さんが、この房楊枝はこういうところがいい、こう使うのだとか、いろいろ歯のためになる効能を話して、なるほどとみなさん納得して買われていくわけでしょう。鳩の豆なんかと一緒に、ちゃらちゃらした看板娘がぽーっと立って売っているのとは、わけがちがいますよ」

「なるほど。そうかもなあ」

鋼次はしょんぼりしつつも、納得してしまった。

するど、志保はますます勢いづいて、

「子ども用の房楊枝だって、たとえ世間では売り物にならなくても、うちに置いておけば、少しずつでも必ず売れていくんです。何しろ桂助さんの講釈付きですからね。桂助さんを信じて、みなさん、お子のために買われていきますよ」

桂助が鋼次に頼んだ、子どもの口と歯に合った房楊枝はすでに出来上がっていて、従来の大人用と同様、〈いしゃ・は・くち〉の儲《もう》けのない売り物になっていた。

鋼次がおみのに試してもらって作った子ども用の房楊枝は、与七の生まれ故郷である、相模の泥の木が使われていた。泥の木は柳の一種である。子どもの口の中は、男用の黒文字では硬すぎたが、かといってお歯黒がはげないように、枝垂《しだ》れ柳や川柳《かわやなぎ》を使った軟らかすぎる女用では、役目を果たさないことがわかったからである。

「ところで鋼さん、房楊枝を返された時に、売れなくなった理由を聞きましたか」

桂助は聞いた。

鋼次は首を振って、

「聞けるわけねえだろ。かーっと頭にきちまって、店を飛び出して、気がついてみたらここの前に立ってたんだ」

「それはいけません」

「そうよ。それではだめよ」

桂助と志保は各々同じことをいった。

そして、桂助は、

「房楊枝は日々使うものです。流行《はや》りものでも贅沢品でもありません。だとしたら、鋼さんの房楊枝が売れなくなったのは、何か大きなわけがあるはずです。まずはそれをつきとめなければ――」

「楊枝屋や浅草の境内《けいだい》をまわって聞いてみれば、きっとわかりますよ」

志保はいった。

五

翌日、桂助は診療のために出かけられなかったが、鋼次、志保の二人は、朝早くから手分けをして、江戸市中で思いつく限りの楊枝屋を歩きまわった。

夕方、一足先に帰ってきた鋼次は、

「驚いたぜ。房楊枝は年が明けてから、俺の作ったものに限らず、どこでも売れ行きが悪くなってるそうだ。わけがわからねえと、どこの店のおやじも首をかしげていた。わけがわからねえようでは、どうしようもねえ」

がっくりと落ちこんでいた。

「そうですか」

桂助も一緒に気落ちしていると、

「わかりましたよ」

帰ってきた志保がいった。

志保は、

「どこの楊枝屋も売れなくなっているのに、一軒だけ、破竹の勢いだという店の噂《うわさ》を聞いたのです。日本橋の小間物屋でした。行ってみると、店先から房楊枝はほとんど消えていて、代わりに桃の枝が売られていました。歯のことをよわいといいますでしょう。それにちなんで、〝よわい桃〟という名が付けられていました」

「何で枝なんだ。枝で歯が磨けるのかよ」

鋼次は知らずと口を尖《とが》らせた。

「何でも、〝よわい桃〟はたいへんありがたい桃の枝で、これで磨けばむしばや歯草《はくさ》にならないと、添え書きがありました」

「まさか、そいつは房楊枝より高いんじゃあるめえな」

今度は鋼次の目が尖ってきた。

「それが高いのです。房楊枝三本分はしました。でも飛ぶような売れ行きで、遠くからわざわざ買いに来た人たちもいました」

桂助は、

「桃の枝は萩《はぎ》の枝などと同じで、歯の病いに御利益《ごりやく》があるという言い伝えがあります。

その店では、これを引き合いにだしたのでしょう」

「ほんとうに効くのかよ」

鋼次に聞かれた桂助は、

「房楊枝も元を糺《ただ》せば、大昔は木の枝ではあったようです。口の中を掃除するのに木の枝を嚙《か》んで、そのたびに捨てていたわたしたちのご先祖が、ある時もっときれいにするにはどうしたらいいかと考えていて、思いついたのが房楊枝だったといいますから。ただこれが房楊枝より効果があるとは、とても思えません」

きっぱりと言いきった。

「だったら、どうしてそんなもんが今さら売れるようになったんだい。わからねえ、わからねえ」

とうとう鋼次はぼこぼこと、自分の頭を拳《こぶし》でなぐりはじめた。

すると志保は、

「その小間物屋へ行く途中、前を行く人が落とした引き札（宣伝チラシ）を、わたくしが拾ってその人に渡したのが縁で、いろいろ話を聞くことができました」

「さすが志保さんだ、べっぴんは得だね」

無邪気に感心する鋼次を横目でにらんで、志保は、

「その引き札には、〝よわい――歯の万病に効くよわい桃〟とありました。年が明けて

まもなくその店では、これを江戸八百八町に配ったそうです」

「ですが、その店ではどうして突然、〝よわい桃〟を流行らせることなどを思いついたのでしょう」

「その店は、小間物屋の中ではかなりの大店です。千代田のお城に上がっているお女中がお宿下がりなさった時、身の回りのものを揃えに立ち寄ることが多いそうです。店のご主人が〝よわい桃〟を売り出す引き札を思いついたのは、お店に買い物に来たお宿下がりのお女中の一人を奥に通してもてなし、話をされてからすぐだったと聞きました。ご主人は、いい話を聞いた、これで一儲《ひともう》けできるとにんまりしていたとか──」

「大奥と〝よわい桃〟は、どこかでつながっているわけですね」

〝南天うさぎ〟を思い出した桂助は、ややうんざりした表情になった。

「でも、どうつながっているかはわかんねえままじゃないか」

鋼次は憂鬱《ゆううつ》そうにつぶやき、

「相手が大奥じゃあなあ、化け物と同じでまともに組めねえや」

ともいった。

そんなある日、昼すぎて桂助が診療をしていると風が吹き込んだかのように、前ぶれもなく岸田正二郎《きしだしょうじろう》が訪れた。

「急用だ」

有無をいわせぬそぶりの岸田に、

「ただ今診療中です。お待ちになりますか。それとも、急用とは歯のお痛みですか」

桂助はいつもと変わらぬ物言いで訊いた。

「ならば待とう」

岸田は通された客間で、夕方近くまで待っていた。

診療を終えた桂助は、

「長らくお待たせいたしました」

岸田の前に頭《こうべ》を垂れた。

「そちはすがすがしい、晴れた顔をしているな。青く澄んだ空のようだ。なぜだか聞きたいものだ」

岸田は桂助をじっと見据えていった。

桂助が当惑していると、

「どうやら、この〈いしゃ・は・くち〉、江戸屈指の呉服問屋の倅《せがれ》、藤屋桂助の道楽ではないようだ」

といい、さらに、

「ここでは夜中でも患者を診るという。また、薬礼《やくれい》（診療代）は安いのだな。長右衛門から聞いた話だが、家を出たそちは、白牛酪や、年に何度かもとめる高い薬や道具以外は、すべて自分で賄っているそうだな。見上げた心根だが、甲斐《かい》がないと思ったり疲れることはないのか」

桂助は、

「わたしは、人の糧は日々の食べ物にあると思っております。そしてその糧は、口や歯を通さねば身体に行き渡りません。口や歯は大事です。わたしはただ、自分の心の信じるままに口中医を天から授かった職と思い、日々を送っているだけでございます」

やっと答えることができた。

すると、岸田は、

「そちは自分の良心に恥じない日々を送っているだろうが、世の口中医たちはそうではない。知っておろう」

「たしかに」

うなずいた桂助は、

「皆が、たかが口や歯で死ぬことはないという間違った考え方をして、治療を受けず、ひたすら痛みに耐えるのは、薬礼が高いからです」

「そうだ。だが、町のはいしゃは高いだけであろう。しかし代々続いて、大奥に出入りし、法眼《ほうげん》に任じられ、世に偉いと敬われている口中科の医者たちは腕まで悪い。こちらの方が罪は深かろう」

そこで岸田は言葉を切って同意を求めてきたが、桂助は応じなかった。会ったこともない、大奥出入りの法眼のことなど、どうこう言える立場ではない。

岸田はにやりと笑って、

「そちは澄んだ目をしているだけではなく、賢いようだな。感心した」

これにも桂助は無言であった。早く用向きを言ってほしいと思ったが、黙って頭を垂れ続けていた。

「実はそちを見込んで、頼みたいことがあるのだ」

岸田は切りだした。

「何でございましょうか」

桂助は顔を上げた。

岸田には借りがあった。安房《あわ》の牧士《もくし》の妻おしげの無念を晴らすために岸田にかけあい、その折には、おしげの夫の仇《かたき》たちを厳しく処罰してもらったことがあったのである。借りは返さねばならない、と桂助は覚悟した。

「大奥へ行ってもらいたい」

ずばりと岸田はいった。

そして、

「初花《はつはな》の方様が歯で苦しんでおいでだ」

と続けた。

初花の方は、昨年の年始に、〝南天うさぎ〟を身に纏った側室であった。

「初花の方様は、ご側室中もっとも年若く、上様の寵愛《ちょうあい》も深い。昨年、ご懐妊されたが、お生まれになったお子様は産声をあげる間もなくすぐに亡くなられ、今、またご懐妊されておられる。大事なお身体で歯を病んでしまわれ、日々伏せっておいでだ」

桂助は、相手が苦しんでいると聞くと、

「お方様《かたさま》の歯の病い、法眼様のお診立てでは、何でございましょうか」

と思わず口に出していた。さらに気になって、

「よほどむずかしいものでございましょうか」

すると岸田は、

「先のご懐妊中も初花の方様はむしばで苦しまれた。そこで口中医の法眼が、眠れぬほど痛むむしばを抜いてさしあげた。ところが、その後、急に高い熱に苦しまれ、月足らずでお子様がお生まれになり、すぐに亡くなった。そして、また初花の方様はご懐妊になり、今度は別の歯のむしばが痛み出した。以前にも増してひどい痛みで眠れぬ日々を送っておられる」

「わたしに、お方様の歯抜きをせよとおっしゃるのですね」

うなずいた岸田は、

「初花の方様は、前と同じことが起こるのではないかと怯えておられる。また、先の歯抜きの時の痛みが耐えがたいものだったと何度も思い出され、あんな風に抜かれるよりは、と今は痛みに耐えておられる。何とか痛みを少なく、お子に障りのないように抜いてさしあげてほしい」

といい、

「もとより、そちの腕を見込んでのことだ。江戸の町の香具師《やし》などではないのだから、名ばかりの法眼のように、歯抜きの後、初花の方様に熱など出させてはならぬぞ」

容赦なく締めくくった。

六

〈いしゃ・は・くち〉を出ていこうとした岸田は、ふと思いついたように、

「熱を出された初花の方様の歯抜きは、よほどひどいものだったのだろう。悲鳴を聞いたとかで、他の女たちがむしばにだけはかかるまいと桃の枝を噛んでいるとか――。奇妙なまじないが流行るのも困りものだ」

めずらしくため息をつき、

「まじないではない、むしばにかからない法を教えて差し上げてくれるとありがたい」

といった。

翌朝、いつものようにやってきた志保は、

「〝よわい桃〟を買ったという友だちがいたので、聞いてきました。何でも、あの小間物屋では、〝公方様《くぼうさま》もお使いになっておられる、むしば撃退のよわい桃〟という話を密かに流しているようです。皆さん、公方様の御名を出されると、畏《おそ》れ多いと思いつつも、ついついこれはすごいものだともとめたくなってしまうのですね。それもあって、あの人気になったようです」

といった。

桂助は岸田から聞いた〝よわい桃〟の話をした。

するとと志保は、

「まあ、大奥で流行っていたのですか。小間物屋のご主人が宿下がりのお女中から聞いたというのは、それだったのですね。江戸の町の女の流行ものは大奥から伝わることが多いですものね。でも今度は、これを噛めばむしばにならないということで、男の方も老いも若きも、競ってもとめているようです。他の楊枝屋さんでも、日本橋の小間物屋に倣《なら》えとばかりに桃の枝の仕込みをはじめているそうですよ。何でも、寝ている間に庭に忍び込んで、桃の木の枝を伐《き》っていく、桃の木泥棒も出てきたとか」

ぶらりと入ってきて、聞いていた鋼次は、

「ったく、馬鹿みてえな話だぜ」

苦虫を嚙み潰《つぶ》したような顔になった。

そこで桂助は、岸田からの頼まれ事を二人に告げた。

「というわけなので、しばらく大奥に上がることになるようです」

「大奥ですか――」

志保は顔をかげらせた。まず頭に浮かんだのは、選《え》りすぐりのたくさんの美女に取り囲まれた桂助の姿だった。

――何よ、わたくしとしたことがはしたない――。

それで、すぐに、

「でも、お偉い法眼様をさしおいてのご指名でしょう。桂助さんが認められたのだし、ご立派なことですよ」

無理やり笑ってみせた。

処刑された牛牧士の妻、おしげの無念を晴らしてやるために、桂助と岸田に会いに行った鋼次の方は、

「何だ、岸田のやつ、恩着せがましいぜ」

むっとした表情をした。

その鋼次に、

「鋼次さん、お願いがあります。どうか、桂助さんについていってください」

志保は思いつめた目をしている。

もっともこれは、鋼次が一緒なら、桂助が美女をまぶしく感じないだろうなどと思ったからではなかった。

――大奥は秘密の多いところ。あそこでは何が起こるかわからない。

ただただ、桂助の身を案じたのである。

「あたりめえだろう」

鋼次は怒ったようにいった。そして、

「いっとくが、きれいな女たちを見たいなんていう助平心からじゃないからな」

こほんと咳《せき》をして、

「俺は桂さんを守るんだ。それと、〝よわい桃〟ってやつは、俺の房楊枝の仇みてえなもんだろ。そいつは大奥から出てきたってえんだから、その正体をとくと見てやりてえ」

といった。

桂助は鋼次を伴《とも》に加えたいと、岸田に談判した。

岸田は、

「また、弟か」

といい、信じてなどいない証に、ふんと鼻で笑って、

「その弟、役に立つのだろうな」

念を押して、桂助がうなずくと、

「大奥は男子禁制とあって、女どもがちとうるさいが、特別なはからいといたそう」

許してくれた。

鋼次は身なりを整えるなど、桂助の伴をする、支度をはじめた。

きちんと髷《まげ》を結い直し、いつものすりきれた着物を脱いで、桂助が用意したものを着ると、鋼次もなかなかの男ぶりになった。賢くも見えて、年は上だが背は低いので、桂助の弟といっていえないことはなかった。

「まるで別人ですね。蘭学《らんがく》の先生みたい」

志保は感心したが、

「よしてくれ。照れるぜ」

鋼次はめずらしく赤くなった。

といって、話をはじめればいつもの鋼次で、志保は、

「とにかく鋼次さんは、はいと、いいえだけにして、なるべく話さないようにした方がいいですよ。話したら、桂助さんの弟ではないことがすぐわかってしまいます。お伴にしても、柄が悪く、おかしいということになってしまいます。大奥といえば、御所と同

じくらい、雅《みや》びやかなところでしょうから――」

「わかった、わかった」

意外に鋼次は素直だった。

そして、弥生《やよい》も近づいたその日、二人は大奥へ上がるために、江戸城へと向かった。

薬箱を担いだ鋼次は、桂助の一歩後ろに付いている。

初花の方が住まう大奥は本丸にあり、一部を除いて二階建てで、三階建ての部分もあって、本丸の建物の約半分を占めていた。

大奥の出入り口である七つ口まで来た二人は、役人たちが指示して、次々と長持が運びこまれる様子に圧倒された。

慣れている役人たちは、担いでいる人足の足どりから、長持の重さを測るのか、軽々と運ばれてくるものは、中を改めない。すぐにうなずいて通してしまう。人足が重そうに足をもたつかせていると、呼び止めるのである。中でも、特に目立ったのは日本橋の菓子屋のもので、担いでいる人足たちは息まで切らせている。

「すごいな、桂さん。あの菓子みんな、ここの人たちの腹の中に入るんだ」

鋼次は驚きの声をあげた。

大奥の女中の総人数は、普通五百人から、多い時で千人であったといわれている。

桂助は、

「初花の方様がむしばで悩まれているのは、このせいかもしれませんね」

といって眉をしかめた。

二人は菓子屋の長持が役人に呼び止められるものと思って、ながめていた。

ところが、それはなかった。

人足たちが立ち止まって長持を置いたのは、流れ出る汗を拭《ふ》くためだけのことであった。役人はうなずき、ずっしりと重いであろう長持が中へと消えた。

「つまりは、ここも袖の下次第ってことかい」

「残念ながら、そのようですね」

桂助はため息をついた。

御側用人《おそばようにん》の岸田正二郎は、本丸の表で、二人を迎えた。

表とは、大名や役人が執務する場所である。謁見用の広大な白州がある大広間で、大名、役人の執務室である多くの座敷は廊下でつながっていた。

「大儀であった」

岸田はにこりともしなかった。登城用の裃をつけている岸田は、いつもにも増して厳しくいかめしく、何より冷たくてとりつくしまがない。

「案内《あない》いたそう」

岸田は先に立って、城の奥へと進んでいく。

桂助は鋼次の前を歩いているが、その間隔はわずかなもので、岸田との間はかなりの間を置いている。袢がするすると動くかのように、颯爽《さっそう》と前を歩く岸田の後ろ姿に鋼次の目は吸いよせられた。

――どこかで見たことがあるな。

すぐには、思い出せなかった。

そのうちに、二人は中奥《なかおく》にさしかかっていた。

中奥とは、将軍の官邸である。自ら政務を行ったり、主に、昼の間の時間を過ごすところであり、休息の間、将軍専用の台所、能舞台などもあった。

――それにしても、公方様は、どえらく広いところにお住まいだなあ。廊下なんぞ、けむし長屋がいったい何軒並ぶことか、見当もつかねえ。

そんなことを鋼次は思いつつ、長く、うす暗く、うっすらと寒い廊下を歩き続けていた。

――これじゃ、いつ、鬼が出たっておかしくねえ。

そこであることが閃《ひらめ》いた。

――思い出した。岸田が誰に似ているか――。あの鬼だ。鬼面《きめん》だ。蓮生寺《れんしょうじ》のお堂で、可哀想な子どもたちを脅して喜んでいた、とんでもねえ野郎だ。あいつの後ろ姿に似ている。ひょろりと長いが、まんざらやわじゃあなかった。そっくりじゃねえか。

鋼次はぞっとして、今までそれほどでもなかった寒さがずんと増した。

七

二人の前を歩いている御側用人岸田正二郎は、中奥を通り抜けていく。

ほどなく、大奥へと続く御鈴廊下《おすずろうか》が近づいてきた。

大奥とは、将軍の正室をはじめとする多くの女性たちが住む場所で、将軍の私邸であった。ここは、本丸の北半分の敷地を占め、中奥とは銅塀で遮断され、御鈴廊下と呼ばれる廊下のみでつながっていた。

出入り口は御鈴廊下にある大奥寄りの御錠口《おじょうぐち》だけで、将軍が大奥へ出向く時は太い紐《ひも》につるした鈴を鳴らすので、御鈴口とも呼ばれた。御鈴口の開閉は、午前六時から午後六時で、それ以外の通行は禁じられていた。

将軍以外は男子禁制であったが、将軍の血縁に当たる御三家、御三卿をはじめ、御台所《みだいどころ》、側室とその親戚や、老中など幕府の重臣、加えて、大奥付きの医者や僧侶は立ち入ることができた。

岸田は廊下を横に外れて、御広敷《おひろしき》御錠口へと向かった。御広敷御錠口とは大奥の非常口である。御広敷御錠口が見えはじめた。すぐ前を歩いている桂助の背中に、普段にはない緊張が走っている。

——見かけによらず肝の太い桂さんも、まいってるんだな。大丈夫桂さん、俺がついてる。

そこで、鋼次はますます緊張した。寒いはずなのに、背中がどっと冷や汗で濡《ぬ》れた。

——けど、岸田がもしあの鬼面の悪党だったら——。おしげさんの無念を晴らしてくれたのは、桂さんに恩を売るためだったのか。おみつっていう殺された大奥勤めの女のことでかけつけてきたのも偶然なんかじゃないな。悪党に頼まれて大奥に呼ばれたからには、また何かのたくらみに使われるのがおちだ。俺たち、いったいこの先どうなるんだろう。

御広敷御錠口では、若狭《わかさ》という上臈御年寄《じょうろうおとしより》が待ち受けていた。上臈御年寄は大奥女中の最高位で、将軍や御台所の相談役でもあった。

若狭は、三十をいくつか超えた、ふくよかな大年増で、どっしりと重い打ち掛けを、ふわりと羽織っている。岸田をねぎらう言葉を口にしたが、整った怜悧《れいり》な顔立ちを白く厚く塗り込めていて、いかなる感情も持ち合わせていないように見えた。

岸田は、

「この者たち、市井《しせい》の徒《と》なれど、口中の名医にございます」

といい、鋼次は、桂助に倣って名を名乗った。後は、この若狭の前に頭を垂れ続けて

いる。上目づかいに若狭を見て、

――まあ、鬼でないだけ、いいのかもしれねえ。けど、鬼が化けてるっていわれても、俺は信じるぜ。

などと思い、志保の言葉を思い出した。

二人の大奥行きを案じた志保は、

「すぐ前に、大奥勤めを終えて帰ってきた友だちに、いろいろ聞きました。公方様のご寵愛が深い初花の方様は、実は、御目見得以下の商家の出自だそうです。若狭様が部屋子に抱えられ、何かの折に公方様のお目に留まって側室になられたとのことです」

といい、さらに、

「若狭様が、大奥最高位の上臈御年寄の位に就かれたのは、初花の方様あってのことなのだそうです。以前この位には自害された出雲《いずも》様が就かれていました。大奥というところでは女子《おなご》たちが、それはそれは陰湿に競い合うのだとか――。〝南天うさぎ〟もそれだったのですね」

――となると、こいつは、鬼でなくとも、狐だ。油断ならねえ。

そう思う鋼次は、相手に気づかれないようにぎらりと目を光らせて、ねめつけてみた。

一方、岸田は、

「では、わたくしはこれにて失礼いたします」

御広敷御錠口の前で、二人に背を向けた。

——おいてきぼりかよ。

鋼次は、悪党かもしれないはずなのに、いざその岸田に去られるとなると心細くなった。

それほどここには、鋼次の知らぬ、見たことのない別世界の妖《あや》しくも恐ろしい、いわくいいがたい雰囲気が漂っていたのであった。

桂助の顔も、やや青ざめて見えた。しかし、その桂助は、

「初花のお方様のお具合はいかがでございましょうか」

つとめて明るい声で若狭に聞いた。

「それでは、ご案内いたしましょう」

とうとう二人は、御広敷御錠口から大奥へ、足を踏み入れることとなった。

長い廊下をまた歩き続ける。

しばらくして、

「こちらでございます」

若狭は立ち止まり、部屋の襖を開けた。

あでやかな夜具の上に、病みやつれた、小さな白い顔があった。枕元に桃の枝を置いていた。近くには、初花の方付きの女中が二人、ひっそりと見守っている。二人は、若

狭が部屋に入ってきたとたん、ひれ伏した。

掛け軸が外されていて、そこには桃の枝ばかり挿した李朝の壺《つぼ》が置いてある。よく見ると、夜具の絵柄は桃の花であった。

――なるほど、ここから〝よわい桃〟が出てきたんだな。

普段の鋼次ならばかばかしいと笑いとばすところだったが、今はそうはなれなかった。また寒くなってきた。桂助の助手として、笑うこともできない立場にいることもあったが、それだけではない。ここでは皆、心の底から桃の枝で歯痛が治ると信じている、そう思える摩訶《まか》不思議な異様さが感じられたのである。

「お方様にございます」

若狭の言葉に、気づいた初花の方は、やっと夜具から身体を起こした。首も手も顔と変わらず、はかなげに細かった。目だけが熱にうるんで大きく見える。

――何だ、子どもみたいじゃねえか。

鋼次は、桂助にならって枕元から間を取って座り、頭を垂れている。思い出したのは、蓮生寺のお堂で働かされていた子どもたちのことだった。子どもたちは、かわいそうでせつなくて、こちらが泣きたくなるほどに小さく細かった。

――あいつらとお方様、身分は天と地ほどもちがうが、見た目どこも変わらねえ。鋼次は、目の前の初花の方が哀れに思えた。

「拝見させていただきます」

桂助はすっと膝をすすめて、初花の方に近づいた。

「お口をお開きください」

診立てがはじまった。鋼次は控えている。

「どうぞ、お口を閉じて、休まれてください」

桂助は、初花の方の背に手を当て、夜具の上に横たわらせた。

若狭は次の間で待っていた。若狭付きの女中に呼ばれた桂助は、鋼次を伴ってそこへ入った。若狭は上座にいる。

「いかがでございましょう」

若狭の言葉遣いは、ていねいではあったが催促めいた口調であった。

「よくありません」

桂助はいった。

「お腹《なか》のお子様は――」

若狭の顔に不安がよぎり、はじめて感情らしきものが見えた。

「わかりません」

すると、若狭は鋭く目を見張って、

「そなたは、痛みを少なく歯抜きをする、たぐい稀《まれ》なる口中の名医のはずではありませんか。法眼様は、むしばを抜いて痛みをなくせば食欲も増され、お身体は持ち直すと申されております」

「それでございましたら、その法眼様に歯抜きをお願いしてください」

ずばりと桂助は言いきり、鋼次はどきっとした。

――いいのかよ。桂さん、そこまでいっちまって。

桂助はまっすぐに若狭を見据えている。しばし、桂助と若狭は睨《にら》みあった。

そして、とうとう、

「実を申せばお方様が法眼様をお気に召さぬゆえ、仕方なくそなたを呼び寄せたのです。何が望みです。お方様の歯を抜いてお元気にしていただけるのであれば、そなたの望み、何なりと叶えましょう」

若狭が居丈高に切りだした。

一方桂助は、

「ご存じとは思いますが、お方様のご病気は、歯痛だけではありません。むしばの毒が身体にまわって、熱もかなり出ておられます。ここまでの重症は、なまじの治療では治すことができません。お腹にお子様がおられればなおさらのことです。それゆえ、わたくしにお任せくださるのであれば、法眼様はいうにおよばず、たとえあなた様であろうとも、どうかお口出しなどされませんようにお願い申し上げます。これがわたしの望みです」

聞いていた若狭は、膝の上に組んだ両手を握って、怒りと苛立ちをこらえ、

「そうすれば、ほんとうにお治しいただけるのですね」

念を押した後、

「よろしいでしょう。お任せいたします。ただし、三日のうちには治しください。もちろん、お腹のお子様もお守りしてです。さもなくば、相応の沙汰《さた》が下るものと心得くださいますよう」

真っ赤な唇から、お歯黒の歯を見せて、ふっと笑った。

後は元の白塗りの無表情となって、若狭はその場を去った。

治療のために立ち上がった桂助は、

「初花の方様は、涙を流されておいででした。歯痛のせいでもあるのでしょうが、そればかりではないように見えました。お辛《つら》いのですよ」

と鋼次にいった。

聞いた鋼次は、

「最高位の上臈御年寄まで昇りつめようとする者たちにとって、ご側室の方々はどなたも人ではなく、ただの道具だという話ですよ」

という志保の言葉を思い出していた。

――ひでえ話だなあ。

薬箱を持って桂助に従いながら、つくづくと鋼次は思った。

やがて〝いしゃ・は・くち〟が近づいてきて、振り返った桂助は、

「鋼さん、わたしは今、〝いしゃ・は・くち〟での毎日や常の患者さんたちが、たまらなくなつかしくてなりません」

哀しみを識《し》っての笑顔を見せた。

解説

末國善己

時代小説には、捕物帳、剣豪小説、武家もの、市井人情ものなど、さまざまなジャンルがある。捕物帳の野村胡堂、剣豪小説の柴田錬三郎や五味康祐など、一つの分野をメインにした作家がいるとそのジャンルの存在感は強くなるが、多くの作家が数作くらいずつ手掛けているだけだと、時代を超え連綿と書き継がれているのに独立したジャンルとして認識されないケースがある。歴史は古く一九一六年に発表された森鷗外『高瀬舟』あたりまで軽く遡《さかのぼ》ることができ、山本周五郎『赤ひげ診療譚』、藤沢周平『獄医立花登手控え』、佐藤雅美『町医北村宗哲』など名作も多いが、まとまったジャンルとして扱われることの少ない医療時代小説もその一つといえる。

現代小説であれば、ミステリを中心に医療もの専門の作家がいるが、時代小説では、時代考証が難しかったり、当時の医療の水準から創作できるドラマに限界があったりするためか、医療時代小説を軸にしている作家はいない。ただ完成した作品を読むと、江戸時代の知られざる医療の実像に切り込む考証の面白さ、医者と患者の距離が近いから生まれる心温まる人情、死が身近だった環境が織り成す深い人間ドラマ、医者の倫理といった現代と変わらない社会問題などが描かれており、高いクオリティになっている。

本書『いのち』は、時代小説作家を魅了してきた医療ものの傑作を七編セレクトした。収録作は、大家の名作から新鋭の意欲作まで幅広く、内容もミステリから社会派的なテーマを掘り下げたものまでバランスよく配したので、一冊で医療時代小説の醍醐味が楽しめると考えている。

「駄々丸」朝井まかて

朝井まかて「駄々丸」は、庭先のふらここ（ブランコ）が目印の診療所を営む小児科医ながら、治療が嫌いで、金に汚く、面倒になると逃げ出すため藪医者と思われている三哲を主人公にした『藪医 ふらここ堂』の一編。三哲は実在の小児科医で、講釈師の馬場文耕が書いた『当世武野俗談』によると、「三哲はいか成《なる》病人にも紅花散の一方のみなり此外をもる事なし全く加減もなく紅花散」を盛ったとあり、どんな病気でも「紅花散」を処方していたがなぜか評判がよく、繁盛していたようである。

ある日、掛け持ちしているお稽古事《けいこごと》がいずれも非凡だという七歳の女の子お時が、母親に連れられ三哲の診療所を訪ねてくる。三哲は子供の癇癪《かんしゃく》や頭痛に効く「抑肝散」などを処方しようとするが、当のお時がそんな薬は必要ないといい出す。だがしばらくして、お時が道端で倒れ、三哲のところへ運び込まれてくる。

藪医者に見えて実は物事の本質を鋭く見抜く三哲は、すぐに何でも器用にこなし、母親の期待に応えようといつも懸命なお時の性格、さらに母子の関係が倒れた原因になったと指摘する。本作で描かれている母子関係に起因する病気は、現代でも問題になっているだけに、とても江戸時代の物語とは思えない生々しさがある。

「桜の風」安住洋子

一七二二年、町医者の小川笙船の意見書が八代将軍・徳川吉宗の目にとまり、小石川御薬園内に貧しい人たちを無料で治療する小石川養生所が設立された。当初は希望者がすぐに入所できないほどだった小石川養生所も、約九十年後の文政年間になると崇高な理念は忘れ去られ、予算の削減で医師は治療に苦労するようになり、患者に付け届けを要求したり、本来は患者に支給される碗などを貸して賃料を取って巻き上げた金で博奕《ばくち》に興じる看護中間（看護師）が増えるなど質も低下していた。安住洋子「桜の風」は、やる気のある看護中間らと養生所の改革に立ち上がった若き医師・高橋淳之祐を主人公にした『春告げ坂　小石川診療記』の一編である。

本作で淳之祐は、代金を踏み倒した若者に襲われ怪我をした屋台の蕎麦屋・加助、淳之祐を実子と分け隔てなく育ててくれたが、医師の養父が余命わずかと診断した養母の佳枝、この二人の行く末に心を砕くことになる。加助を襲った暴漢を捜し、蕎麦屋が再開できるようにするのは医師の職分を超え、佳枝の治療は医師の能力を超えるため淳之祐は自分の限界を突き付けられるが、困っている人に救いの手を差し伸べられなかったり、人の死と向き合ったりすることは、医師でなくても直面するので、その苦悩が他人事とは思えないのではないか。

「雪の足跡」川田弥一郎

岡本綺堂『半七捕物帳』の「津の国屋」、野村胡堂『銭形平次捕物控』の「風呂場の秘密」、横溝正史『人形佐七捕物帳』の「音羽の猫」など、検視の結果が事件解決の手掛かりになる捕物帳は少なくない。これらの作品は、南宋時代の法医学書『洗冤集録《せんえんしゅうろく》』を元にして、一七三六年に河合甚兵衛尚久が書いた『無冤録述《むえんろくじゅつ》』を参考にした可能性が高い。従来の捕物帳では裏方だった『無冤録述』を前面に押し出した川田弥一郎「雪の足跡」は、北町奉行所の定町廻り同心で検視が得意な北沢彦太郎が、科学捜査と卓越した推理能力で事件を解決する〈江戸の検屍官〉シリーズの一編である。

本作で描かれるのは、男女が雪に足跡を残して家に入り、そこで女が殺され現場を離れる足跡が一つ残されていたが、最有力の容疑者は無罪を主張する不可解な事件である。残された足跡が現場の状況や関係者の証言と矛盾すると、犯人はどのようにして〝雪の密室〟を作ったかを考えてしまいがちだ。ところが本作は、足跡が付きやすい雪の特性を用いて驚愕のトリックを作っており、衝撃を受けるだろう。

「瘡守」澤田瞳子

澤田瞳子「瘡守」は、公家の母と医師の父の間に生まれ、京の鷹ヶ峰御薬園を管理する藤林家で育てられた女薬師《くすし》の元岡真葛が活躍する〈京都鷹ヶ峰御薬園日録〉シリーズの一編。本作は、関東で薬草採集をする本草学者・小野蘭山に随行した真葛が、京へ帰る途中で立ち寄った熱田神宮の門前町・宮宿で遭遇した事件が描かれる。

そこで真葛は、当時は不治の病だった瘡毒（梅毒）に罹《かか》った旅籠の女房・佐和と出会う。瘡毒を患う佐和の夫・伊兵衛は治療を受けているのに、なぜか佐和には薬も与えず放置していた。この謎を軸に進むだけに、全体がミステリタッチになっている。

真葛の推理で伊兵衛の真意が明らかになるにつれ浮かび上がってくるのは、罹った人たちがいわれなき差別と偏見にさらされる病気が存在しているという厳しい現実である。これは当時の特殊な事情ではなく、結核、ハンセン病、ＨＩＶなど現在まで受け継がれているので、いつの時代も変わらない社会の病理といえる。そのため真葛が、医学、薬学の知識と論理的な推理で佐和を救う展開は、非科学的な迷信によりいまだに病気への差別と偏見がなくならない現状への批判のように思えた。

「ツボ師染谷」山本一力

医療時代小説は、本道（東洋医学の内科）医、蘭方（西洋医学の内科、眼科、外科）医を主人公にした作品が多い。ただ現代と同じように、江戸時代も鍼灸は身近な治療になっていて、松尾芭蕉『おくのほそ道』の冒頭にも足の疲れを取る「三里に灸すゆる」との一節がある。山本一力「ツボ師染谷」は、素早く的確にツボ（経穴）を見定め灸をすえたり、鍼を打ったりすることから「ツボ師」と呼ばれ尊敬と信頼を集めている染谷が活躍する〈たすけ鍼〉シリーズの一編である。

機転が認められ日本橋の老舗・焼津屋で奉公していたおちさが、実家に帰っていた。焼津屋は毎年、大川に屋形船を出して得意先を接待していた。大切な接待を手伝っていたおちさは、仕事の手を抜かない疲れと作業が遅れている焦りから、主人の四郎衛門とぶつかり弁当を落としてしまい、このミスが原因で暇を出されたのだが、弁当が一つないまま大川に出た焼津屋の屋形船で食中毒が発生、二十一人の患者が染谷の治療院に運び込まれた。事故や災害などで患者が多くなると、医師の力だけでは足りず、どのように医療体制をサポートするかが重要になる。染谷の妻・太郎やおちさも協力しながら食中毒の患者たちを治療する後半の展開は、周囲が協力することの重要性に気付かせてくれるのである。その先に待ち受けるさりげなく描かれる人情は、心に染みる。

「駈込み訴え」山本周五郎

山本周五郎「駈込み訴え」は、小石川養生所の設置を献策した小川笙船をモデルにした「赤髯」こと新出去定と、長崎で最新の医療を学んで江戸に戻り去定の下で働くことになった青年医師・保本登を軸にした名作『赤ひげ診療譚』の一編である。

物語の冒頭、現在でも早期発見が難しい膵臓癌の患者を診察した去定は、医術には限界があるので、養生所の「施薬や施療もないよりはあったほうがいい、しかし問題はもっとまえにある、貧困と無知さえなんとかできれば、病気の大半は起こらずに済むんだ」と主張する。病を引き起こす「無知と貧困」との闘いは『赤ひげ診療譚』全体のテーマになっているが、それが具体的に示されたのは本作が初となる。

かつては腕のいい蒔絵師だったが、人知れず死んだ六助の複雑な家族関係が、去定と保本を思わぬ事件に巻き込んでいく本作は、弱者に対する社会の風当たりの強さを活写しており、どのようにすれば「無知と貧困」が克服できるのかという周五郎の問題提起を際立たせていた。

「よわい桃」和田はつ子

和田はつ子「よわい桃」は、江戸屈指の呉服問屋の息子ながら口中医（歯科医）になり、庶民に口腔衛生の啓蒙活動もしている藤屋桂助、薬草に詳しい町医者の娘で桂助の幼馴染みの志保、房楊枝職人の鋼次が難事件に挑む〈口中医桂助事件帖〉シリーズの一編である。ありがたい桃の木「よわい桃」で作った房楊枝が、高額にもかかわらず人気を集めていた。同じ頃、桂助に大奥で治療にあたって欲しいとの依頼が入り、「よわい桃」は「公方様」も使っていて「むしば撃退」の効果があるとして販売されていることが判明、やがて桂助は大奥がからむ陰謀に巻き込まれていく。

時代小説では鍼灸より取り上げられる機会が少ないのが、口中医である。江戸時代は虫歯や歯周病で命を落とす人も多かったとされるが、歯科治療の技術は未熟で、喜田川守貞『守貞謾稿』によると「歯ぬき」「歯磨粉および歯薬をうり、また歯療入歯」などは医療行為ではなく、大道芸として扱われていた（これは日本だけでなく、ヨーロッパでも抜歯や入歯の作製は大道芸だったようだ）。その中にあって本作には、当時の歯科治療、虫歯や歯周病の予防法などが詳細に描かれており、興味が尽きないだろう。

本書は、新型コロナウイルス感染症（COVID-19）がまだ日本では知られていなかった二〇一九年十一月に企画がスタートし、翌十二月には収録作のラインナップをまとめていたが、はからずも日本でも新型コロナが流行し先行きが見通せない時期の刊行となった。解説を書くために改めて読み直してみると、病気への差別と偏見を描いた澤田瞳子「瘡守」は、新型コロナに感染した患者、治療にあたる医療関係者へのバッシングを予見したかのような作品であるし、新型コロナが格差や貧困といった現代日本の矛盾を浮き彫りにしたことを思えば、健康維持に最も大切なのが「無知と貧困」の撲滅とした山本周五郎「駈込み訴え」のテーマも今こそ真摯に受けとめる必要があるように思えた。その意味で普遍的な医療の問題、人間が生きるとは何かを正面から描いた収録作が並ぶ本書は、〝ウィズコロナ〟の時代をどのように生き、どのように〝アフターコロナ〟を迎えるのかを、歴史から、そして物語から学ぶことができるのである。

（すえくに よしみ／文芸評論家）

［底本］

朝井まかて「駄々丸」（『藪医　ふらここ堂』講談社文庫）
安住洋子「桜の風」（『春告げ坂　小石川診療記』新潮文庫）
川田弥一郎「雪の足跡」（『江戸の検屍官　北町同心謎解き控』祥伝社文庫）
澤田瞳子「瘡守」（『師走の扶持　京都鷹ヶ峰御薬園日録』徳間文庫）
山本一力「ツボ師染谷」（『たすけ鍼』朝日文庫）
山本周五郎「駈込み訴え」（『赤ひげ診療譚』新潮文庫）
和田はつ子「よわい桃」（『口中医桂助事件帖　南天うさぎ』小学館文庫）

本書中には、今日では差別的表現とみなすべき用語がありますが、作品の時代背景、文学性、また著者（故人）に差別を助長する意図がないことなどを考慮し、用語の改変はせずに原文通りとしました。

朝日《あさひ》文庫《ぶんこ》時代《じだい》小説《しょうせつ》アンソロジー

いのち

2021年3月30日　第1刷発行
2024年9月10日　第5刷発行

編　　著　末國善己《すえくによしみ》
著　　者　朝井《あさい》まかて　安住洋子《あずみようこ》　川田弥一郎《かわだやいちろう》
澤田瞳子《さわだとうこ》　山本一力《やまもといちりき》　山本周五郎《やまもとしゅうごろう》
和田《わだ》はつ子《こ》

発 行 者　宇都宮健太朗
発 行 所　朝日新聞出版
〒104-8011　東京都中央区築地5-3-2
電話　03-5541-8832(編集)
03-5540-7793(販売)
印刷製本　大日本印刷株式会社

Published in Japan by Asahi Shimbun Publications Inc.
定価はカバーに表示してあります

ISBN978-4-02-264987-4

朝日文庫

あさの　あつこ
花宴《はなうたげ》

武家の子女として生きる紀江に訪れた悲劇——。過酷な人生に凛として立ち向かう女性の姿を描き夫婦の意味を問う傑作時代小説。《解説・縄田一男》

伊東　潤
江戸を造った男

海運航路整備、治水、灌漑、鉱山採掘……江戸の都市計画・日本大改造の総指揮者、河村瑞賢の波瀾万丈の生涯を描く長編時代小説。《解説・飯田泰之》

宇江佐　真理
うめ婆《ばあ》行状記

北町奉行同心の夫を亡くしたうめ。念願の独り暮らしを始めるが、隠し子騒動に巻き込まれてひと肌脱ぐことにするが。《解説・諸田玲子、末國善己》

畠中　恵
明治・妖《あやかし》モダン

巡査の滝と原田は一瞬で成長する少女や妖出現の噂など不思議な事件に奔走する。ドキドキ時々ヒヤリの痛快妖怪ファンタジー。《解説・杉江松恋》

葉室　麟
柚《ゆ》子《ず》の花咲く

少年時代の恩師が殺された事実を知った筒井恭平は、真相を突き止めるため命懸けで敵藩に潜入する——。感動の長編時代小説。《解説・江上　剛》

山本　一力
たすけ鍼《ばり》

深川に住む染谷《せんこく》は〝ツボ師〟の異名をとる名鍼灸師。病を癒やし、心を救い、人助けや世直しに奔走する日々を描く長編時代小説。《解説・重金敦之》